偽造同盟

岡田秀文
Hidefumi Okada

幻冬舎

偽造同盟

【目次】

【登場人物】

隼武四郎……陸軍中野学校出身の元陸軍大尉
山原健……軍隊時代の隼の部下、元少尉
猫田泰三……陸軍中野学校出身の元少尉。
以前は大尉だったが、軍隊時代懲罰を受け、降格処分となった
若村唱子……隼の恩師の娘。かつて映画女優（芸名、桜井志津江）をしていた
蛭川宏……元特高警察の警部。
公職追放になっているが、ひそかに日本政府のために働いている
大内宗介……隼の陸軍時代の上司
古池幸之助……警察官
木村民雄……警察官。古池の後輩
チャールズ・ウィロビー……アメリカ陸軍少将。ＧＨＱ参謀第二部の部長
ジャック・キャノン……アメリカ陸軍少佐。ウィロビーの部下
ミッチェル・エバーソン……アメリカ陸軍少尉。キャノンの部下

中村健吾……元陸軍中尉。五人の部下とともに印刷機を隠匿した
宇田川康輔……元陸軍少佐。中村中尉の上司
鷺谷和子……共産組織の幹部の責任者
森田均……共産組織の幹部
青柳雄一……共産組織の幹部
ベズウーホフ……共産組織の幹部
大熊吾郎……大熊組組長
澤村茂樹……大熊吾郎の義弟
河口代三郎……裏社会の大物
佐々木武志……河口の子分。元特高警察の刑事
榊原俊之……F大学経済学部 第一講座教授
榊原光代……榊原俊之の妻

カバーイラスト　影山徹
カバーデザイン　bookwall

第一章　序曲

一

昭和二十年八月三十日午後二時、神奈川県厚木《あつぎ》飛行場には、真夏を思わせる太陽が照りつけていた。コンクリート敷きの中央滑走路と、その先に広がる夏草が刈り込まれた草地一帯から、陽炎《かげろう》が立ちのぼっている。補助滑走路から格納庫に続く誘導路部分には天幕が張られ、その中の椅子に腰を下ろした先遣隊の米軍将校たちが、時おり、南東の空を見上げている。

日本側の出迎えは拒絶されたため、日本陸海軍の将兵たちは遠ざけられている。ただ記者席にのみ、海外の記者に混じって日本人記者が数名待機していた。

やがて東の上空に機影が浮かんだ。C54輸送機である。四発のエンジンから爆音を響かせ、機は銀色の機体と星形の国籍マークを見せつけるように緩やかに旋回すると、北側から中央滑走路に着陸した。着陸と同時に軍楽隊の演奏がはじまった。

機はしばらく地上を滑走し、誘導路に入ったあと完全に停止した。ほどなくして昇降口が開き、タラップが下ろされ、軍帽をかぶりレイバンのサングラスをかけたダグラス・マッカーサー元帥があらわれた。口にはコーン・パイプを咥《くわ》えている。記者たちの求めに応じてタラップの途中で足を止め、ポーズをとったあと、マッカーサーはようやく地上に降り立ち、アイケルバーガー中将とスイング少将の出迎えを受けた。

マッカーサーはきわめて寛《くつろ》いでいるように見えた。記者たちの目を意識しているのかもしれない。同乗してきたほかの将校たちの表情にも特に緊張の色はない。

連合国軍最高司令官の日本本土到着にあたり、特別なセレモニーはなかった。

マッカーサーは、日本軍の降伏が予定通り進み、無用な混乱が起きないことを望むとの声明を発すると、ただちに用意された車に乗り込み、厚木飛行場を去った。

マッカーサーの車はアメリカ製のリンカーン・ゼファーだ。日米開戦前に輸入されたものか、南方戦線での戦利品か、一九四〇年型と思われる。これが日本側で用意しうる最高級車であったが、米軍将校たちの目にはいかにもありふれた中古のリムジンであった。しかし、日本側へ苦情を申し立てることはなかった。のちに新型のキャデラックが到着するまでの間、このリンカーン・ゼファーが最高司令官の専用車として使用されることになる。

マッカーサーを乗せた車とその前後を守る数十台からなる車列は、厳重な警戒の中、一路、横浜を目指して進む。

つい半月前まで軍当局も報道機関も、眦《まなじり》を決して本土決戦を叫んでいたのだ。そのための武器と将兵が雲散霧消したわけでもない。もし、日本側の降伏が偽りであったなら、マッカーサーをはじめとする占領軍司令部の将官たちの命はない。日本政府や軍に偽るつもりはなくても、一部の跳ね返りが、占領軍に攻撃を仕掛ける可能性は少なくないだろう。

そんな緊張が護衛兵の一人ひとりの表情にみなぎっている。比較的おだやかなマッカーサーたち高級将官の態度とは対照的な姿だ。

車列は三十数キロの道程を経て、横浜市内に入った。度重なる空襲を受け、市街地は焼け野原になっている。もとよりあった木造建築はことごとく灰燼《かいじん》に帰し、所々に焼け残ったコンクリート造りの建物と、空襲後に立ち並んだバラックの取り合わせが、何とも無残であった。

何も遮《さえぎ》るもののない道を車列は進み、やがて関内《かんない》、山下公園通りに入った。道路の左右に並ぶ警官はおびただしい人数である。この日の警備のために神奈川県だけでなく近隣の県からも多数応援が来ていた。マッカーサーを乗せた車は、ＭＰ（憲兵）が警固するホテル・ニューグランドの正面玄関に着いた。


ホテルの三階、室内ドアでつながった三部屋がマッカーサーの居室として用意されていた。この日はこの部屋でゆっくり身体を休め、明日からが本格始動となる。

早めの夕食を摂ったあと、マッカーサーは自室で幕僚《ばくりょう》たちと長い会議を持った。直近の課題である降伏調印式と、日本国内の治安についての詳細な報告を受けると、マッカーサーは納得がいく回答を得るまで質問をし、最終的な指示を与えた。

幕僚たちがマッカーサーの部屋を辞したのは午後十時すぎであった。

ホテル・ニューグランドには、マッカーサーのほかに、最高司令部付の将官や将校、進駐軍に同行した特派員たちが宿泊している。それらの人の出入りでロビーや廊下は騒然としていたが、日付が変わるころにはひっそりと静まった。

完全に人影が消えた深夜――、マッカーサーの部屋を訪れる男がいた。ＭＰの警護もパスして、男はドアをノックした。

「入れ」

マッカーサーの声に反応し、男は素早く入室した。

軍服は着ていないが、男は軍人で階級は少将。名はチャールズ・ウィロビー。諜報《ちようほう》活動のスペシャリストだ。大戦中、数々の極秘情報を入手して、戦況を優位に導いたマッカーサーの側近である。

マッカーサーはすでにベッドに入るような恰好だった。このような姿を他人の目にさらすのは、きわめてまれなことである。ウィロビーへの信頼がうかがわれる。

「座りたまえ」

ウィロビーに椅子を勧め、マッカーサー自身はその斜め向かいの椅子の肘掛けに浅くもたれかかった。

「正式に許可がおりた」

マッカーサーの言葉に、ウィロビーは緊張の面持《おもも》ちで、

「では、さっそく明日から」

「ああ、しかし、君が直接、動くのは好ましくない。あらためて言うまでもないが」

「すでに適任者を複数名ピックアップしています」

ウィロビーは配下に日系二世の諜報部員を多数抱えている。マッカーサーは小さくうなずき、

「行動は慎重に、確実に行うよう、いま一度伝えたまえ」

ウィロビーは椅子から立ち上がり背筋を伸ばして答えた。

「慎重、かつ確実にコードXを実行するよう命じます」

二

終戦から一年四カ月が経った昭和二十二年一月、吉田茂《よしだしげる》首相はNHKのラジオ放送で、年頭の辞を述べた中で、

「政争の目的の為にいたずらに経済危機を絶叫し、社会不安を増進せしめ、生産を阻害せんとするのみならず、挙国一致を破らんとする者については、私はわが国民の愛国心に訴えて、彼らの行動を排撃《はいげき》せざるを得ない」

と、行き過ぎた労働組合の活動への攻撃を宣言した。

これは終戦以来、民主化のための労働運動を是認《ぜにん》してきた日本政府の方針が転換されようとする、最初の兆候であった。

いまだGHQ（連合国軍最高司令官総司令部）の厳重な支配下にある日本政府の代表たる吉田茂が、このような発言をしたのは、吉田首相および日本政府の意志であることはもとより、GHQの中にこれを是認する一定の勢力が存在することを示している。

GHQは、日本において多くの進歩的改革を推し進めたが、当初より、その行き過ぎを懸念する声も少なくなかった。GHQも決して一枚岩ではない。大戦で疲弊した西欧諸国において、共産勢力の伸長が危惧されるようになると、いっそう、その声は大きくなった。

翌昭和二十三年になると、アメリカ合衆国陸軍長官のケネス・クレイボーン・ロイヤルは、日本を無力化させるGHQの政策を批判し、日本の経済復興を優先させ、極東における共産勢力の防壁にす

るべきだと述べた。

GHQの占領政策は大きく変わろうとしていた。

昭和二十二年の師走のある日の夕方、警視庁淀橋《よどばし》警察署に通報があった。新宿区百人町三丁目の楽器店で今日の午後八時に、米軍物資の闇取引が行われるという密告である。調べてみると指定の住所には確かに梅原楽器店という店が実在した。誰のどういう意図の通報かは不明だが、調べてみる価値はある。

とりあえず、通報から三十分後の午後五時に、私服の警察官をふたり、梅原楽器店へ様子見に行かせた。その際、上司は、

「あまりうろちょろ嗅ぎまわって怪しまれるなよ。店への出入口と、周囲に隠れる場所があるかどうかだけ確認してこい」

と指示した。

ふたりの警官は店の周りを歩いて、店の表のほかに、裏に通用口があることと、その裏の通りを五十メートルほど行った先に小さな公園があり、そこに警官を配置すれば裏口を監視できることを確認した。また梅原楽器店は表のガラス戸が暗く閉ざされていて、営業をしている様子はなかった。近所の住人に店について尋ねようかとも考えたが、上司の忠告があったので思いとどまった。

午後八時、裏の公園にふたり、表の通りと通り沿いの店に三人の警官が、楽器店の監視にあたっていた。

しかし、三十分が過ぎても何の動きもなかった。店に近づく者はなく、ガラス戸の奥にも明かりひ

とつ点《とも》らず、真っ暗に静まり返っている。さらに十五分待機したのち、現場で指揮をとる警部補の判断で、店へ確認に向かった。念のため、裏口にも警官を配置し、表のガラス戸を叩《たた》いた。問いかけても返事がないので、ガラス戸を引いてみると、鍵はかかっておらず、あっさりと中に入れた。中は土間になっている。

懐中電灯を点して明かりのスイッチの場所を探していると、床に倒れている男が明かりに浮かんだ。近寄って調べるとすでに死亡している。

警部補は部下を呼び、署へ報《しら》せるように指示するとともに、残りの者たちに現場の保全を命じた。

「警部補、これを」

店の明かりをつけた部下が、死体の脇に落ちている紙を指した。紙幣のようだ。しかし、ふだん見慣れた紙幣とはちがい、緑がかって算用数字で「10」と記されている。

「どうやら、アメリカのドル紙幣のようだな」

手は触れず、身をかがめて紙幣を見ながら警部補は言った。

三十分ほどして刑事たちが到着すると、警部補たちは現場を明け渡した。

殺人事件捜査班が聞き込みをしたところ、梅原楽器店はひと月前から店を閉じたままになっていること、死亡していた男（年齢四十歳くらい）に近所の者たちは見覚えがなく、店の関係者ではないこと、などが判明した。検死の結果、男は胸に二発の銃弾（三十二口径）を受け、十五時間以上前に死亡していたことも分かった。死亡推定時刻近くに近所で銃声を聞いた者はいなかった。また、不審者の目撃情報も得られなかった。

唯一ともいえる遺留品の10ドル紙幣は、本庁の鑑識へ回された。数日後、新札であることのほかはとくに変わった点はないとの報告書が送られてきたが、証拠品の紙幣の返還はされなかった。

店の持ち主であった梅原氏は、すでに静岡への隠居を決め、店は地元の不動産屋を通じて売りに出されていた。事件当日、梅原氏は千葉市の親戚を訪れている。そのほかの元従業員など、楽器店の関係者についても、全員のアリバイが確認された。

紙幣の報告書が出たのと同じころ、遺体の指紋の照合から、被害者の身元が割れた。男は戦前に盗品売買で逮捕歴があった。戦後も同様の仕事をしていたらしい。楽器店と被害者とを結びつける接点はなく、たまたま空家であった店舗が、事件に利用されたとの考えが有力になった。

事件は盗品売買にまつわるトラブルと想像された。男の関係者へも捜査の手が伸びたが、事件に結びつくような手がかりは得られなかった。

ただ、男が殺される二日ほど前に、数名の外国人が男の住まいの近くでうろついていたのを、近隣の複数の住人が目撃している。男は外国人と商売上のトラブルを起こし、殺されたのだろうか。残された一枚の10ドル紙幣は、その外国人が落としていったものなのだろうか。

しかし、事件の捜査はそこで行き詰まり、それ以上の進展を見ることは永遠になかった。


新宿百人町の楽器店の事件からひと月ほどたった昭和二十三年の一月、品川区平塚《ひらつか》の山岡質店に、ひとりの白人が訪れた。普段着だが、やや細身なものの立派な体格と、短く刈られた髪から軍人だと想像がついた。

質屋の主人は隣の妻と顔を見合わせた。ＧＨＱの軍人の来店は、山岡質店でははじめてだった。ただ、組合の寄り合いで、トラブルになった話を聞いたことがある。言葉がうまく通じず、誤解が生じたのが原因だったらしい。主人は緊張の面持ちで、異国の来客を迎えた。

その白人は店のカウンターに高価そうな黒い革の鞄《かばん》を置いた。ずしりと重い気配が伝わった。ところが、留め金を外し大きく口を開けて、中から取り出したのは小さな壺《つぼ》であった。白人は大事そうに壺を両手で包み込むようにして、主人の前に差し出した。

「これ、いくらになりますか」

と少しなまりのある日本語で尋ねた。

壺はひと目で、ほぼ無価値だと知れた。古いものでさえなく、今もそこら辺の雑貨屋で売っているような、ありふれた壺だ。

しかし、主人の目はじっとカウンターの上に注がれていた。口が開いたままの黒い革の鞄の中があらわになって、主人の目をくぎ付けにしているのである。白人は意識して開いた鞄の口を主人の方へ向けているようにも思える。

鞄の中身は大量の札束に見えた。分厚い束が、いくつも無造作に鞄に突っ込まれている。ただし、日本の紙幣ではないようだ。

「どうですか」

黙っている主人にしびれを切らしたように、白人は言った。鞄と札の方には目もくれない。じっと主人の様子をうかがっている。

主人は鞄から目を引きはがし、あらためて壺を手に取った。やはり、値段を付けられるような物ではない。

しかし、それをふだん日本人客をあしらうように、この白人に伝えていいものか、主人はためらった。もし、白人が怒って暴れても、日本の警察は頼りにならない。MPが取り締まるにしても、それは事後の話だろう。店を壊されたり、怪我をするのも嫌だが、もっとひどいことになるおそれだってある。

「そうですねえ」主人は迷いながらも、「これはうちではちょっと、あつかえないですね」

隣から妻の息を吞む気配が伝わってきた。

「そうですか」

白人は残念そうな顔をしたが、とくにごねることもなく、壺を鞄にしまっておとなしくカウンターを離れた。

白人が店の戸を開けて出て行くか、行かないうちに、妻が横でため息をつき、

「まあ、よくもあんなこと、言いも言ったねえ」

とあきれたように声をもらした。

「だけど、あれでうまく――」

いったじゃないか、と言いかけて、続く言葉を吞んだ。

店の前で先の白人と何者かがもみ合っているのである。白人が押された勢いで店の戸に激しくぶつかった。店全体が揺れた。妻が悲鳴をあげた。主人も声こそあげないが、身動きもならず固まっている。あの立派な体格の白人が押されるのだから、相手は相当な怪力の持ち主であろう。仲裁や助太刀《すけだち》を買って出ようなどとは思いもよらない。

争いは長くは続かなかった。

白人を突き飛ばした何者かが、黒い鞄を抱えて走り去ったようだ。白人もそれを追いかけて店の前

を去った。

店先での争いの気配が去って、一分ほどしてから、ようやく主人は店の外へ出た。山岡質店は裏路地を入ったところにあって、ふだんから人通りはない。この時も今の騒ぎを聞きつけて顔を見せる者はいなかった。当の白人も姿を消して戻ってこない。そのことを路地の外まで行って確認し、店の前へふらふらと戻った主人に、店の入口から顔だけ出した妻が、

「あんた、そこに何かあるよ」

とおそるおそる、どぶの蓋の上を指差した。

見ると先ほどの札束がひとつ落ちていた。争っているうちに、鞄からこぼれたのだろう。

主人は札束を拾い上げ、

「こりゃ、何かとんでもない事件に巻き込まれたかもしれない」

と唇を震わせた。

質店の通報を聞いて駆けつけた警察官は、すぐに署の捜査員へ連絡した。捜査員は主人に事件のあらましを聞き、札束を目にするとさすがに驚いた様子だった。捜査員は白人と襲撃者の人体《にんてい》や服装や持ち物などを尋ねた。

白人については、主人も妻も、見た限りのことを伝えたが、襲撃者については、ほとんど何も語ることができなかった。店表の格子越しに影のような動きを見ただけで、人種も年齢も何も分からない。言葉も発しなかったので声の質も、何語を使うのかさえ明らかではない。ただ、大柄の白人と互角以上の格闘をしていたので、それなりの体格の持ち主であろうと想像するばかりである。

捜査員はさらに白人が持ち込んだ壺や黒い鞄について、またその中に入っていた札束がどのくらい

の量であったかなど、細かく質問をして帰った。

その翌日、あらわれたのはまた別の捜査員だった。捜査員は事件については、ほとんど触れず、質屋の鑑札について調べたり、盗品等の売買をしていないかなど、ふだんの仕事についていろいろと探りを入れてきた。不審に思いながらも主人は質問に答えた。

一時間近く事件とは関わりのないと思われる事情を聴取されたあと、捜査員は、

「昨日のことを誰か他人に話したかね」

と尋ねてきた。

「いえ、まだ誰にも」

「奥さんもかね」

隣でいっしょに聴取を受けていた妻も、うなずいて、

「ふたりで気味が悪いねとは話しました。そのほかはまだ誰にも」

「それでは、これからも、このことは他言しないでもらいたい。近所や寄り合いで世間話に出してもいかん。もし、お宅から事件のことがもれたと分かったら、商売を続けることが難しくなるかもしれない。いいね、決して他言してはいけないよ」

と脅《おど》すようなことを言い残して、捜査員は帰った。

以降、警察は二度とこの質店へ捜査に訪れなかった。

昭和五十二年、主人の死去に伴い、山岡質店は看板を下ろした。生前、夫婦ふたりきりの時、ごくまれに「いったい、あの札束は何だったんだろうね」と話題にのぼりはしたが、この事件が世間に知られることはなかった。夫婦は、あの日、捜査員に言われたとおり、決して他言はせず、秘密を墓場

まで持って行ったのである。

三

品川区平塚の山岡質店で不可解な事件があった翌日、ジャック・キャノン少佐は夜遅くまで多くの書類に囲まれていた。

キャノン少佐は、GHQのGⅡ（参謀第二部）の責任者チャールズ・ウィロビー少将の下で、諜報、謀略活動を取り仕切っている。のちに彼の組織は俗にキャノン機関と呼ばれ、その下部組織が日本政府内や関係機関に食い込み、国内の様々な陰謀事件に関与することになるが、すでにこの時、複数の組織が秘密裏に存在し、国内のあらゆる階層から情報を吸い上げていた。

この日、キャノン機関に上げられた無数の報告書のうち、選《よ》りすぐられ、キャノン少佐の目に触れることとなった報告は二十あまりにのぼった。

キャノンはその一つひとつの報告に丁寧に目を通したあと、部下を呼び出した。

機敏な動作で部屋へ入ってきたミッチェル・エバーソン少尉は、マホガニー製のキャノンの机の前に立った。キャノンは机の書類に目を落としたまま、

「君の報告書、たった今読ませてもらったところだ。一つひとつの工作は順調に進んでいるようだが、全体としては疑問がある」

「とおっしゃいますと」

エバーソン少尉は直立不動の姿勢で質《ただ》した。

「やり方が迂遠《うえん》にすぎる気がするのだ。この方法で、本当にわれわれは目的を達せられるのかね」

この作戦はすでにキャノンもその上官のウィロビー少将も承認したものだ。それを今さらそのようなことを言われて、エバーソンも戸惑ったが、それを面には出さず、

「これらの事件の調書はすでに外部に持ち出された形跡があります」

「そこから何が言える」

「すでに敵の興味を引いていると考えるのが妥当でしょう」

キャノンは少し考え、うなずくと、

「君も承知のとおり、コードXの復活には多くの困難があった。すでにわれわれはこの作戦に多大の投資をしている。今後、さらなる投資と、少なからぬ犠牲も払うことになるだろう。それは痛ましいことだが、コードXの成功はこの国にもわがアメリカ合衆国にも多大な利益をもたらすはずだ。失敗は許されない。確実に成功に導くため、あらゆる努力を惜しんではならない」

「承知しております。迂遠と思える工作も、二年の休止を経て復活したコードXを慎重に運営すべきとの考えから編み出されたものです」

「その通りだ。しかし、慎重と臆病はちがう。また、ことは急を要する。いつまでものんびりと構えているわけにもいかないぞ」

「はい、少佐。すでに次のフェーズへの準備は整っています」

「ならば、それをすぐ実行に移したまえ」

キャノン少佐は厳命した。

第二章　始動

一

昭和二十三年の晩春、秋葉原から神田の省線沿《しょうせんぞ》いに広がる闇市は、午後五時を回りいっそうにぎわいを増していた。

終戦直後、あたり一帯を占めていた莫蓙《ござ》や葭簀《よしず》張《ば》りで仕切っただけの店はさすがにめっきり減ったが、夕凪にがたつくバラックがところ狭しと軒をつらねている。商われているのは、食料品や生活必需品ばかりでなく、機械、電子機器、貴金属など、もとは軍需物資用資材だったと思《おぼ》しき贓物《ぞうぶつ》が、まさに闇で取引されている。

市の雑踏にうごめく人々へ目を向ければ、着た切り雀《すずめ》の庶民も多いが、眼つきの鋭いテキヤ、毛皮を羽織ったパンパン、毛織のコートを着込んだ年齢も国籍も不明の怪紳士などなど、種々雑多である。

この猥雑で混沌とした欲界がもっともにぎわいをみせる夕刻――。

ふたりの男が人込みをかき分けながら先を急いでいる。ひとりは長身痩軀《ちょうしんそうく》、寒空の下、薄手の上着一枚で平気な顔をしている。まだ二十代だろう。もうひとりは彫《ほり》の深い顔立ちと重厚な雰囲気からして、相方より十ほど年嵩《としかさ》と思われる。

ふたりが警官を称していることは、この闇市界隈では少なからぬ者の知るところだが、その正確な所属を知る者はいない。

敗戦により、あらゆる権威が失墜をみた。警察権力とてその例外ではなかったが、ふたりは、権柄、横柄というかつての警察官の雰囲気を色濃く漂わせている。いや、さらに濃縮したような危険な空気さえ醸《かも》していた。夕闇の中でもそれが伝わるのか、ヤクザ、チンピラたちもその姿を見かけるや、さっと背を向け、道をあける。

ふたりは人通りもまばらな路地裏へ入り込み、一軒のバラック小屋の前で足を止めた。戸は閉ざされて、小屋の前には錆《さ》びてへこんだ一斗《いっと》缶《かん》がひとつ転がっているだけ。一見、何の商売をしているのか見当がつかない。

乱暴に戸を開けて、ふたりは中へ足を踏み入れた。

天井からさがる年代物のランプのおかげで、どうにか物の形が分かるだけの明るさはあった。ガラスが割れて止まったままの柱時計、年季の入った机、鍵の壊れた金庫、真鍮製《しんちゅうせい》のドアノブ、軍用車輛《しゃりょう》の計器だったと思われるガラクタ、肩掛が外れた雑嚢《ざつのう》、傷だらけの鉄帽、片足だけの軍靴、竹箒《たけぼうき》、ブリキ缶、くたびれた毛布などが雑然と散らばり、あるいは積み上げられ、部屋を隙間なく埋めている。

ふたりは足先で物をどけながら小屋の中を進む。古びた茶簞笥《ちゃだんす》の前のわずかに残った空間に、腰を下ろしたひとりの男の姿があった。

天井の明かりが、横顔を照らす。こけた頬に無精ひげをカビのように生え散らかした男だ。薄っぺらなコートの前を掻《か》き合わせると、細めた目でふたりを見上げて言った。

「ずいぶん遅かったな」

ふたりのうち若い方が、男の声など耳に入らなかったように、言葉を投げる。

「物《ブツ》は用意できているな」

もうひとりはその後ろで口を閉ざしたまま、鋭い視線を向けている。無精ひげの内面を探るかのように。

「そっちの人が、上司さんかい」

無精ひげが問うが、後ろの男は応えず、代わりに若いいかり肩が、

「よけいな口はきかなくていい。早く出せよ」

「ああ……」

無精ひげは横に置いてあった頭陀袋《ずだぶくろ》を引き寄せて、袋の中を探りはじめた。

「だけどさ」無精ひげは袋に手を入れたまま、「警官を騙《かた》って売人やるとは、兄さんたちもいい度胸しているね」

長身の若い男は鋭く反応し、

「おい、おまえ、何か企んでいるな。袋から手を出せ、ゆっくりとだ」

無精ひげは命じられるまま、袋をまさぐる手をとめて、そっと右腕を抜き出した。あらわれた手には拳銃が握られている。

無精ひげはまっすぐ拳銃の先をふたりへ向けて、

「おまえたちこそ、ゆっくりと手をあげるんだ。もういいぞ、入ってこい」

その声に応えて、戸口から数名の男たちが乗り込んできた。手錠を取り出し、ふたりの腕にかける。

「だましやがったな」

長身の男が押さえつける何本もの手に抗《あらが》いながら叫ぶと、無精ひげは構えた拳銃をコートの中にしまい、

「粋《いき》がるなよ、偽警官。これが本物の刑事の仕事だ。しっかり見て次の参考にでもしろや」

二

ふたりは手錠姿で闇市の雑踏中を歩かされ、そのまま徒歩でM警察署へ入った。

長身の若い方は署内の取調室に入れられても、なお悪態をつき、抵抗の構えを見せていたが、もうひとりは終始無言で警官の手を煩わせることもない。おとなしくいちばん奥の取調室へ入り、椅子に腰かけた。

何も置いていない小さなテーブルを挟んで、無精ひげの刑事が向き合った。無精ひげは煙草《たばこ》に火をつけ、手帳を広げ、

「隼《はやぶさ》武四郎《たけしろう》、で間違いないな。元陸軍大尉、三十六歳。あっちの威勢のいい兄さんは山原健《やまはらけん》、ほう、あれでも元少尉か。ご立派な経歴だが、今は故買商《こばいしょう》の上前《うわまえ》をはねているっと。まあ、元陸軍中将が寸借詐欺で捕まるご時世だ。何があっても不思議はないわな。おれなんか、四十近くで徴兵されて、台湾では十も十五も下の古参兵に毎日ぶん殴られたけど、さいわい南方送りにならず、こうやってまた刑事に戻ってあんたたちを取り締まっているわけだ。面白いよな」

と言って薄笑いを浮かべると、無精ひげは煙草の煙を隼武四郎に吹き付けた。

隼は表情を変えずに無精ひげを見返し、

「刑事で四十にもなって赤紙が来るとは、よっぽどへまをしでかしたな」

とはじめて口を開いた。低くよく響く声だ。

「何もしちゃいねえさ」無精ひげは苦い顔をして、「ただ上とそりが合わなかっただけだ。そんなこたあどうでもいい。今からおまえがやらかした身分詐称と恐喝について、徹底的に調べるからな。素直に洗いざらい吐いたほうがお互いのためだ」

「黙秘させてもらう」

隼の言葉に、無精ひげは唇をゆがめ、

「さすが元将校さん、言うことが違うね。最近は人権や何やとやかましいし、警察だって昔とは違う。拷問して自白を強要するなんてできやしない、よく分かっていらっしゃる。だけど、証拠は嘘《うそ》をつかん。あんたがひと言もしゃべらなくても、起訴まで持っていけると検事さんも太鼓判を押している。変な意地を張ることもないだろう、ほら」

無精ひげが煙草を勧めるが、隼は黙したまま手も出さない。

「そうかい。別にいいさ」無精ひげは差し出した手を引っ込めて、「そっちがその気なら。でも、心証を悪くして損をするのはあんたの方だからな」

諭す言葉も無視されて、無精ひげはため息をつき、「長い夜になりそうだな」とつぶやいた。

無精ひげが椅子に座り直してテーブルに身を乗り出すと、取調室の扉が開き、初老の男が顔をのぞかせて、

「古池《こいけ》、ちょっと」

と手招きをした。

「何ですか、課長」

廊下に出て無精ひげは言った。

「おまえ、今日、病院だったな。どうだった」

「ただの胃炎だそうで。お騒がせしました。そのことですか」

怪訝《けげん》そうに無精ひげは尋ねた。課長は首をふって、

「いや、もう始めたのか」

「これからですが、何か」

「じつはな」課長は少しためらったあと、「あのふたりの柄《ガラ》、今から本庁へ運んでほしいんだ」

無精ひげは目を剝《む》いて、

「どういうことです。半月以上、闇市に張り付いてやっと捕まえたホシですよ。何で本庁が」

「おれも詳しいことは聞かされていない。だが、これは手柄の横取りとかじゃない」

「じゃあ何です」

「だから詳しくは知らん、と言っているだろう。ただ、あのふたり、ただの元軍人じゃないぞ。どうもこの件には本庁より、GHQの意向が働いているようだ」

「GHQ……」

あきらめ顔で無精ひげは肩を落とした。

占領下の日本においてGHQ（連合国軍最高司令官総司令部）は、警察はもとより政府以上の存在である。その意向に逆らうことは事実上不可能であった。少なくとも一警察官がどうこう言える相手

ではない。

「ということだ。じゃあ、移送のことは古池、おまえに任せたからな」

と課長は無精ひげの肩を叩いた。

三

「じっくり話を聞きたいんじゃなかったのか」

腰ひもを付けられ取調室から出され、移送と聞くと、山原健は不平を言った。隼武四郎は黙したままだ。

「事情が変わった。これから別の場所に行って取り調べだ」

無精ひげこと古池幸之助《こうのすけ》警部補は巡査をひとり従え、隼と山原の移送のため警察署を出た。

中央通りから大正通りに折れると、山原がまた文句を言いだした。

「どこまで行くんだ。まさかずっと歩かされるんじゃないよな。遠いなら、車を出せよ」

「ぜいたく言うな、せいぜい一時間ちょっとだ」

古池は山原の腰ひもを乱暴に引っ張った。

文句ならこっちが言いたいくらいだ。苦労して捕まえた獲物を取り上げられ、しかも、本庁からは迎えもよこさない。課長は課長で、署に割り当てられている貴重な燃料を使うなと言う。送検までの時間を考えれば、一刻も早く移送すべきだが、それはこっちが心配することではない。

大正通りから本郷通りあたりは空襲を免《まぬか》れて古い建物が多く残っている。警官と犯罪者、四人は昔ながらの東京の街並みの中を進む。

「いったいどこへ向かっている。行き先ぐらい教えてくれよ」

日比谷通りにさしかかったあたりで山原が言った。

この周辺は空襲で焼け野原になったが、すでに新しい建物がぽつぽつと建ちはじめている。

「霞が関、警視庁の本庁舎だ」

古池が答える。

「それならずいぶんあるぞ。何が一時間で着くだ」

「軍人のくせに文句が多いな。だいたい、おまえ、この中じゃいちばん若いだろう。昔はバスや汽車なんかめったに乗らず、どこまでも歩いて行ったもんだぞ」

「はじまった、明治オヤジの小言が」

「うるさい、黙って歩け」

建物がとぎれ、道の左右は広い空き地になった。もっとも明かりがないので、真っ暗な闇が広がるばかりである。古池は手にした懐中電灯を点した。

しばらく行くと、前方から明かりがさし、みるみる近づいてくる。車だ。

古池はみずからひもを引き、隣の巡査にも注意をうながし、道の端へ寄った。

大きなエンジン音を響かせ、車は四人の横を通り過ぎた。幌《ほろ》付きのトラックだ。軍用車かもしれない。

古池たちの二十メートルほど後方でトラックは急停止した。と同時に数名が荷台から降りた、のだろう。うかつにも意識を向けるのが遅れた。

古池が気づいて振り返った時には、もう五メートル以内に接近を許していた。懐中電灯を向ける。

（四人――）

（軍服――）

分かったのはそこまで。懐中電灯を叩き落とされた。

警告を発するまもなく、襲いかかってくる。柔道の心得がある古池が、ひとこらえもできずに投げ飛ばされた。地面に叩きつけられた衝撃のあと、即座に腹部にも鋭い激痛が走った。蹴り上げられたのだ。さらに背中と横っ腹に蹴り。

「こい」

隼たちは、襲撃者に引き立てられていく。

苦しい息が吐き出るたびに、古池の身体から、阻《はば》む気力も抜け出ていった。もうひとりの巡査も、すぐ横でうめき声をあげている。

トラックの音が遠ざかったあとも、古池たちは地面に横たわったまま、しばらくは立ち上がることもできなかった。

四

隼武四郎と山原健を荷台に乗せ、トラックは走り続けている。もう三十分以上だ。右折、左折を何度も繰り返したのはわざとだろう。方向感覚はなくなった。

ふたりは荷台の左右に分かれて座らされ、四人の男が両側を挟み込むように固め、動きを封じている。警察で付けられた腰ひももそのままだ。

トラックは木造の古い建物の前で止まった。隼と山原は荷台から降ろされた。

建物は戦火を逃れた公的な施設らしい。高いコンクリートの塀が敷地を囲んでいる。二階建てで病院のようにも見える。

腰ひもを引かれ、隼たちは玄関を入った。天井に裸電球が点っている。

先に立った男が、廊下中ほどにある扉を開けると、隼と山原に入るよう身振りでうながした。ふたりが部屋に入ると、扉はすぐに閉ざされた。四人は中へ入ってこなかった。

部屋は警察の取調室に似て殺風景な造りだが、あれよりはかなり広い。窓にはカーテンが引かれ、テーブルと椅子はおそらく警察の署長室のものより上等だろう。ただ、ほかに調度といえるものはなかった。だだっ広い空部屋に急きょ、テーブルと椅子を運び入れたように見える。もとは病室かもしれない。

部屋の奥には男が立っていた。丸刈りで風采のあがらない三十半ばの男である。背広を着ているが、まったく似合っていない。どこか崩れた空気を漂わせている。

「隼大尉と山原少尉ですね。ようこそ、お越しくださいました」

男は言った。見かけとは異なり、落ち着いた声音である。言葉に訛《なま》りや癖もない、折り目正しい日本語を使う。

隼は無言で男を見返した。

退廃した雰囲気をまとっているが、男は公的な立場の人間だろう。口調もそうだが、あか抜けない恰好が何よりの証《あかし》である。

「私の名は蛭川宏《ひるかわひろし》、まあ、立ち話もなんです。座って話をしましょう」

と男は椅子に近づいたが、隼と山原は動かない。

「おれたちは立ったままでいい」

山原が言った。

「かなり長い話になると思いますが」

「かまわない。座りたければ、あんたひとり座ればいい」

にべもない山原の返事に、男は気分を害したようだが、気を取り直すように空咳《からせき》でひとつ間をおき、

「まあ、それなら私もこのままで話をしましょう。まず、はじめに安心してもらいたいが、今回あなたたちが関わった身分詐称と恐喝事件、さらに先ほどの逃走劇について、今後、警察が組織をあげて捜査を行うことはないと保証します。もちろん、公式に捜査中止を命じるわけにはいかないが、あうんの呼吸で適当なところで手仕舞《てじま》いになるはずです。

なぜ、そんなことが分かるのかといえば、私が今、非公認ではあるが日本政府の外部組織の命を受けて働いているからです。つまり、今回のあなたたちを警察の手から引き離したのは、警察よりも上部機関の意思なのです」

隼と山原は眉ひとつ動かさなかったが、蛭川は独《ひと》り合点《がてん》で薄笑いを浮かべ、

「驚いて言葉もありませんか。ともかく、あなたたちの身の安全については理解できたでしょう。では、なぜ、組織があなたたちを助けたのか。薄々察しているかもしれませんが、あなたたちにある仕事をしてもらうためです。

今回の依頼の前に、当然ですがあなたたちについては、詳しく調べさせてもらいました」

蛭川は、隼が陸軍中野学校で諜報活動の各種専門知識を叩き込まれ、戦時中は中国大陸へ渡り、隼機関を組織して、敵中潜入活動に従事した経歴を語った。その時、右腕となって隼を助けたのが山原である。

「あなたたちの功績については、当時を知る者はみな口をそろえて絶賛しています。だが、任務の性質上、また敗戦により、その働きが顕彰されることは永遠にありません。あなたたちが戦後、表社会に背を向けて犯罪行為に手を染めたのも、それが原因のひとつでしょう。しかし、あなたたちの能力は断じてそんな悪行に浪費されるべきではない。明日の日本のために今またふたたび、その身をささげるべきじゃありませんか」

熱く訴える蛭川とは対照に、隼と山原は冷ややかに蛭川を見つめる。

「御《ご》託《たく》を並べるのは勝手だが、あんたが何者かも知らないのに、どうして仕事の依頼なんか受けられる」

山原が突き放すと、蛭川はもっともらしい顔でうなずき、

「そうですね、では、私についてごく簡単に語っておきましょう。私は元警察官です。ただし、ふつうの警察官ではない。所属は特別高等警察、いわゆる特高《とっこう》警察です。終戦の時は警視庁特高課で警部の職にありました。現在は公職追放の身ですが、こうして影となって国事に奔走しています。では、あなたたちに頼みたい任務とは何か。じつはかつてのあなたたちの仕事にも関係がなくもありません。旧日本陸軍が運用を試みたある機械が、現在、行方不明となっています。この回収が至上命令です。この機械の行方を捜査し、状況に応じては、人知れず破壊してもらいます」

「その仕事、警察には任せられないのか」

山原が聞くと、蛭川はうなずき、

「ええ、ぜったい表沙汰にできない物なので。秘密裏に捜査し、回収する。まさにあなたたちにうってつけの任務でしょう」

しばらく互いの思惑を推し量るように沈黙が続いた。間に椅子とテーブルを挟んで立ち、三人は無言で睨《にら》みあった。

やがて山原が口火を切った。

「その機械って、じっさいは何だ。陸軍の秘密兵器か」

はじめて蛭川は顔にためらいを浮かべながら、

「これは国家の最高機密です。万が一、この依頼を断ることになっても決して口外は許されません。よろしいですね」

隼と山原は無反応だ。

蛭川は小さく息をもらし、背広のポケットから一枚の紙幣を取り出し、テーブルに置いた。緑色がかった紙幣には「10」の数字が記されている。

「10ドル札だな」

テーブルの紙幣を見下ろし、山原は言った。

「ただのドル札じゃありません。これは旧日本陸軍が密かに偽造を試みた偽紙幣です」

「偽札……」

山原はテーブルの紙幣を手に取った。

「そう、旧陸軍参謀本部では昭和十八年の初頭から戦局転換を目的とする、アメリカ経済打撃策を練りました。そのひとつが偽ドル紙幣の密造計画です。このような話は私より、あなたたちの方が詳しいのでは」

「いや、まったく初耳だ。うわさにも聞いたことがない」

山原が首をふると、蛭川は山原の手から紙幣を取り返し、懐に戻して、

「そうですか。まあ、部外者だったら、それも当然かもしれません。ともかく、偽造紙幣の製造は遅れ、成功を目前に終戦を迎えた。原版を作る技術を持った職人が徴兵され、思うように集められなかったのが原因と聞いています。ほぼ完成していた偽ドルの原版と印刷機は破壊され、関係書類もすべて焼却処分されたと思われていた。

ところが、今年になって東京周辺で偽造ドル紙幣が見つかった。当時の関係者の証言から、その偽ドル紙幣は陸軍製造の物と同一だと分かりました。あらかじめ本物と区別できるよう、偽紙幣には極小の刻印を付けてありました。今回の紙幣にもその印があったそうです。

終戦の直前、印刷機の破壊を命じられたのは中村健吾《なかむらけんご》という中尉と五名の部下です。現在、中村健吾たちは行方不明となっています。このことから、中村たちが原版と印刷機をどこかへ隠匿《いんとく》し、今日までの歳月を費やし、偽ドル紙幣の製造を成功させたとの疑いが持たれています。今のところ発見された偽紙幣は百数十枚ですが、じっさいに印刷されたのは、その百倍、千倍になると思われます。また今後、さらにふえることも予想される。

すでに偽ドル紙幣についてはＧＨＱもその存在をつかんでいるらしい。しかし、日本政府としては、これを表沙汰にせず、穏便にことをすませたい。そこであなたたちの出番です」

「印刷機と偽紙幣の回収をしろと」

山原の問いに、蛭川は、

「そう、くわえて中村たちの逮捕も。どうです、やってくれますか」

と一歩前に歩み寄った。

「おれたちが今回の依頼を受けると、どんな見返りがある」

山原は尋ねた。

「何よりお国にご奉仕できるじゃありませんか。これ以上の見返りがありますか」

「きれいごとはいい。具体的に得られるものは何かを教えてくれ」

蛭川はわざとらしくため息をつき、

「士官学校を出たエリートさんとも思えないお言葉ですね。……まあ、それはともかく、今回の任務に就いた場合、その期間に拘わらず給与が支払われます。まずは本庁の課長級一年分と同額と考えてください。任務がぶじ終了した時は、特別賞与も出ます。金額は内容や期間によって変わりますが、これも課長職の一年分相当と考えてもらえば大差ありません。あと必要経費の仮払いがかなりの金額あります。これで人員の補充などもできるはずです。

捜査基地としてこの建物も自由に使っていただいて結構。ここなら省線の駅にも近く、電話も敷設ずみですから、恰好の作戦基地となるはずです」

「たいした報酬じゃないな。回収するドル紙幣は莫大《ばくだい》なはずだが」

「勘違いしてもらっては困ります。紙幣は偽物で公式には一文の価値もない。これまでの罪をすべて不問に付し、そのうえ公務員の年収と同等の給与が一時に支払われるのですから、かなりの厚遇ですよ、これは」

「危険を考えれば割が合わない」

「山原さんの稼業だってお世辞にも安全とは言えないでしょう。それに現金商売だから、一時金は悪い話じゃないはずです」

蛭川の説得に山原は押し黙った。

「どうです、隼大尉」

蛭川はこれまで一度も口を開かない隼に問いかけた。

隼は蛭川に向きなおり、

「印刷機や中村たちを捜す手がかりはあるのか」

「東京都内と近隣の印刷所は、すでに大方捜査し、疑いは晴れています。今後、捜査対象とすべきは中村の経歴からして、旧日本軍の施設、または軍需関連の施設と考えています」

「しかし、それでは関東周辺に限っても、かなりの数になるはずだ」

「もうひとつ、絞り込みの手がかりとなるのが、偽紙幣に使われた紙です。これはもちろん本物のドル札と同じ紙ではないが、かなり特異な紙が使われてます。国内の製紙会社では製造していない種類だそうです。ということで、海外からの密輸品と想像される。よって港湾《こうわん》施設に近い場所が有力な捜査対象となるでしょう。それにくわえて占領軍関係者の関与も疑われる。この線からの捜査も同時に行う必要があります」

占領下の日本では、貿易の自由が大きく制限された。戦後二年経って、ようやく制限つきで民間貿易が再開されたばかりである。厳しい管理の下、偽紙幣の用紙が正規輸入されたとは考えにくい。占領軍の中に密輸の手引きをする者がいたと疑うのが自然だろう。

隼はまっすぐ蛭川の目を見つめて、

「依頼を受けるにあたって条件がある」

「何です」

「まず、自由に使える車を一台用意してもらおう。それと四人分の拳銃を。弾は一丁につき百発だ」

蛭川は渋い顔をして、

「車は何とかなるでしょう。が、拳銃はちょっと難しいかもしれません。少なくとも私には、それを許可する権限はない」

「だったら、一刻も早く権限者からその許可をもらってくれ。車と拳銃、この条件が整わない限り、依頼は受けない」

隼武四郎は言った。

五

蛭川、隼、山原三人のはじめての顔合わせから三日後――、同じ部屋の中には、新たにふたりのメンバーが加わっていた。両名とも隼の人選である。

ひとりは若村唱子《わかむらしようこ》、隼の中学時代の恩師の娘だという。夫の若村源一《げんいち》は昭和十八年五月、アッツ島で戦死している。また、唱子はかつて女優としてスクリーンに登場していたらしい。そういわれてみると、いかにも元女優らしい目鼻立ちをしている。大正三年の生まれで今年三十四歳。

いまひとりは猫田泰三《ねこたたいぞう》、こちらは隼や山原と同じく陸軍中野学校卒で元少尉。ただし、もともとは隼と同じ大尉だったのが、降格になっている。明治四十四年生まれの三十七歳。やせ形で神経質そうな顔をしている。

ふたりが加わり、室内の調度も一新された。豪華なテーブルと椅子は隅に寄せられ、四人分の古い事務机が向き合わせに並べられている。ただ一台の電話があるのが隼の机だろう。壁には教室のような黒板が備え付けられ、反対側の壁には書類棚が設けられた。作戦室としての体裁は整っている。

蛭川は隅の豪華な椅子に腰を下ろし、若村と猫田の履歴書に目を通したあと、立ち上がり、

「隼さん、ちょっと」

と合図をして、いっしょに隣の部屋へ移った。

そこには軍関係の書類や書籍などの資料が大量に運び込まれていた。すべて隼が要求したものだ。それらが未整理のまま、雑然と床や棚に積まれている。大きな金庫も書類に埋もれるように隅に置かれていた。

蛭川は書類の山に手をつき、

「あのふたりですが、役に立ちますか」

「人員の選択は任されていたはずだ」

「それはそうですが、あの女は諜報や捜査の経験のない一般人でしょう。もうひとりは軍隊で二階級の降格処分をくらっている。いったい何をやらかしたんです」

「若村は陸軍諜報部の協力者だった。特別の訓練も受けている。猫田はたしかに問題もかかえているが、きわめて優秀な捜査能力を持っている。どちらも今回の任務には欠かせない人材だ」

蛭川は低く唸《うな》って、

「あなたを入れても四人だけですが、それで充分ですか。こっちにも多少は捜査員がいますから、少し回しましょうか」

「簡単な調査などは、頼むことになるだろうが、基本的には四人だけでやらせてもらう。それと車と——」

「拳銃ですね」

蛭川はポケットから鍵を取り出すと、金庫の扉を開けた。中から大判の書籍ほどの大きさの箱を四つ出し、棚の上に置いた。

隼はいちばん上の箱のふたを開け、中から拳銃を取り出し握った。

「九四式だな。これなら全員取扱いに慣れている」

蛭川は鍵を隼に渡し、

「管理はくれぐれも厳重に。必要な任務の時以外は、必ずこの金庫に保管してください」

と念を押した。

「車の方はどうなった」

「明日中には用意できるはずです」

蛭川と隼が部屋に戻り、隼がこれからの捜査方針を猫田、山原、若村の三人に説明した。

「港湾施設から近い、あるいは交通の便のいい旧軍施設や倉庫が三十四カ所ある。まずこれが第一の捜査対象だ。猫田、山原、若村の三人で一日最低三カ所を回り、十日以内で確認をすませろ。現場の指揮は山原がとること。猫田さん、いいね」

隼が質《ただ》すと、猫田は横を向いたまま、

「ああ、かまわない」

と答えた。

隼は続けて、蛭川へ向き、

「占領軍関係者の関与については、容疑の人物のリストアップをそちらにお願いする。これも期限は十日だ。山原たちの捜査が空振りに終われば、捜査の対象をそっちへ向ける」

「分かりました」蛭川は言った。「で、隼さん、あなたはその間、何をしているのです」

「私は中村中尉と部下たちの関係先を洗う。彼らが知り合いのもとに身を寄せて偽札造りをしている可能性もあるからな」

六

夕暮れ時である。霞が関のある庁舎前に一台の車が停まった。車から降りた男は、正面玄関前の階段を上ると、さっそうとした足取りで廊下を進んだ。年は四十代半ば、髪は短く刈られ、うすく引き締まった口もとと、くぼんだ眼窩《がんか》の奥に光る瞳から、秘めた知性がにじみ出ている。六尺豊かな長身は、仕立てのよい背広に包まれている。生地は舶来品であろう。

男の名は大内宗介《おおうちそうすけ》、元中佐。陸軍中野学校卒だから、隼や山原たちの先輩でもある。現在はある官庁の相談役という公式には存在しない職務に就き、毎日を多忙に過ごしている。

大内は廊下の先の階段を地下へ降りた。そこからわずかに降り勾配《こうばい》の地下道を進む。低い天井には数メートルおきに電球が点っている。やがて鉄製の大きな扉があらわれて、地下道は行き止まる。扉の向こうは戦時中、防空壕として作られ、今は書類倉庫とされているが、当の役所の人間さえ近よることのない一室だ。

大内は拳を固め、重く押し付けるようなノックをし、扉を開けた。

部屋の中は意外に広い。落ち着いた照明の下に、濃紅色の絨毯《じゅうたん》と濃茶色の壁板が映《は》える。低く空調の音が響き、室内の空気は快適に保たれている。

部屋の奥まった場所に、撞球台《ビリヤード》ほどもあるデスクが置かれ、そこに浮かぶ四角い大きな顔が、大内を見返していた。年は五十をいくつか超えているだろう。よく日に焼け、眼光は鋭い。

その鋭い眼光が大内を見すえて、

「やあ、よく来てくれた。そちらへ座りたまえ」

と扉側におかれたソファをさした。

「はい、室長」

大内は三人掛けのソファの左端に腰を下ろした。

室長と呼ばれた男も自分のデスクを離れ、大内の方へ歩み出した。立ち上がると、際立って背の低いのが分かる。頭の高さがソファの大内と大差ない。室長の身長は五尺そこそこと思われる。仮に女性だとしても大きな方ではない。その矮軀《わいく》に人並み以上に巨《おお》きく威圧的な顔が乗っかっている。異相と言っていいだろう。

その室長は、大内の向かいの椅子に身体を沈み込ませた。

「ご多忙のところ、恐縮です」

大内が頭を下げると、室長は片手をふって、

「なに、私ももう帰るところだった。ここにこもっていると仕事がはかどっていい。秘書たちはもう三十分も前に帰らせた。君がそろそろ来るころだろうと思ってね」

「恐れ入ります。この地下壕にも意外な効用があるものですなあ。しかし、室長がいつまでも日陰の身におられては、この国の損失は計り知れません」

妙に力んだ大内の言葉をいなすように、室長は懐から煙草を取り出して咥《くわ》え、大内にも勧めた。

室長は煙草をくゆらせ、

「たしかに今わが国の公安は危殆《きたい》に瀕《ひん》している。いつ共産主義者に国を乗っ取られてもおかしくない状況にあるといえる。しかし、君も承知のように、その危機感は多くの国民はおろか、政府の要人たちにさえ希薄なのが現状だ。ゆえにこうして、身をひそめながらの活動を強いられているわけだが、これも悪いことばかりじゃない。公認の機関でないがゆえにできることもまた多い」

「それはたしかにおっしゃる通りかもしれません」

「だが、まあ、じれったいほど歩みは遅いが、確実に空気は変わりつつある。ＧＨＱはすでに方針を転換し始めているし、わが政府内にも、理解者が少しずつだが増えてはいる」

ＧＨＱは占領当初、日本の民主化と非軍事化を推し進めたが、世界的にみると東西両陣営の対立の激化、国内でも共産党の勢力の躍進などの情勢変化から、統治政策の舵《かじ》を切り返しはじめている。

アメリカには、日本を、ソビエト連邦を核とする共産勢力の防波堤にしたいとの思惑があり、日本側にもその追い風に乗って再軍備や情報機関の再整備を目論《もくろ》む勢力がある。その中核にいる人物のひとりが室長であった。

「中枢部にソ連の息がかかった人間が入り込んでいる兆候は、あきらかになりつつあり、いずれ政府もその対応を迫られることになる。このような情勢にかんがみ、内閣官房に情報機関が設けられるのも、そう遠い先ではないだろう。しかし、それまでの間、身を挺《てい》してこの国を守っていくのがわれわれの使命だ」

「その覚悟にゆるぎはございません。今日、お伺いしたのも、われわれの作戦が順調に進んでいることをご報告するためです」

室長は煙草を口から離し、大内を鋭い目で見つめ、

「というと、例の君の後輩――」

「隼武四郎大尉です。いよいよ動きはじめます」

「説得に応じたわけだな。そうか、そうか、それはよかった」

室長はそう深くうなずくと、その苦み走った顔にはじめて笑みを浮かべた。

第三章　監視

一

「ようやく、当たりを引いたかもしれんな」

猫田泰三は双眼鏡を下ろすと、若村唱子の頭越しに山原健へ手渡した。山原は目標に双眼鏡を向けた。

有刺鉄線の柵の向こう、山原たちが乗る車から百五十メートルは離れている、トタン屋根の工場だ。建屋《たてや》は横三十メートル、縦六十メートルほどだろうか。機械搬入用口とその横の小さな通用口はともに閉ざされている。一階部分にはそれ以外、外界と通じる窓もない。

通用口の前にひとり見張りとおぼしき男が立っていて、軍服姿の白人の男と話している。男が通用口を開けると、白人は中に消えた。

三十分ほど前には、建屋の中からトラックが一台出て行った。幌《ほろ》がかかって積荷は確認できなかったが、偽札の運び出しと疑えなくはない。

情報によれば、ここはかつて発動機部品の製造工場だったという。終戦のあと、しばらく自転車の製造をしていたが、半年前に操業を止め、以来、閉めきりになっているはずであった。人の出入りがあるだけで充分怪しいのである。

工場は繁華街にも近く、敷地前の道に人通りが多いのが難だが、秘密工場としての条件は整っている。見張りの男も、いかにも後ろめたいことをやっておりますという怪しげな雰囲気をまき散らしている。ましてや米兵が絡んでいると来れば、なおさらだ。

「たしかに怪しい」

山原は双眼鏡を下ろしてつぶやいた。

「だったら、すぐに乗り込むか、応援を頼んだらどう。こんな狭いところに押し込められて、もう地獄よ」

運転席の山原と助手席の猫田に挟まれた唱子が憤慨《ふんがい》の声で訴える。

三人が乗るのは九五式小型貨物自動車。通称、くろがね四起《よんき》である。二人乗りで車幅は一メートル三十しかないから、間に無理やり座る唱子は拷問の連続だ。

捜査開始から一週間、この小型車を駆って東京とその近郊を走り回った。調査した物件は二十五、走行距離は推定八百キロ、しかし、全部空振りだった。

この繁華街に近い工場が、猫田の言うとおり、ようやくにしてあらわれた有力なターゲットだ。失敗はしたくない。

「三人だけで踏み込んでも、返り討ちにあうか、逃げられるだけだろう」

山原があやぶむと、唱子は、

「なら、すぐに応援頼みなさいよ」

「もう少し確証がほしい。あそこで偽札を造っているという」

「だったら」猫田があくびを嚙《か》み殺しながら言う。「夜まで待つしかないな。中の様子を見るには、あの階段を上がって、ドアを開けるか、窓の中をのぞかなければ無理だろう」

建屋には外階段が付いていて、二階部分にも通用口がある。また二階の明かり取りの窓のひとつが、外階段の踊り場の近くにある。

「夜までですって」唱子がうんざりとした声をあげ、山原を睨《にら》む。「さっきから肘《ひじ》が胸に当たってるんだけど、わざと？」

「そっちのでっかい尻が、おれのかぼそい脚の骨をへし折ろうとしているのは、どうなんだい」

「だいたい、ここに三人乗るのが無理なのよ。あなた、後ろの荷台へ移ったらどう」

「断る。おれは指揮官だからな」

山原が撥《は》ねつけ、猫田も、

「おれは最年長だ。荷台は勘弁してくれ」

「女だからって軽く見ないでね。今は男女平等社会です」

山原はせせら笑って、

「隼機関は大日本帝国陸軍の流儀でやる。女は員数外だから後ろだな」

「嫌、あたし、梃子《てこ》でも動かないわよ」

唱子が大きく身体をゆすると、山原と猫田は悲鳴をあげた。

日が暮れると、近くの繁華街から鯨波《げいは》のように喚声や車のクラクションなどが響きはじめた。逆に工場建屋前の通りからは人通りが途絶えた。

建屋の通用口の見張りは動かない。白人が中へ消えたあと、日暮れ前に一台のトラックが、建屋の搬入用口から中へ入った。出て行った者はいない。トラックにはふたりの姿が見えたから、最低、建屋の中には三人の人間がいるはずだ。

米軍放出品のシャツとズボン姿の山原と、派手なワンピースを着た唱子は、手をつなぎながら通りを工場の方角へ進む。ときどき唱子は嬌声《きょうせい》をあげ、山原にしなだれかかる。

有刺鉄線の柵の前までさしかかると、柵の壊れや、鉄線のほつれを探しながら、さらに歩を進める。柵の扉を何の期待もなく押してみると、あっさり開き、山原と唱子は工場の敷地内に入った。ふたりはもつれ合いながら、おぼつかない足取りで建屋の方へ近づく。

「きゃあ、ははっ」

唱子が大きくよろめき、山原は覆いかぶさるように唱子の身体を抱きかかえる。山原は唱子の口に自分の唇を押し付けようと顔を近づける。

「ははっ、あっ、……ちょっと、山原さん、何を」

唱子が声を殺して抗《あらが》うと、山原は唱子の耳に、

「馬鹿、続けろよ」

とささやく。

ふたりで半ば本気、半ば演技の争いを続けていると、ようやく侵入者に気づいた見張りが駆け寄ってきた。

「何を騒いでいる。ここは私有地だ。すぐに出て行け」

懐中電灯の明かりを当てられると、山原は唱子の身体を離して振り返り、

「ナンデスカ」

と外国人風の発音で問い返す。

「あんた、アメちゃんかい」

見張りの男の声に戸惑いがにじむ。山原の顔の造作はどう見ても日本人だ。しかし、日系の米兵も多く駐留している。

工場内の米兵が出てくれれば、すぐに化けの皮がはがされるだろうが、山原は当初の予定通り、米兵を装いとおす。

「アナタハ、ココノ、ショユウシャ、デスカ？」

「ちがう、警備をしている。すぐにここから出て行ってくれ」と言って、困ったように唱子へ、「なあ、あんた、この外人さんに分かるように説明して、おとなしく出てってくれよ」

「へっ、パンパンだからって、馬鹿にするんじゃないさ。あたしゃ、れっきとした日本人ですからね。日本の領土のどこへ足を踏み入れようと勝手じゃないかい。——きゃあ、ははっ」

ふたたび山原が唱子に覆いかぶさる。じゃれあうふたりに、見張りの男はあきれつつ、それでも何とか敷地の外へ出そうと、山原の背中を押したり、唱子の手を引いたりするが、ぬらりくらりと身体をよじられ、いっこうに埒《らち》が明かない。

ふたりが見張りを引き寄せているうちに、猫田は、裏側の塀を乗り越え、敷地へ入った。建屋の外階段までたどり着くと、足音を忍ばせ階段を上る。鉄製の階段は気をつけて足を運ばないと、大きな音を響かせる。踊り場におかれた木箱に足を引っ掛け、たたらを踏み、階段につよく手をついた。

その音を見張りが聞きつけた。

「おい、おまえ、何をやっている」

と叫び、建屋へ引き返しかけたところを、後ろから山原に肩をつかまれ、振り向かされて顎《あご》に一発拳を打ちこまれた。

大の字に伸びた見張りの手足を縛り、猿轡《さるぐつわ》をかませると、山原と唱子は外階段の踊り場へ駆けあがった。

「中の連中には気づかれたか」

山原は質す。猫田は首をふり、

「たぶん大丈夫だ。今、ドアの鍵を開ける」

踊り場に広げた道具袋から細い金属性の工具を取り出し、鍵穴に差し込んだ。しばらく操作を続けると、やがてカチリと音がして開錠された。

まず、山原がそっとドアを押して、十センチほどの隙間を開ける。中は暗くて何も見えない。さらに山原は隙間を押しあけ、四つん這いで中へ入った。猫田と唱子も同じ恰好であとに続く。

建屋の中は一、二階が吹き抜けの構造で、二階部分にフロアはなく、壁沿いに廻廊《かいろう》がめぐっているだけだ。窓の開閉や、クレーンや吊《つ》り上げ滑車などの操作や修理をするための通路となっているらしい。

廻廊の手すり越しに、三人は一階をのぞき込む。

天井と壁に数カ所取り付けられた明かりは薄暗いものの、障害物がほとんどないので、中を見通すだけなら充分ことたりる。

もともとあった製造装置はとっくに撤去されていて、その後、自転車を造っていたというなごりも今は見当たらない。一階のがらんどうのフロアには、一台トラックが停まっていて、その近くに荷が置かれている。すでに大半はトラックに積まれたのか、ズックの袋詰めの荷の山は小さい。

寒々としたフロアを見渡して、ほかに目につく物といえば、四メートル四方ほどのシートが掛けられ、盛り上がった一角だけであった。あれが印刷機なのだろうか。

ふたりの男が荷をトラックの荷台に乗せ、白人の男はそれを監視している。

「どうだ、あれは札束か」

猫田がささやくと、山原は手すりに顔を押し付けて、

「分からない。そうと思えばそうとも見えるが」

しかし、もしシートに覆われた物が印刷機だとしても、用紙やインクなどの在庫はどこにあるのだろう。それともここは偽札造りの現場ではなく、取引の中継所のようなものか。

もう少し近くから観察しようと、山原たちは四つん這いで前進した。

すると、とつぜん、一階の搬入用口の扉が叩かれた。

「警察だ、ここを開けろ」

という声と同時に、通用口のドアが押し開けられ、警官たちが一階のフロアになだれ込んできた。

「まずい、引きあげるぞ」

山原は立ち上がり、四つん這いの猫田と唱子を飛び越えてドアめがけて駆けだした。猫田と唱子も方向転換し、あとを追う。

ドアを出て外階段を駆け下りると、下から警官が上ってきて、行く手をさえぎる。

「止まれ。あっ――」

山原に肩を蹴られ、警官は階段を転がり落ちる。

三人は地面にうずくまる警官をまたぎ越え、工場の敷地を斜めに横切り、路上に停車したくろがね四起へ向かう。

「おーい、やられた。逃げられた」

階段下に倒れたまま、警官が周囲に応援を求めた。

その声に、敷地の中を警戒していた警官たちが、山原たちに気づき、追いかけてくる。

有刺鉄線の柵の前には、警察の車が停まっている。三人は逃走の方角を工場裏へ変えた。

建屋の裏側はコンクリートの高い塀が囲んでいる。猫田と山原は軽々、塀を乗り越えるが、唱子は山原の手を借りてどうにか塀によじ登った。飛び降りた拍子に足をくじいた。

「痛い」

唱子が足をさすっていると、

「ほら、肩につかまれ」

山原が唱子を支えて走り出す。

「やさしいところもあるじゃない。やっぱり、山原さん、あたしに気があるんだ」

「寝言はいいから、しっかり走れ」

三人は工場の周囲を大回りして、くろがね四起を停車した通りへ戻ってきた。いったん建屋の裏に向かったため、警官たちもそっちへ気を取られたようだ。通りには警官はもちろんほかに人影もない。

車の前まで来ると、山原は唱子の身体を胸の前に抱え上げた。

「あら、このまま助手席に乗せてくれるのかしら」

「勘違いするな、あんたは後ろだ」

と唱子を荷台に放り入れると、山原は猫田とともに前席に乗り込み、エンジンをかけ発車した。

二

「で、つまり何です」蛭川は山原の報告を聞き終えると、手にした鉛筆で自分の頭を掻き、「その工場では米軍の物資の横流しが行われていて、あなたたちは警察の手入れと鉢合わせした、ってわけですか」

警察を振り切って作戦室に戻った三人は、自分たちの机に着き、疲れた顔をしている。待機していた蛭川と隼へ、山原が代表して報告をしたところだ。

蛭川の問いに、山原はうなずき、

「まあ、急いで脱出したんで、確認の暇はなかったが、おそらくそうだろう。少なくとも、あそこが偽札造りの拠点でないのは確かだ」

「分かりました。これでまたひとつ、除外できた。あと捜索対象はいくつ残っています」

山原は壁の黒板をちらりと見た。黒板には捜索対象の工場の一覧が記されている。

「五カ所だ。明日、明後日中には調べ終えるだろう」

「たいへん結構、と言いたいところですが」と蛭川はテーブルの上に置いた整理箱のふたを開け、領収書の束を取り出し、「ちょっと経費が掛かりすぎています。無駄づかいが過ぎるんじゃないですか。とくに若村さん、あなたの衣装代はどう見ても多すぎる」

「あら、いろんな場面で、上流夫人やおかみさん、娼婦まで演じなければならないんですから、いっぱい衣装がいるのは当然でしょう」

「しかし、たとえばこの領収書、ズロース四十枚分、八百円というのはどういうわけ」

「下着だって必要ですわ」

「四十枚もかね」

「ははっ」山原は笑って、「間違いなく闇に流しているだろう。で、なければ、おむつがまだ取れていないか」

「失礼ね、きれいな下着をつけるのは女のたしなみよ」

「下着くらい、自分の金でまかなえよ」

唱子と山原のやり取りに、渋面を向けて蛭川は、

「山原さん、あなただって他人のことをとやかく言えませんよ。車の走行距離に対して燃料費がかかり過ぎている。タイヤの交換も七日で五回は多すぎる」

山原は机の上に足を乗せ、涼しい顔で、

「車の状態に問題があるんだ。維持費がかかるのは仕方ないさ。金のことをとやかく言うより、八百キロもぶじ走破したことを褒めてもらいたいね」

「たしかにあの車は問題だわ」唱子がめずらしく山原に加勢する。「三人で乗るには小さすぎます。もっと大型に替えてくださいな」

蛭川はますます苦い顔になって、領収書を箱に戻した。

「まあ、これまでの経費は仕方がないので認めましょう。車のことは今後、考えますが、何よりまず

結果を出しなさい。一刻も早く偽造紙幣工場の在《あ》り処《か》を突き止めることです」と、締めくくると、隼へ顔を向け、「あなたの方からは何か」

それまでひと言も口を挟まなかった隼は、椅子から立ち上がり、黒板の前に立った。隼は今日、除外された工場の記載を消して、

「あと二日で、あんたが最初にあげた捜査対象先はすべて調べ終わる。占領軍関係の容疑者のリストアップは終わっているのか」

蛭川はテーブルの上の書類を取り上げ、黒板へ進み、

「ほぼ終わってますよ。今の捜査で印刷機と偽造紙幣が見つからなかったら、次に探るのはこの三人です」

チョークを取って、三人の名を記した。

「どういう人物だ」

山原が質す。

「三人ともGS（民政局《みんせいきょく》）に所属する将校ですが、調査によると色々と裏の仕事に精を出しているようです」

「というと」

「米軍の物資を横流ししたり、旧日本軍や日本政府の隠し財産を横領したり、……うまく立ち回っているので、証拠はつかまれていないようですが」

蛭川は三人の名前の後ろに階級を書き加え、さらに出入り先の住所も記した。

「ところで」蛭川は黒板から振り返り、「隼さん、あなたの中村中尉の捜索はいかなる状況です」

隼は首を横にふって答えた。

「過去の捜査書類を調べているところだが、今のところ手がかりはない。中村中尉と五名の部下たちは、終戦後、その足取りを完全に消してしまっている」

三

隼たちが作戦室で明日からの捜査の段取りを話し合っている時、コンクリート塀の門柱に身体を押し付けるように立ち、その部屋の明かりをそっと窺う影があった。建物の窓からこぼれる薄明かりに、カビのような無精ひげが映る。足元にたまった煙草の吸殻の量からして、かなりの時間ここに留まっているようである。

通りからもうひとり、影が近づき、声をかけた。

「池さん、お疲れさまです。どうですか、様子は」

「今夜はもう動かんだろうな」

古池幸之助は門柱を離れ、歩き出した。

「そうですか……」

古池のあとに続き、後輩刑事の木村民雄《きむらたみお》がつぶやく。

「おまえの方で、何か分かったか」

「ええ、蒲田《かまた》署の知り合いに問い合わせしたところ、やっぱり、あれは不良米兵の物資の横流しだったみたいです。運び屋と見張りは捕まえたけど、肝心の大元には手が付けられないって、ぼやいてましたわ」

現在、占領下にある日本の警察に、米兵を逮捕し取り調べる権利がない。米兵の犯罪についてはほぼ野放しの状態だ。下っ端の日本人だけ捕まえても、証拠不十分で釈放になる場合が少なくない。ただでさえ敗戦により、警察の権威が低下しているところに、理不尽な現状が加わって、現場の士気はあがりようもなかった。

「いくら靴底をすり減らして捜査をしたところで、アメ公が絡んでいたらそこで終わりっていうんじゃ、やってられませんよ」

駅へと引き上げる道でも、木村の愚痴は止まらない。

駅前の明かりが近づくと古池は、屋台の飲み屋に木村を誘った。後輩の労に報いるためと、自分のやりきれなさを発散するために。

隼武四郎と山原健の身柄を強奪されたことは、古池にとって警察官人生最大の屈辱だった。単に古池個人の面目の問題だけではない。警察の沽券《こけん》にかかわる不祥事であり、本来なら古池は相応に重い処分を受けても不思議はなかった。ところが、この件はなぜか大きな問題にはならず、古池も譴責《けんせき》とは名ばかりの、形式的な注意を受けただけで済んだ。隼たちを奪った犯人の捜査も行われなかった。新聞報道も一切なく、世間的にはあの事件は、存在しないも同然だった。

仮にも公務中の警察官が襲撃され、犯罪容疑者ふたりが何者かに連れ去られたのである。納得がいかず、古池は課長に糾《ただ》したが、

「自分の不祥事に蓋をしてもらって、文句を言うやつがあるか」

と逆にどやしつけられた。

だが、古池は見逃さなかった。課長の瞳の奥に、ある種のうしろめたさがひそんでいるのを。

（これは何かある）

第六感が告げた。そもそも、取り調べ中の容疑者をとつぜん、本庁へ移送せよという命令もおかしかったし、その本庁から迎えの人も車もよこさなかったのもおかしい。さらにその移送途中を狙いすましたように襲撃者が容疑者をさらっていった。これを単なる偶然と考えるような人間に、刑事を名乗る資格はないだろう。

（おそらく）

課長はただ命じられたことをしているだけで、今回のことはもっと上層部の意思が働いている。警察という巨大組織の意思に逆らうのは、誰にとっても容易なことではない。ましてや古池はその組織の一員だ。

公然と捜査をするわけにもいかず、古池は、新人のころから面倒を見てきた木村民雄だけに事情を打ち明け、ふたりでひそかに隼と山原の行方を追った。

捜査をはじめて五日目、木村が使っている情報屋から、山原らしき男が、トラック型のくろがね四起で都内各地を走り回っているという報《しら》せがもたらされた。山原のほか、男女二人が同行しているという。

それから二日間、都内の幹線道路を張っていると、目的のトラックに遭遇した。すぐにタクシーを拾い、あとを追いかけると、繁華街に近い倉庫で山原たちは張り込みをはじめた。その様子を遠巻きに観察していると、夜になり山原は仲間たちと謀り、倉庫へ侵入した。さらに古池の同業者がその倉庫へ手入れに入り、山原たちはほうほうの体《てい》で逃走した。それを追跡し、山原たちの潜伏先にたどり着いた。古い病院跡らしい建物に入った山原たちを、古池が見張っている間、木村は倉庫の所轄である蒲田署の人間に連絡を取り、事件の内容を探ったのだった。

「池さん、かなりタクシー代、使ったでしょう」

屋台で銚子をかたむけながら、木村が聞いてきた。

「ああ、……おまえもかかった金額を言ってくれ。おれが払う」

「いえ、今日までの分は大丈夫です。ただ、これ、いつまで続けます」

木村の懸念は無理もない。上に隠れての捜査だけでも相当まずいが、もし、隼たちを勝手に捕えたら、どんな反応が返ってくるか想像がつかない。

じつのところ、古池もどうすべきか、考えがまとまっていない。

受けた屈辱はそそぎたいが、ふたたび隼と山原を捕えようとしていると上に知れたら、必ずストップをかけられる。古池と木村、ふたりが動いていると、それだけ上に察知される危険も増す。とりあえず、隼たちの居所が分かった今、いったん戦線を縮小した方がいいだろう。

「しばらく、おまえは離れていろ」古池は得体の知れない煮込みを口に運びながら、木村に言った。

「いずれまた、おまえに助けを借りる時があるかもしれないが、しばらく、おれひとりであいつらの狙いを探ってみる」

四

山原、猫田、唱子の三人組は、三十四カ所の捜査対象先を回り終えた。当初の予定通り、十日がかりだった。結局、偽造紙幣印刷機は見つからない。

翌日からは、米軍将校への監視がはじまった。ターゲットは、蛭川が新たにあげた三人である。

アルバート・ギブス中尉
ビル・ハードウィック中尉
ジェーク・オデール少尉
事前の蛭川の情報によれば、これら三人の将校はすべてGS（民政局）の所属である。GSの主な職務は、軍閥、財閥の解体、軍国主義思想の排除、民主化政策の推進であった。団体、個人を問わず、民政全般に強力な権力を握っていたから、汚職をしようと思えば、いくらでもできる部署でもある。蛭川が目をつけたのも、その辺りの事情をくんだものであろう。

ギブス中尉たち三人は本部の第一生命館のほかに、銀座にオフィスを構えていた。興南《こうなん》ビルという三階建ての二、三階を占めるエムケイ企画が、彼らの隠れ蓑《みの》となっている。三人が全員同じ場所にいるのは、監視には好都合であった。

監視の車輛は、ビルの入口が見える通りの向かい側、三十メートルほど離れた位置に停めた。今回から車種がくろがね四起から、より大型の九四式トラックに替わった。

「でも、せっかく大きな車に替わったのに、四人で乗ったら、窮屈さは変わらないわね」

唱子は窓の外へ煙草の煙を吐きながらぼやいた。

三人乗りの座席には、左端から唱子、猫田、隼、山原の並びですし詰めになっている。

「おれがそんなに恋しいなら、ここへ移っても構わないぜ」

運転席の山原が自分の太ももを叩く。

「ふん」

唱子は鼻を鳴らしてそっぽを向いた。

「無駄口を叩かず、しっかり監視しろ」隼が言った。「ここに一時間も停めていれば、怪しまれるから、そろそろ移動させる。おまえたちは通りを歩きながら、ビルの入口を見張れ」

「だけど、毛唐《けとう》って、みんな同じ顔に見えるんだ。ぞろぞろ出てこられたら、見分けがつかんかもしれん」

猫田が自信なさげにつぶやいた。

「大丈夫、あたしがちゃんと見分けるから。猫田さん、あたしといっしょに町をぶらつく振りをすればいいわ」

「へっ、なんでそんなに毛唐の顔にくわしいのかねえ。やっぱりパンパンあがりって噂《うわさ》はほんとかな」

山原が煽《あお》ると、唱子は猫田の腕を取って、

「なんか、必死であたしの気を引こうとする人が暑苦しいから、もう行きましょう」

唱子と猫田はペアで、山原と隼は単独で、通りを行き来して、ビルの監視を続けた。何度も同じ人間が通りに居続けては不審を招く。三交代で時間をずらしながら、ビルの出入口は常に誰かの視界におさめるよう調整した。

昼すぎに一度、ハードウィック中尉が本部へ行った以外、三人の将校は終業時間までビルを出ることはなかった。

午後五時になると、三人は次々と帰途に着き、まっすぐ官舎へ帰った。夜間も監視を継続したが、三人とも一歩も官舎を出なかった。

翌日から、唱子は、興南ビルと同じ通り沿いにある、五十メートルほど離れた場所の生花店に売り子としてもぐり込んだ。隼たちはそこからさらに百メートル以上西へ行ったビルの一室を拠点とし、徒歩や九四式トラックで巡回をして興南ビルを監視下においた。

この体制で都合、五日間、監視を続けたが、三人の米軍将校の行動に目立った変化はなかった。朝八時にオフィスに入り、午後五時にオフィスを出て官舎へ帰るという、小役人さながらの判で押したような生活を見守るだけであった。夜は夜でおとなしく官舎で過ごし、夜遊びに出ることもない。

一週間の監視のあと、隼たちはいったん、作戦室へ引きあげた。

「収穫は無し、ですか」

重い足取りで四人が部屋に入ると、書類を整理していた蛭川が言った。

四人は無言で椅子に腰を下ろし、やがて隼が、

「少なくともこの六日間、あの三人が直接不正に関わっている気配はまったくなかった」

と応えると、山原も、

「その前の捜査もまったくの空振りだったし、あんたが挙げてくる調査対象が的外れなんじゃないのか」

と疑問を呈した。

蛭川はテーブルいっぱいの書類を脇に寄せ、

「偽造紙幣の印刷工場はただ一カ所ですから、捜査先のほとんどが無関係なのは当然です。無駄骨を惜しんでいては、捜査などできませんよ」

「でも」唱子が横から口を出す。「あの外人さんたち、見た目も真面目そうで、みんな軍人っていうより、学校の先生みたいだったわ」

蛭川は眼鏡を外すと、

「人は見かけじゃ分かりませんよ。善人面《ぜんにんづら》でとんでもない悪さをする人間はいくらでも世の中にいます」

「へへ、あんた自身のことか」

山原が笑った。

「そう言うご自身はどうです」

「どうせおれは最初から悪人面《あくにんづら》だ。入れ物と中身に違いはない」

とうそぶく。

「まあ、それはともかく」蛭川は言った。「今しばらくは興南ビルの見張りを続けましょう」

しばらく沈黙が続いた。六日間、昼夜を問わない監視に、四人の体力も限界に近づいている。

「明日、一日、おれたちは休む」隼は言った。「一日だけ、そっちの人員であの三人の監視をしてくれ。明後日からまた監視を再開する」

五

翌日、猫田泰三は、電車を乗り継ぎ有楽町《ゆうらくちょう》へ向かった。駅を出ると、猫田は週末で人通りの多い日《にち》劇《げき》前を足早に通り過ぎ、裏通りの狭い路地へ身を隠すように入り込んだ。

この辺りでも夜間なら鮮やかに灯が点り、多くの人出があるのだが、昼中は街一帯がだらしなく弛《し》緩《かん》している。通りのいたるところにゴミが散らばり、ルンペンがそれを拾って歩いている。夜の主役である艶《あで》やかな女たちは、影さえ見えない。

猫田は路地を二度行き来し、尾行の有無を確認した。見通しのきく路地の角で煙草を一服し、もう一度辺りを見回して、ようやく納得したのか、煙草を踏み消すと、ふたたび歩き出した。

猫田が足を踏み入れた建物は、戦災を免れた三階建てのビルで、表通りに面した入口には紅閣《こうかく》ビルとの銅製の看板が掲げられている。猫田は裏口がある路地側から入り、階段を上った。三階まで上りきると、廊下の先にあるドアの前に立った。木製のドアにはそこだけ新しい白いプレートがはめ込まれ、安達《あだち》興業と記されている。三階はこの安達興業が占めているらしい。

猫田はドアをノックし、自身の名を告げた。開錠の音とともにドアが開き、猫田は室内に通された。机と書類棚が狭苦しく置かれた、都内のどこにでもありそうな事務所だ。壁に貼られた世界地図や黒板に記された外国語、サイドボード上に並ぶ商品サンプルらしき玩具などを見ると、貿易関係の会社かと想像される。

室内には、ドアを開けた中年の女のほかに人の姿はない。事務員の制服を身に着けた女は、

「皆さんもうお出《い》でになって、お待ちですよ」

と責めるような口調で告げた。

猫田は女を一顧《いっこ》もせず、部屋を横切り、奥のドアをノックした。

「入りなさい」

ドア越しのくぐもった声に応じて猫田は入室した。

カーテンが引かれた部屋は昼間というのに薄暗い。大きく横に長い机が置かれ、三人の男が並んで座っている。背後の壁には陰鬱《いんうつ》な色使いの油絵が架かっている。その絵画の横の扉は閉ざされていた。三人のうち、真ん中の男は大柄で赤ら顔の白人だった。茶色の髭《ひげ》が顔下半分を覆い隠している。肩幅が異様に広く、背広の肩も胸もはちきれそうに膨らんでいた。

右隣の男は、それとは対照的に栄養失調かと思われるほど痩せ細っていた。黒縁《くろぶち》の眼鏡の奥から神経質そうな視線を猫田へ向けている。

左端の男は、ちょうど横のふたりを足して二で割ったような平均的な風貌であった。このあと町で出会ってもおそらく気づかないであろう。どこにでも転がっている平々凡々とした体型と顔つきの男だ。

「お座りなさい」

真ん中の白人が机の前におかれた椅子を示して言った。

猫田が着席すると、平凡な風貌の男が、

「さっそくですが猫田さん、報告をしてください」

と告げた。

猫田は三人の男たちへ均等に視線を送りながら、

「この一週間は事前に報せたように、隼たちとともにGS（民政局）の三人の将校の監視を行いました」

と言った。白人が頰鬚《ほおひげ》を触りながら、

「何か動きはあったのかね」

「いえ、何も怪しい様子はありません。また、明日からも同様の監視を続ける予定です」

「蛭川たちが別の線を探っているということはないかね」

黒眼鏡の痩せがじろりと猫田を見つめて言った。

「と言いますと」

「君たちに見込みの薄い線を調べさせて、自分たちが別の有力な先をあたっているという可能性だよ」

「絶対ないとは言い切れませんが、確率は低いでしょう。蛭川の人員の大半は事務方です。現場の捜査はわれわれに任せているというのが現状です」

「蛭川や隼が、君の正体を疑っていることもないかね」

「ありません」

短く、きっぱりと猫田は答えた。

黒眼鏡は不満そうな顔だったが、それ以上は何も言わなかった。左端の平凡な男が、手元の書類に目を落としながら、

「例の偽札印刷機ですが、本当に存在すると思いますか」

と尋ねた。猫田はまっすぐ前を見て、

「各地で偽札騒ぎが起きていることは確かなのでしょう」

「ええ、その事実のいくつかはこちらでも把握しています」

「ならば、どこかにその偽ドルを造った機械はあるはずです。いま追っている線がそこに結びつくかどうかは分かりませんが」

「なるほど、分かりました」

男はにっこり微笑み、隣の白人と黒眼鏡に問いかけるようにうなずくと、ふたたび猫田に顔を向け、

「では、また一週間後にここで。もし急を要する事態が生じた場合は、その限りではありません」

猫田は薄暗い部屋を辞して、事務机が並ぶ部屋を抜け廊下にでた。女事務員はすでに帰ったのか姿はなかった。

階段を下り、ビルを裏口から出る前に外をうかがうと、猫田は周囲に人がいないのを確認して帰途についた。


猫田が帰ると、薄暗い部屋の中で三人の男たちは、もう一度、討議をはじめた。

平凡な顔立ちの男が、

「猫田たちは印刷機へたどり着けるでしょうかね」

と問うと、黒眼鏡の男が身を乗り出して、

「印刷機の有無を問う前に、まず、われらの工作員である猫田が信用に足る男か、そこを話し合わねばならない」

「また、その話ですか」

白人の男がうんざりとした声をあげた。

「重要なことは何度討議しても、しすぎるということはありませんよ、同志ベズウーホフ」

「では、うかがいますが、同志森田《もりた》」平凡な顔立ちの男が言った。「私が見出した工作員の猫田泰三のどこが怪しいというのです」

森田は眼鏡の奥の瞳を光らせ、ふたりの男を見すえながら、

「もとは陸軍の将校だったという猫田が、戦後、いかに食い詰めたとはいえ、同志青柳《あおやぎ》の説得を受け入れ、あっさり工作員になることに同意したのは、あまりにも都合がよすぎる。さらに、その直後に、蛭川から偽ドル紙幣製造の捜索を頼まれるという流れも、何やら謀略めいた臭いがぬぐえない」

青柳は首をふって、

「猫田は軍隊時代、懲罰をくらい二階級の降格になっています。これが猫田の反抗精神の根本にあります。最近になって志《こころざし》を変えたように同志森田はおっしゃいましたが、そうではありません。猫田と私は戦時中から、付き合いがありました。工作員になることに同意したのもそのころです。昨日今日、急に起きた心変わりではないのです。そこに至るまでには、彼なりの懊悩《おうのう》や煩悶《はんもん》もあったことでしょう。

蛭川の言う偽ドル紙幣については、われわれの調査でも事実関係を確認している事件が複数あります。これらの事件にどういう意図が隠されているのかはまだ分かりませんが、臆病風に吹かれてためらってばかりいては、われらが理想とする社会の創立も遠ざかるばかりではありませんか」

青柳が説くと、ベズウーホフは力強く首を縦に振って同意を表した。形勢の不利を察した森田は、しきりに眼鏡のふちを指でさすりながら、

「しかし、同志青柳自身も認めたように、偽ドル紙幣の件はまだ不明のことが多々あります。この事案については慎重の上にも慎重な取り扱いが必要でしょう」

と抵抗を示した。

ベズウーホフが口を開きかけ、思い直したように閉じた。日本語で森田に討論を挑んでも勝てない

と考えたようだ。青柳も持て余したように、頭をかいて、

「これ以上、われわれだけで話していても、堂々めぐりかもしれません。ここで同志鷺谷《さぎたに》のご判断を仰ぎましょう」

と言うと、ふたりも同意した。

三人の男たちは立ち上がると、背後の扉の前に立った。青柳がノックをして、扉を開けた。

「失礼します」

と口々に言いながら、三人はぞろぞろと扉をくぐった。

そこは隣ふたつの部屋にくらべてずっと狭く、殺風景なほど何もない部屋だった。薄汚れた白壁と、色あせた木の床の取り合わせは、空の倉庫を連想させる。出入口は三人が通った扉のほかに、直接廊下へ通じる扉があり、壁には小さな隠し窓があり、今まで三人がいた隣室がのぞけるようになっている。室内にただ一セット置かれた古ぼけた机と椅子には、先ほど事務室にいた女が陣取っていた。

三人はその机の前に直立不動で並ぶと、青柳が代表して、

「猫田からの報告と、猫田の工作員としての信頼性につきまして、同志森田より疑義が呈せられ、討論を重ねるも、同志森田の見解と、私と同志ベズウーホフの見解との一致を見ることができませんでした。つきましては、同志鷺谷のご判定をお願いいたします」

事務服姿の鷺谷和子《かずこ》は、机に肘をついて三人を見上げ、

「話は最初から全て聞いていています」

と目で壁にある隠し窓を示し、

「猫田についいは、常に観察を怠《おこた》らないことが重要でしょう。これは同志青柳、あなたが責任を持って

行いなさい。偽造紙幣については、同志森田が言うように、疑いの目を持って見る用心を怠ってはなりません。しかし、もし事実、精巧な偽造ドル紙幣の印刷機が日本国内にあり、それをわれわれが手に入れたとすれば、大変な実績となります。むろん、その機会を逃すことは、決して許されません。

この件に関しては、次回、もう一度、猫田から詳しく聞き出し、信用性を評価したうえで、書記《しょき》に報告をあげましょう。じっさい印刷機の存在が確認されれば、本国からの指示を仰ぐことになるでしょう」

ベズウーホフ、森田、青柳の三人は、同志鷺谷の言葉をかしこまって聞いた。

第四章　追跡

一

新橋駅から中央通りを銀座六丁目へ向かって歩いていると、進行方向から一台のトラックが近づいてきた。運転席に隼武四郎の姿を認めて、古池幸之助は反射的に背を向けた。やり過ごしたトラックを横目で追い、排煙をまいて築地《つきじ》方面へ曲がるのを確認した。

隼が車を出しているのなら、山原や猫田も通りを見回っているかもしれない。古池は足早に裏通りへ入り、喫茶店に身を隠した。

隼たちが銀座に根を下ろして始終見回りをするようになって、もう十日以上たつ。古池は刑事としての仕事の合間に観察を続けているが、隼たちが念入りにこの銀座周辺を監視しているのは明らかだった。

隼の指揮の下、山原のほか、猫田、若村も監視に加わっている。しかし、具体的に何を監視しているのかは分からない。隼はあるビルの一室を借りてそこを拠点とし、山原と猫田もそこにつめて、若村は少し離れた花屋で働いている。

おそらくその付近に監視対象がある。隼の狙いは何だろう。金か、人か、物か。それが分かれば、監視対象の正体もおのずと明らかになるはずだ。

（せめて、もう少し隼たちの監視に時間を割ければ）

古池が紫煙をくゆらせ、頭を悩ませていると、店のドアが開いて木村民雄が入ってきた。

「池さん、やっぱりここでしたか」

木村は古池の向かいの席に腰かけた。

「おまえ、たしか張り込み中だろう。大丈夫なのか、こんなところ来て」

「ええ、ちょうど交代が来て、時間があいたんで。ところで、あいつら、やっぱりただ者じゃありませんよ」

「あいつらって、隼たちか」

「そうです。聞き込みの合間に、役所へ行って隼のことを調べ、昔の軍隊仲間に連絡を取ったんですよ。そうしたら、隼は中野学校の出だそうで」

「何だ、その中野学校って」

「知らないんですか、旧陸軍のスパイ養成機関ですよ」

古池は煙草の火を灰皿に押し付けた。

「隼がスパイ……。で、山原や猫田、若村もか」

「山原と猫田は軍隊仲間ですから、間違いなく中野学校でしょうね。若村唱子は戦争未亡人のようです。隼とのつながりはまだ分かりませんが、ああやって仲間に加わっているんですから、スパイ訓練を受け、実戦の経験も間違いなくあるでしょう」

「そうか……」

古池は上着のポケットから紙を取り出し、テーブルの上に広げた。そこには周辺の地図が古池の手書きで記されている。古池は地図上の区画を鉛筆で囲み、

「これまでの隼たちの動きからして、この範囲にあいつらの狙う何かがあるに違いない」

木村は自分の方に地図を向けて、

「この辺りだと、銀行も宝石商もない、個人の住宅なんかもちろんないし……、小商《こあきな》いの店を狙うとも思えない、とすれば、やはり一帯のビルに入っている事業所があやしいですかねえ」

「そうだな、この範囲にある事業所の業務内容を調べれば、何か見えてくるかもしれないな」

「いいですよ、おれ、手伝います」

木村が身を乗り出すのを、古池は手をふって押しとどめ、

「おまえは今の仕事に専念しろ。助けはありがたかったが、もうこれ以上首を突っ込むな。課長も怪しみだしている。おれはどっちにしても先がないが、おまえまで将来を棒に振ることはない」

「いえ、やらせてください」木村は訴えた。「おれがこうして一人前の刑事をやっていられるのも池さんのおかげなんだし。それに、課長や係長は大丈夫です。おれ、最近はけっこう信用あるみたいですから」

木村が言う古池のおかげとは、木村の新人時代、張り込み中に犯人を取り逃がし、刑事課を追われそうになった時、古池が自分のミスだとかばったことを指しているのだろう。木村の粘り強い性格が刑事向きだと見抜いた古池の目は間違ってなかった。

その木村の助けが得られたなら、どれほど楽か。古池にも正直頼りたい気持ちはある。

「じゃあ、あと少しだけ、手助けを頼む。でも、くれぐれも無理はするなよ」

と古池が言うと、木村はうれしそうにうなずいた。

二

午後二時、アルバート・ギブス中尉が興南ビルを出ると、隼はトラックで、山原が徒歩で、あとを追った。ギブスがタクシーを拾えば隼が、徒歩や電車で移動するなら山原が、追跡を続けられる態勢だ。

ギブス中尉はビルから半ブロック離れた角でタクシーを拾った。ギブスを乗せ七丁目の交差点を曲がるタクシーを隼は追った。角を曲がる手前で、通りにたたずむ古池の姿をバックミラーに捕えた。

タクシーは、万年橋《まんねんばし》から築地《つきじ》本願寺《ほんがんじ》前を抜け、隅田《すみだ》川《がわ》沿いを上っていく。永代橋《えいたいばし》で隅田川を渡り、昨年までの深川《ふかがわ》区、今は城東《じょうとう》区と合併し、江東《こうとう》区となった永代通りを進む。この辺りは昭和二十年三月十日の東京大空襲で焦土と化したが、復興も目覚ましく、粗末なバラックが多いが、ともかく通り沿いは建物が立ち並んでいる。

タクシーはその密集地を抜け、海岸沿いの倉庫が並ぶ通りへ入り込んでいく。見通しの悪い道に入ったので、隼はトラックの速度を上げ、間を詰めた。辺りには材木屋や工場が多く、トラックは珍しくない。近づいても怪しまれないと踏んだ。

波板のトタンで覆われた倉庫の前にタクシーは停まり、ギブスは降りた。隼は速度を落とさずタクシーを追い越し、向かい側の倉庫の陰まで回り込み、トラックを停車させた。隼はトラックを降りて、倉庫の陰から様子をうかがう。

すでにタクシーは去り、ギブスは倉庫の扉を開けて中に入るところだった。あたりを気にする素振りも見せず、特に用心するふうもない。

隼はギブスの姿が消えると、倉庫へ近寄ってみた。赤錆《あかさび》が覆う波板張りの倉庫は、縦八メートル、横十五メートルほどの大きさだ。窓はなく、正面に跳ね上げ式の大扉とその横にあるギブスが入った小さな扉が、出入口のすべてだ。粗末な造りだが、隙間などはなく、外から中の様子はうかがい知れない。耳を澄ましても、音などももれてこなかった。

いったんトラックへ戻りかけると、角を曲がってタクシーが近づいてきた。さっきギブスを降ろしたのとは別の車だ。

隼はうつむきながらそのまま歩き、タクシーとすれ違い、向かいの倉庫の陰に身を寄せた。タクシーはギブスがいる倉庫の前で停まり、外国人が降りた。ジェーク・オデール少尉だ。

オデール少尉も倉庫の中に消えた。するとその直後、さらに一台のタクシーが先行車と同じ方角から近づいてきた。スピードを極端に落としている。奥の座席に山原の顔があった。隼は合図をして、タクシーを止めた。

「オデールはあの倉庫に入った。ギブスも中にいる」

隼は山原を向かいの倉庫の陰へ引き込んで言った。

「やっと、動き出しましたね。ようやく単調な張り込みともおさらばだ」

「まだ、分からんぞ。倉庫の中を確認しないとな」

隼は慎重な見方を崩さない。

しかし、うかつに近づいて、向こうに気づかれては、すべてがぶち壊しになる。

隼はトラックを、ギブスたちのいる倉庫から百五十メートルほど先にある空き地へ移動させた。そして荷台に山原とともに寝そべって、倉庫を監視した。

「そういえば」双眼鏡を覗《のぞ》いたままの姿勢で山原が言った。「さっき、カビひげのおやじ、見かけましたよ。しつこくおれたちを追っているようで」

「ああ、おれも気づいた」

「どうします」山原は双眼鏡を離して、隼へ向きなおった。「蛭川に言って追い払わせますか。奴なら警察にも裏から手を回せるはずです」

「いや、放っておけ。変に圧力をかけると、かえって意地になる。あの手の刑事はそういうへそ曲がりのところがある」

隼は倉庫へ視線を注いだまま答えた。

しばらくすると、黒塗りのビュイックがあらわれ、倉庫の前に停まった。まず運転手が車から降り、後部座席を開けた。中から人相の悪い中年の男が姿をみせ、倉庫の中へ入った。

三

夜八時半、隼と山原が作戦室に戻った。蛭川のほか、猫田と唱子も顔をそろえていた。

隼と山原が椅子に腰を下ろすより早く、蛭川は急《せ》き込むように尋ねてきた。

「ギブスとオデールが動いたそうですね。どうでした、印刷機の在り処、分かりましたか」

蛭川ばかりでなく、猫田と唱子も興味津々《きょうみしんしん》の視線で隼と山原を見つめる。ふたりはじらすように煙草に火をつけ、天井に煙を吐き出したあと、山原がようやく口を開いた。

「ギブスがビルを出たあと、十分くらいしてオデールもあらわれてタクシーに乗り込んだんで、おれもタクシーを拾ってあとを追ったんだ。ギブスとオデールは門前仲町《もんぜんなかちょう》近くの倉庫でいっしょになった」

「倉庫の中を見ました？　印刷機はありました？」

蛭川は性急にたたみかけるが、隼は顔を横に向け、猫田と唱子に、

「ギブスたちが留守にしている間、ビル・ハードウィックはどうしていた」

と質した。猫田が、

「ふたりが出たあと、三十分ほどしてハードウィックは本部の第一生命館へ行って、午後六時半には官舎へ帰った」

と答えた。

「ハードウィックが外出すると知って、ふたりが示し合わせて、別々にビルを出たのかしら」

唱子が言うと、山原が、

「ギブスとオデールがグルで、ハードウィックは蚊帳《かや》の外ってわけか。だが、それなら、ハードウィックが外出したあとで、行動を起こすんじゃないかな。やはり三人は共犯で、役割分担をしているのだろう」

との見解を示した。

蛭川の苛立《いらだ》ちは限界に達したようで、手にした書類でテーブルを叩き、

「隼さん、早く報告してください。ギブスとオデールは何をしていたんです。倉庫で」

隼が目でうながすと、山原が、

「ふたりが倉庫に入ってしばらくしたあと、もうひとり、別の人物があらわれたんだ」

「誰です。知っている人ですか」

間髪を入れずに蛭川は問う。

「ああ」山原がうなずいた。「新宿の闇市で一度顔を見かけたことがある。大熊吾郎《おおくまごろう》って知っているか」

「大熊吾郎……」蛭川は眉を寄せた。「聞いたことがありませんね。闇市の仕切屋《しきりや》か何かですか」

「そう、いや、もう少し大物だ」

大熊は戦前からのヤクザ組織、大熊組の組長である。戦前、戦中から、港湾《こうわん》利権に食い込んでいたものの、さほどの存在ではなかった。昭和十二年、傷害事件を起こして服役をしている。皇紀《こうき》二千六百年の恩赦で出所した。戦後は組織を急拡大させ、裏社会のみならず、政界の一部にさえ影響力がおよびはじめているという。その急伸長の陰には、さる大物右翼と親密な関係があり、その架け橋となった旧海軍の秘密資金の存在がささやかれている。

山原の説明を聞くと、蛭川は腕を組んで、

「ということは、GSの将校がヤクザと組み、偽ドル造りで儲《もう》けを分け合っているという構図か……。で、その大熊と将校たちはどうしたんです」

「ギブスたちと大熊が倉庫にいたのは三十分ほどだった」山原は言った。「倉庫から出た三人は、いっしょに大熊のビュイックで銀座へ戻った。ギブスとオデールを興南ビルの近くで降ろし、大熊は組事務所へ帰った」

「米軍将校とヤクザの密会は、今後の取引の拡大のためか、それとも手仕舞《てじま》いのためか」

蛭川は首をかしげる。

「大熊が事務所に入るのを確認したあと、おれたちはもう一度、倉庫へ引き返した。倉庫のふたつの扉は厳重に施錠されていた。無理すれば開けられるかもしれないが、あとでかならず気づかれる。なので、ひとまず捜索はここまでとして引きあげて来た」

と山原が語ると、隼があとを引き取った。

「というわけだ。印刷機が中にあると見切って、倉庫へ押し入るか、それとももうしばらく監視を続けるか。どうするかは、あんた次第だ」

蛭川は悩ましげに唸り声をあげ、天井を見上げながら言った。

「押し入って万が一何も出てこないとなれば、取り返しがつきません。しばらく倉庫を監視下におき、人と物の出入りを観察しましょう。こちらからも人員を出します。明日から二十四時間体制でお願いします」

四

日中は隼と猫田、夜間は山原と唱子の分担となった。蛭川の申し出を断り、四人だけの二交代での監視だ。

翌日、日が暮れると、山原は唱子を隣に乗せ、くろがね四起を江東区の倉庫群の中を走らせ、隼たちの乗る九四式トラックの横に付けた。ギブスたちが出入りしていた倉庫の入口が視界に入り、なおかつ向こうからは積み上げられた廃材の山がさえぎって、ほとんど目につかない位置である。

山原は車を降りて、トラックの運転席の隼に尋ねた。

「どうです、様子は」

「何の動きもない。今日はこれまで誰の出入りもなかった」

隼は言い、隣の猫田はぐったりとして頭をドア窓にもたせ掛けひと言もない。張り込みの単調さと過酷さがうかがえた。

「分かりました。じゃ、これからおれたちが朝まで」

山原がトラックのドアを開け、入れ替わろうとすると、

「こいつのギアの調子がおかしい。もし追跡となったらお手上げだ。これから修理に持っていくから、今晩はあっちで見張ってくれ」

と隼は言うと、九四式トラックのエンジンをかけ走り出した。低速のまま、長々と一速で走り、しばらくしてガリガリと異様なまでに大きな音をたてて変速すると、二速のままひたすら走り、闇の中に消えた。苦しげなエンジン音は遠ざかったが、鼻をつく排気臭はなおしばらく辺りに残った。

山原がくろがね四起の運転席に戻って説明すると、唱子はうんざりした顔で、

「なんで、ひと晩、この狭い座席で、一緒に過ごさなきゃならないの」

「仕方ないだろう。おれだっていやさ」

「じゃあ、せめてもっと離れなさいよ。太ももが触ってるわ」

「あんたの方が出っ張っている。言っていることとやっていることがまるで逆だな。うれしそうな顔をして」

「眼医者行ってらっしゃいな」

「さいわい目はいいんだ。あんたこそ、しっかり目を開けて見張ってろよ」

「分かってるわよ。でも、隼さんも何であなたとあたしを組みにしたのかしら。しかも夜の番に」

「そりゃ、もし怪しまれた時、男と女だったら、誤魔化《ごまか》しがきくからだろう。この前みたいに」

「この前みたいに舌を入れてきたら、今度は噛み切りますからね」

「入れてないだろう」

「入れようとしました」

「ぜったい入れようとなんて――、おっ」

遠くの倉庫の壁に前照灯がよぎると、エンジン音が近づいてきた。前照灯がまともにくろがね四起を照らすと、山原は唱子を座席に押し倒した。

「ちょっと、何を」

「静かにしろ、気づかれるだろ」

山原は身体ごと覆いかぶさって、唱子を押さえ込んだ。

「ちょっと、山原さん、こう見えてもあたしはあんがい古い女で、男女七歳にして席を同じゅう――」

「だから、黙れって」

山原の口が唱子の口をふさぐと、前照灯を点した車は横を通り過ぎ、ギブスたちの倉庫の前で停止した。

「大熊のビュイックだ」

山原がハンドルの高さまで頭をあげて、様子をうかがう。

車からは四人の男たちが降りてきた。大熊吾郎もいるのだろうか。暗くて人相までは分からない。男たちは倉庫の入口の鍵を開け中へ入った。

「何するつもりかしら」

執拗《しつよう》に口を拭い、唱子が山原の身体をよじ登るように這い上がって、窓から外をのぞく。

「さあな、偽ドル札を運び出すつもりかもしれん」

「もしそうなったら、この車で追いかけるんでしょ。大丈夫？　馬力がぜんぜん違うと思うけど」

「まかせろって。こう見えても運転はお手の物だ。性能の違いは技術で補う」

「本当にそんな腕前なの」

唱子が疑わしげな声をあげると、

「ああ、車だけじゃないぞ。おれは飛行機や戦車の操縦だってできるんだ」

と山原が自慢話を披露したところで、ふたたび前照灯の明かりが闇を裂いて近づいて、山原と唱子はあわてて頭を下げた。

新たにあらわれた車もビュイックで、先に来たビュイックの後ろに停まった。

停車するかしないかの内に、三つのドアが同時に開き、三人の人影が降り立った。きびきびした動作は軍人を思わせ、大柄な体型は外国人を連想させた。三人は足早に倉庫の中へ消えた。

「ギブスとオデールかしら」

窓の高さまで顔をせり上げ、唱子が目をすがめる。

「ちがうな、ハードウィックもいない。あいつらよりみな大柄だ」

「どうするの。中で何をしているか、見てみる？」

「そうだな、何も見えやしないだろうが、声くらいは聞こえるかもな」

山原と唱子は車を降りて、足音を忍ばせながら、倉庫へ近づく。倉庫の入口まであと三十メートルというところで、とつぜん、銃声が響いた。山原は唱子の腕をつかみ、そばのドラム缶に身を寄せた。

銃声は重なり合って、続けざまに七、八発響いた。間をおかず、乱暴に扉が開く音がした。ドラム缶の陰からうかがうと、大柄の外国人たちが走り出てきて、ふたりがかりで担いだ大きな袋を後部座席に投げ込むと、自分たちも車に飛び乗った。車はいったんバックして前の車との間を取ると、乱暴にハンドルを切って走り去った。

エンジン音が遠ざかると、山原はドラム缶から離れ、倉庫へ足を踏み出した。

「大丈夫？」

山原のあとに続きながら、唱子が訊《き》いた。

「ああ、おそらく」

開け放たれたままの倉庫の入口で山原は懐中電灯を点した。

倉庫の中には大きな機械が並んでいた。懐中電灯で照らしても、奥が見通せないくらい密集している。山原は一つひとつの機械に光を当てながら、奥へ進んだ。

「印刷機は？」

「なさそうだ」山原は機械の上に付いたほこりを指でなぞりながら、「ここにあるのは金属加工用の機械ばかりだ。それも長い間使われていない」

倉庫の中には稼働している工場ならあるはずの原材料、燃料、工具などがどこにも見当たらない。

別の場所にある工場から外された工作機器が移送され、倉庫に一時保管されているだけのようである。

奥まで行くと視界をふさぐ機械の列が途切れ、ひらけた一角があった。

「見ろよ」

さきに立っていた山原が、床に懐中電灯の明かりをめぐらせた。うずくまるように四人の男が倒れている。

一人ひとりを確認するように明かりを当てていく。最後のひとりで明かりを止め、顔を照らした。額の赤黒い穴から流れて固まりかけている血が、妙に生々しく光を返す。撃たれた瞬間目を閉じたのか、眠ったような穏やかな死顔である。

「大熊吾郎だ」

山原は言った。

五

山原と唱子は作戦室へ戻ると、蛭川と隼に倉庫での出来事を報告した。猫田はすでに帰って不在だった。

「まず確認させてください」蛭川が言った。「あなたたちの姿は誰にも見られていませんね。また証拠も残していませんね」

「ああ、安心しろ。誰にも見られちゃいないし、何の証拠も残しちゃいない」

山原は言った。

大熊吾郎たちの死体を確認し、現場をしばらく検証したが、手袋をして指紋も残していない。大熊の死体の脇と、別の死体の脇、それと機械に挟まれた通路で、合計三丁の拳銃を発見したが、手も触れず、そのままにして帰った。

「大熊たちを殺《や》った連中の顔は分からないんだな」

隼が訊くと、山原と唱子はうなずいた。

「顔は見えませんでした。体格からして日本人ではないでしょうが、ギブスたちでないのも確かです」

「でも、あの倉庫を知っていて、大熊たちを殺しに来たんですから、ギブスたち本人でなくても、その命令を受けた兵士じゃないですか」

蛭川が言うと、山原は、

「そこは何とも言えないな。だが、少なくとも、あいつらも最初から大熊たちを殺すつもりはなかったようだ」

「ほう、どうしてです」

「あいつらは着いた時、大熊たちの車の後ろにぴったりと付けた。もしはじめから四人も殺して逃走するつもりがあったら、あんな停め方はしない」

「なるほど」蛭川はうなずいた。「取り引き上の何らかの揉《も》め事《ごと》があの場で勃発して、偶発的に起きた事件というわけですか」

「だが、あそこに印刷機はなかったし、偽ドルを取り引きしていたという証拠もない」

山原が言うと、蛭川は、

「でも、男たちが倉庫から持ち出して車に投げ入れた袋、そこに偽紙幣が詰まっていたんじゃないですかね」

「かもしれんが、確証がない」

「ああ」唱子は椅子の上で伸びをして、「偽ドル紙幣の手がかりはなくなっちゃうし、大熊たちも殺されて、また、一から捜査のやり直しね。うんざりだわ」

「いや、そうでもない」山原が言った。「組長が殺された大熊組の連中は、とうぜん復讐を考える。やつらを張っていれば、犯人にたどり着けるだろう」

「子分たちが犯人を知っていればね」

唱子が言うと、山原は、

「取り引き相手を知らないはずがあるか」

「山原さんは大熊組の人間を誰かご存じですか」

蛭川が尋ねると、山原は首をふった。

「知らないが、闇市の知り合いに尋ねれば分かるだろう」

「では、隼さんと山原さんは、明日から大熊組の連中の動きを見張ってください。若村さんと猫田さんは今まで通りギブスたちを。交代の人員は出しますので、必要な人数を言ってください」

「こっちは必要ない」

隼が言った。

「あたしはほしいわ」唱子が言った。「ふたりだけじゃ、ギブスたち三人の監視はできないし、何か猫田さんって、陰気くさくて気詰まりだし」

「猫田の前では愛想ふりまいてたくせに。やっぱり本音は、おれみたいな若くていい男か」

「蛭川さん」唱子は山原を睨みながら、「あたしの相手は下種《げす》な無駄口を叩かない紳士をお願いしますわ」

六

古池幸之助が署を出ようと正面玄関へ向かっていると、廊下の奥から係長が呼び止めた。

「池さんちょっと」

手招きされると、古池は小さく舌打ちをし、あとに続いた。

会議用の小部屋に入って机に向い合わせに座ると、係長はきびしい顔で、

「たしか今日は、田中と神保町《じんぼうちょう》で聞き込みに回るはずだろう」

「ええ」古池は頭をかきながら、「ただ、ちょっと気になるタレ込みがありましたんで、そっちを回ってから、田中とは合流するつもりで」

「田中から聞いたんだが、昨日も一昨日も半日以上、単独行動をしていたというじゃないか。――いや、言い訳はいい。昨日、今日の話じゃないんだ。池さん、このところおかしいぞ。例の軍人くずれの闇屋の件で、あっちこっち、突《つつ》いて回っているらしいな。課長も心配している」

「それはどうも」

古池が頭を下げると、係長はわざとらしくため息をついて、

「そんな、もう、突っ張る年じゃないだろう。お互い、この稼業もあと五年がせいぜいだ。最後が交

番勤務なんて、ぞっとせんぞ」

「脅しですか」

「まあ、どうにでも取れ。だが、忠告はした。これ以上勝手な真似を続けられると、おれも課長も庇《かば》いきれん」

係長はそう言って先に部屋をあとにした。

古池が部屋を出ると、あらかじめそこにいるように言われたのか、田中が扉の前の廊下で待っていた。さすがにそれを振り切って行く気力はなく、その日はおとなしく通常の捜査に従事した。


夜、報告書を書き終え、署を出たところで木村民雄が後ろから追いかけてきた。

「すまん」先に古池が謝った。「朝、係長につかまってな。銀座へは行けなかった」

「いいんですよ、それより、おれの方で、ネタをつかみました」

古池と木村は、警察署から五分ほど行ったところにある人通りの少ない空き地に入り、建築資材の上に並んで腰を下ろした。

「やっと隼と山原が何を探りはじめたのか分かったんです」

煙草に火をつける間も惜しんで木村は切り出した。

「やっぱり、闇市がらみか」

数日前から隼と山原がふたたび闇市に出没しはじめた。ただし、猫田と若村はいぜん銀座で張り込みを続けている。そこで古池と木村も手分けをし、木村が闇市、古池が銀座を受け持つことになっていた。

「ええ、隼たち、誰を探していたと思います」

「誰？　人探しをしているのか」

「大熊組ですよ。あいつら、大熊組の連中を探していたんです」

「大熊組……」古池は自分が吐いた煙を目で追う。「たしか、大熊組は」

「そうです。四日前、江東区の倉庫で大熊吾郎と子分の坂下、茂原、金子が拳銃で撃ち殺されています」

大がかりなヤクザの抗争という見立てで、現在、警視庁でも捜査に乗り出している事案だ。そこになぜ、隼たちが……。

「大熊組と興南ビルの連中が、関係しているのか」

古池は煙草を口に咥えたまま、考え込んだ。

隼たちの銀座での行動半径と、域内の事業所から、古池は興南ビルのエムケイ企画という会社に目をつけた。登記簿を調べると、事業目的は貿易となっていた。社長や役員には日本人の名が連ねられているが、出入りしている者の半数近くが外国人である。日本人の経営者は名ばかりで、じっさいは外国人が支配しているものと考えられた。

(そこに大熊組が一枚嚙んでいたのか)

どういう構図だろう。

「たしか大熊組は港湾関係だったな」

「かつてはそうです。戦後、軍関連の闇物資で勢力を拡大し、今は都内でもけっこう大きな組織になっています」

「海外貿易の利権がらみのいざこざでもあったか」

それで競合ヤクザ組織との抗争になったか、それともエムケイ企画自体と揉め事を起こしたか。

「しかし、いずれにしてもだ」古池は無精ひげをなでる。「隼の狙いは何だ」

ヤクザと貿易会社の裏取引に自分も食い込もうとしているのか。それとも妨害するつもりなのか。

「あいつら、大熊吾郎が殺された日の行動を聞いているようです」

「親分が殺されて、今、大熊組はどうなっている」

「義理の弟の澤村茂樹《さわむらしげき》っていうのが、とりあえず組長の代行をしているんですがね」

「じゃあ、組として存在するんだな、今も。それならいくら隼たちが脅そうが賺《すか》そうが、簡単に口は割らんだろう」

「それがどうも、あの隼と山原ってやつら、ヤクザ顔負けのとんでもない悪党ですよ」

隼と山原は、大熊組のチンピラを締め上げて、澤村の居所をつかむと、ふたりで乗り込んで、澤村の身柄をさらってしまったらしい。

「じゃ、澤村は行方不明か」

「いえ、半日ほどして帰ってきたそうです。ただし、澤村はもう腑抜《ふぬ》けの状態で、子分たちが聞いても、何があったか決して口にしないそうで。ただ、隼と山原には手出しをするなと、それだけはやけに厳しく言っているようです」

「いったい、何をやらかしたんだ、あいつら」

古池はあきれたような声を出した。

「昔、知り合いのヤクザに聞いたことがあるんですが」木村は新しい煙草に火をつけて、「相手を言いなりにさせる、いちばんいい方法は、表に出せない写真を撮ることだって」

「じゃあ何だ、澤村は隼たちに、表に出せないこっぱずかしい写真でも撮られたっていうのか」

「あくまでもおれの想像ですけどね、これは」

そう言って、木村は煙を吐いた。

考えてみれば、隼の背後には警察の上層部を動かす力が控えているのだ。ヤクザの組長のひとりやふたり、どうにだって料理できるだろう。

だが、そんな隼が関与する事案が、ヤクザのちんけな利権争いだとは解《げ》せない。

（何か裏がある、きっと）

古池は確信した。

「明日、興南ビルのエムケイ企画に行ってみる。おれの予感だとただの貿易会社じゃない。行けば何か分かるだろう」

「大丈夫ですか」木村は心配そうに言った。「これ以上、上に睨まれたら、まずいんじゃないですか」

たしかにまずいだろう。

「かまわんさ」古池は首を横にふった。「隼たちが何をしようとしているか、とことん探ってやる」

古池の言葉に木村も元気づけられたように、

「じゃあ、おれも明日、隼たちを張ってみます。澤村から何を聞き出したのか、それでだいたい想像がつくはずです」

七

「山原さんって」唱子は写真を手に嫌悪の声をあげた。「いつもあたしの胸ばかり見ているから、てっきり女好きかと思ってたけど、こんな趣味だったんだ」

「馬鹿だな、趣味の問題じゃないさ」山原はくろがね四起のハンドルを切って、国道一号線を左折した。「澤村を言いなりにさせるためにやったことだ。まっ、強いて言えば、隊長の趣味かもしれん」

「本当に？　隼さんが」

唱子は眉をひそめて、もう一度写真を見る。丸刈りで凶悪な人相、その人相にふさわしい立派な体格、肩から背中に彫られた龍の入れ墨。町ですれ違ったら、間違いなく道を譲る、どこから見ても典型的な極道だ。その極道が、六尺褌《ろくしやくふんどし》ひとつで四つん這いにさせられ、カメラにうつろな目線を送っている。深い皺《しわ》が刻まれた額《ひたい》には墨で黒々と「女」と記されている。もう一枚ある写真もほぼ同じ構図だが、右手の人差し指を口に咥えさせられ、醜悪無残《しゆうあくむざん》な甘えん坊ポーズだ。

「もうしまっとけよ。もしそんなものが人目に触れたら、澤村の野郎、間違いなく首括《くびく》って化けて出てくる」

「たしかに。山原さん、子供のころぜったい、いじめっ子だったでしょ」

唱子はハンドバッグに写真を収めた。

「だから、おれじゃないって言っただろう。隊長が拳銃こめかみに押し付けて、やらせたことだから。こうして新たな手がかりを追っているのも、そのおかげだ」

山原の運転する車は、横浜港からほど近い、とある倉庫へ向かっている。

※

隼と山原は、澤村茂樹の身柄をさらうと、一時間も経たないうちに、情報を洗いざらい吐き出させた。

大熊吾郎は殺される日、百万ドル分の偽ドル紙幣を、売人から受け取ることになっていたという。殺された倉庫は取引の現場だった。

「百万ドルの偽札をいくらで買うつもりだった」

褌いっちょうの四つん這い姿勢で撮影照明を当てられた澤村に、隼は九四式拳銃を向けたまま尋ねた。すでに一発、放たれた銃弾は、澤村の耳元をかすめ、背後の壁にめり込んでいる。

「海軍の金塊、二十キロだ」

素直に澤村は答えた。金一グラム、安めに見積もって三百円としても、六百万円になる。百万ドルは途方もない大金だが、しょせんすべて偽札だ。それほどの価値があるのか。

その点を澤村に問い質《ただ》すと、

「ハロルドとコリンズは、一千万円で買い取ると言っていた」

と答えた。ハロルドとコリンズというのは、ギブスとオデールの偽名である。

興南ビルのギブスとオデールは、大熊が手に入れるはずだった偽ドル紙幣をさばく約束をした仲買人だ。表の交渉役がギブスとオデールで、ハードウィックは裏で海外との交渉を受け持っていたらしい。

しかし、名前を偽っているくらいだから、この取引の約束だって怪しいものだ。

「おれも用心しろと、義兄貴《あにき》には忠告した。だけど、濡れ手《ぬれて》で粟《あわ》の四百万の儲け話に目がくらんで、あのざまさ」

「偽ドル札の売人は、どんなやつらだった」

隼が質した。

「この件は義兄貴が仕切ってたんで、おれは二、三度会っただけだが」

と澤村が断って、語ったところによると――、
その三人づれはニック・ベリー、ジェイムズ・ブレッド、アラン・フロストというアメリカ軍人だった。購買部門の軍曹だと称していたらしい。それまで二回、小さな取引をした。缶詰や小麦粉などの物資を大熊組へ流して、トラブルはなかった。おそらくそれは信用を得るための実績づくりだったのだろう。今回がはじめての大きな取引だった。

ニックたち三人から、廃棄処分される偽ドル紙幣が手に入ると言われた当初、大熊はあまり乗り気ではなかった。偽ドルなど、どうやって換金するか、見当もつかなかったからだ。しかし、そのころ闇物資の取引で、関係ができたエムケイ企画のハロルドとコリンズ（ギブスとオデール）に、ふと漏らしたところ、ものによれば引き取ってもいいと言ってきた。信用度の高い米ドルは、世界各地で通用するから、たとえ偽紙幣でも簡単に見分けがつかないくらい精巧なものなら需要があるという。

大熊はニックたちから偽ドルの見本を手に入れ、ハロルドたちに鑑定させた。結果は満足いくものだった。数回の交渉の末、百万ドル分の紙幣を、大熊が二十キロの金塊で入手し、それをハロルドた

ちが日本円一千万で買い取ることで話がまとまった。

大熊たちが偽ドルを受け取る予定日は、数日後のはずだった。ところが、ニックたちから、偽ドル紙幣の廃棄処分が早まったので、すぐ取引をしたいとの連絡が入った。それで大熊は取り急ぎ二十キロの金塊をもって倉庫へおもむいたのだった。

「ははっ、ずいぶんと単純な詐欺に引っかかったものだな」山原はカメラのシャッターを押しながら、あざ笑った。「売り手の三人連れと、買い手のハロルドたちはグルだったのさ。まんまと金塊を騙《だま》し取られたな。大熊が殺されたのは、取引の時、何らかの理由でそのことに気づいちまったからだろう」

「いや、そうは思えねえ」

澤村は悔しそうな顔で首をふった。悔しい理由は、大熊が殺されたためか、屈辱的な写真を撮られているためか。おそらく両方だろう。

「なぜ、そう思わない」

隼が訊いた。

「おれも最初は、はめられたかと思った。だが、事件の翌日、興南ビルのエムケイ企画に、まだハロルドたちはいた。もし、ニックたちと通じていたなら、すぐにも身を隠したはずだろう」

このことは隼たちも、猫田と唱子の報告で知っていた。大熊が殺された事件を、ギブスたちが知ったのは、おそらく澤村たちが会社に来た時だ。興南ビルのエムケイ企画が事務所を閉じて、ギブスたちが姿を消したのは事件から三日も後のことだった。大熊が殺されたあともしばらくは、自分たちとの関連に思いがおよばなかったらしい。ギブスたちが事件に関与していれば、ありえないことだ。

「ニックたち三人の軍曹だが」隼が言った。「その後の行方については、何か心当たりはないのか」

「あったら、とっくにとっ捕まえて、八つ裂きにしているさ」

自嘲気味に澤村は答えた。どう凄《すご》んでみせても、褌いっちょうの四つん這いで、額には「女」と落書きされている。自嘲するしかあるまい。

「ふだん、ニックたちとはどう連絡を取っていた」

「やつらは晴海《はるみ》の倉庫を事務所代わりに使っていた」

そこと大熊組の江東区の倉庫を、両者は交互に取引場に使っていた。大熊殺害の直後、晴海の倉庫を、澤村たちは強襲したが、当然ながらもぬけの殻だった。倉庫の大家に、借り主のことを質すと、契約書上の借り主は、神田の長屋居住の身寄りのない老人となっている。実態とかけ離れた名目上の存在なのは明らかだ。大家のもとには、毎月前払いで賃料がきっちり送られていたという。送り元の住所は、当の晴海の倉庫であった。

エムケイ企画へ行っても、知らぬ存ぜぬで埒《らち》が明かないまま、手をこまねいているうちに、エムケイ企画も事務所を閉じ、社員たちも姿を消してしまった。

どうやら、澤村たちの追跡はそこで行き詰まっているらしい。

隼は、澤村から聞き出すべきことをすべて聞き出すと、服を着させて、最後に額の墨を濡れ手拭いでぬぐってやった。

「おれの名は隼武四郎だ。おまえのことはこのあとも監視する。今日ここであったことは、誰にも言うな。おまえさえ黙っていれば、何も起こらない。だが、もし、よけいなことをすれば」隼は澤村の額を指で押し、「一生の思い出に、今度は彫り物を入れてやろう」

すっかり意気消沈した澤村を新橋駅で降ろすと、隼と山原は作戦室へ戻った。

澤村から聞き出した情報を蛭川に伝えると、

「なるほど、ではそのニックたち三人の行方を追えばいいわけですね。しかし、どうやって探します」

「晴海の倉庫には電話が引いてあったらしい。じっさいに契約の手続きをしたのが誰か、調べてくれ。あと、三人の軍曹に当てはまる人物が、米軍にいるか確かめてほしい。ニックとかジェイムズとかは、間違いなく偽名だろうが、大熊組と取引があったのは事実だ。物資を都合できる部署にいる軍人だった可能性は高い」

「分かりました。こちらで当たってみましょう」

と蛭川は言った。


それから二日後、蛭川は調査結果を隼たちに伝えた。

「まず、晴海の倉庫の電話ですが、逓信省《ていしんしょう》で調べたところ、やはり契約者は神田の老人でした。ただ、設置をおこなった技師にたずねると、現場に立ち会ったのは長身の白人だったそうです。また、倉庫のそばにジープが停まっていたのを目撃しています。実質この白人が倉庫の借り主で電話の設置者に違いありません。

倉庫周辺で聞き込みをしたところ、一軒の雑貨屋の親父がこの白人らしい男とジープのナンバーを覚えていました。一度ラムネを買いに来たのをきっかけに、逆に何度かアメリカ製の煙草や缶詰を売ってもらったそうです」

白人の年と背恰好、ジープのナンバーから浮かび上がったのが、現在、横須賀に駐留しているアメリカ海軍の軍曹、チャールズ・ゲラーだった。ゲラーにはほかに軍曹仲間がふたりいて、ジョン・ブライトとアーサー・フランクリンという。三人とも長身で、大熊殺害事件の時、山原と唱子が目撃した犯人たちの特徴とも一致する。

「しかし」隼は言った。「駐留地が横須賀だったら、晴海に倉庫を借りたり、東京のヤクザと取引したり、そう簡単にはいかないだろう」

「彼らは戦備部に所属する下士官で、任務でも私用でも東京や横浜へ行く機会は少なくないようです」

その後、隼たちがゲラーたちの行動を探ったところ、軍務とは別に、横浜に新たな倉庫を持ち、そこに頻繁に出入りしていることが判明した。

その情報を受けて、隼たちは、二交代で横浜の倉庫を監視下に置いたのである。

※

山原と唱子が乗るくろがね四起は、関内地区の倉庫街へと入り込んだ。

現在、進駐軍が横浜港の九十パーセントを接収し、周辺施設や土地の多くも占拠している。

焦土となったこのあたりは、戦後、雨後の竹の子のように工場や倉庫が立ち並んだが、そこを行き交う人も車も、やはり進駐軍が目立って多い。

山原は空き地の端に停まっていた九四式トラックにくろがね四起を横付けした。

「どうです」

山原は車を降りると、トラックの横に立ち、運転席の隼に聞いた。

「動きはない」

隼は、雑草が生い茂る先にある倉庫を見つめて、首をふった。

三日前、真夜中にゲラーたちと思われる三人が幌付きトラックであらわれ、酒樽を運び込んだ。以降、倉庫には誰も近づいていない。

隼と猫田がくろがね四起で引きあげると、山原と唱子は九四式トラックに乗り換えて、倉庫の監視をはじめた。

「それにしても殺風景な場所だな」

雑草の穂を揺らす北風が、運転席へ土埃を運ぶ。山原は人気《ひとけ》のない灰色の倉庫へ目を向けたまま、あくびを噛み殺した。倉庫街のはずれに位置し、普段から人通りは少ないようだ。それだけに闇取引にも、紙幣偽造にも好都合の場所といえよう。

日が落ちて、急速に薄暗くなった。近くには街灯もないので、夜になれば辺りは一面闇になる。

「色気も何もないな」

「あら、隣に花があるじゃない」

山原は煙草に火をつけながら、

「萎《しお》れかけの姥桜《うばざくら》だろ」

と小さくつぶやく。

「何て言ったの」

「何でもない」

山原は煙を吐いた。


日付が変わる時間になって動きがあった。

月明かりの倉庫街に、かすかにエンジン音がして、次第に大きくなる。車は二台のようだ。

「山原さん」

唱子は交代で眠っていた山原を揺り起こした。

前照灯の明かりが小さく上下しながら倉庫前の道を照らして近づく。先行のジープは後ろからのライトを受け、闇にはっきりと姿を浮かばせた。後続車はトラックのようだ。二台の車は倉庫の前で停止し、エンジン音も止まった。

ジープから男が降りて、倉庫の扉の鍵を開ける。遠目にも外国人だと分かるほど大柄な男だ。ほとんど遅れることなく、トラックからも運転席と助手席から三人の人影が出てきた。こちらはジープの男と比べると、全員大人と子供くらいの違いがある。間違いなく日本人だろう。

荷台から荷物を下ろした。ひとつは灯油缶のようなもの、ひとつは何か分からないが、男がひと抱えでやっと持てる大きさの箱だ。ふたりがそれを持って倉庫に入ると、最後のひとりは大きな缶詰かペンキ缶のようなものをいくつも台車に乗せて、大きく開けられた倉庫の入口から運び入れた。

前回の酒樽のときは、運び入れたあとゲラーたちは早々に引きあげた。また、前回あらわれたのはみな外国人の男であった。

ところが、今回、外国人ひとりと日本人三人は倉庫に入ったまま、なかなか出てこない。三十分は経っただろうか。倉庫から低く唸るような機械音が響いてきた。

「何かしら」

「もう少し近づいてみよう」

山原と唱子はトラックを降りて、雑草が茂る空き地を、身をかがめながら進んで、倉庫の向かい側におかれたドラム缶の陰に身を寄せた。

いぜん倉庫の中からは断続的に機械音が聞こえるが、その正体は分からない。倉庫の扉は閉められ、窓のようなものはいっさいない。

「扉のところまで行ってみる」

山原は立ち上がり、一歩前へ踏み出した。その時、倉庫の扉が開いた。倉庫の中からの明かりを受けて、扉の側に立つ大男の影がうかびあがった。男は懐中電灯の光を周囲に振り向けた。

山原はあわてて身をかがめ、後ずさった。踏んだ砂利の音がかすかに響く。

懐中電灯の光が、山原と唱子の側をかすめる。ふたりはドラム缶にぴったりと身体を密着させた。

大男の影は扉をくぐり、懐中電灯を差し向けながら、ゆっくりと近づいてくる。確認はできないが、一方の手には拳銃が握られているはずだ。

山原は、腰のベルトに差し込んだ九四式拳銃にそっと手を伸ばす。肩に張り付いた唱子の息づかいが伝わってくる。

もし、これ以上近づいてきたら――、
ためらわず撃つ。

山原は銃把《じゅうは》を握り、安全装置を外した。

懐中電灯の光が二度三度とドラム缶の周囲を往復する。やがて光は倉庫の方角へ戻った。大男の影も遠ざかった。

八

「で、そのあと、二時間くらいして男たちは引きあげた。来たときに運び入れた、灯油缶やペンキ缶のようなものや大きな箱は、全部持って帰った」

山原が語ると、蛭川は興奮をあらわにして、

「やはりあの倉庫の中で紙幣の偽造をしているに違いありません。ペンキ缶のようなものはきっとインクでしょう。大きな箱の中身は紙幣用の紙ですよ。どうです、隼さん」

と、隼に質した。

隼たちと蛭川は、横浜市のはずれにある古い煉瓦《れんが》建ての洋館の一室に集まっていた。

その洋館は戦火を免れ、庭の木々は深い緑をたたえ、戦前の豊かなころの昭和の雰囲気を色濃く残している。しかし、よく見れば、建物は傷みが激しく、室内の天井と壁はいたるところに雨漏りの染みを広げ、黒ずんだカビが点々と四隅を縁取っている。進駐軍の接収を免れたのも、廃墟《はいきょ》と見なされたためであろう。

隼たちはゲラーたちの倉庫を監視下に置くにあたり、作戦室をこの洋館に移動させた。居心地という点では最悪だが、人目につかず、移動の便もよく、寝泊まりする部屋にも事欠かない。東京の作戦

室にあった資料は、一階の広い居間に集められた。今もその居間に全員が集合して、山原と唱子の報告を聞いていたのである。

隼は煙草の煙を壁の染みに向かって吐き出し、

「どうだろうな。夜中にこっそりと工員や技師をつれてきて、印刷機を回したようにも思えるが、腑《ふ》に落ちない点もある」

「というと」

「いったん運び入れたインクなどを、なぜ持ち去ったのか。持ち出すんなら、刷りあがった偽札だけでいいだろう」

「たしかに不思議ですね」蛭川も首をかしげ、「山原さん、若村さん、この点は間違いないんですね」

「ああ、間違いない」

山原は答え、唱子はうなずいた。

「すると」蛭川は言った。「偽札造りをそろそろ手仕舞いするつもりなのかもしれませんね。早いうちにあの倉庫を押さえないと、印刷機も持ち出されてしまうかもしれません」

「偽札造りをやめることと、いったん運び入れたインクを持ち出すことは関係がないだろう。印刷機さえあれば、いつでも再開できる」

山原が言うと、唱子が、

「じゃあ、なんでインクや灯油缶を持ち出したの」

「分からんよ、おれに聞かれても」

「ともかく」蛭川が言った。「今あの倉庫はわれわれの監視下にあります。印刷機があの倉庫にあるうちに、われわれの手で押収しなくてはなりません」

隼たちが作戦室に集合している間は、蛭川側で人員を出し、倉庫の監視を二十四時間体制で維持していた。

「具体的にどんな手を考えているんだ」

山原が尋ねた。

「倉庫に忍び込んで印刷機を運び出します」

「その前に一度、あの倉庫へ潜入して、本当に印刷機があるか、確かめておくべきじゃないか」

山原の提案に、蛭川は首を横にふり、

「潜入の痕跡で、こちらの存在を悟られるおそれがあります。いつ印刷機がよそへ移されるかも分かりませんし。どうせ潜入するなら、ひと手間で印刷機も奪ってしまう方が効率的でしょう。なければないで、何もせず引きあげてくればいいだけですから。心配は、現場でゲラーたちと鉢合わせすることです」

「防ぐ手は何かあるのか」

隼が質す。

「そうですね、ゲラーたちが三人とも任務で横須賀か東京にいる時を決行日としましょう」

「やつらの勤務表でも盗み見るつもりか」

山原が疑わしそうな顔をする。

「さすがに勤務表は見れませんが、これまでの行動パターンを分析して割り出せます。これでほぼ間違いないはずです」

「なんだか頼りないな」山原は言った。「ゲラーたちが立ち会わずに、日本人の技師や工員だけが倉庫へやって来ることはないか」

「まずないですね。あの倉庫はゲラーたちの金蔵《かねぐら》ですよ。勝手に日本人だけの出入りを許すはずがありません。万が一やってきても、相手が日本人だったら問題なく拘束できますから、心配はないでしょう」

ということで、蛭川側で分析した結果、四日後、ゲラーたち三人の軍曹がそろって横須賀で勤務に就くことが分かった。

九

八時間の監視のあと、山原と唱子と交代し、隼は洋館の作戦室へ戻ってきた。

「猫田さんはいっしょじゃないんですか」

事務員と打ち合わせをしていた蛭川が顔をあげて質した。

「野暮用があるっていうから、横浜駅で降ろした」

蛭川は渋い顔をして、

「倉庫への潜入は三日後です。個人行動は慎んでもらいたいですね」

「まだ三日ある。部下に適度な息抜きをさせることも上官の務めだ」

「まあ、いいでしょう。部下の統率は隼さんに任せます。——それでは」蛭川は事務員から書類を受け取り、「ちょっとこれを見てもらえますか。倉庫に潜入する時、所持する用品の一覧です」

隼は一覧に目を通すと、不審な顔をして、

「二十リットルのガソリン缶、これは何だ。トラック燃料の予備じゃないだろう」

「ええ、もちろん違います。今回の隼さんたちの任務は、倉庫の印刷機を盗み出すことです。しかし、こちらで用意できる道具だけでは、印刷機を倉庫から運び出し、トラックへ乗せるのが難しいかもしれない。その時は倉庫内で、印刷機と原版にガソリンをかけて燃やし、使用不能にしてほしいのです。ダイナマイトで吹き飛ばせば確実でしょうが、それではことが大きくなりすぎて、ＧＨＱも黙っていないでしょう。ですので、不審火で収まる程度に、しかし、間違いなく破壊してもらいます」

「印刷機を運び出せた場合、その処分はどうする」

「それはこちらに任せてもらえばいいです。隼さんたちの任務は、この洋館までぶじ印刷機を運ぶまでです」

そう言って蛭川は用品一覧の書類をたたんだ。


横浜駅で隼と別れた猫田泰三は、有楽町の紅閣ビルへ急いだ。それでもいつものように周囲を確認し、裏通りの入口から忍び込むようにビルの中へ入った。

三階の安達興業のドアは、いつもの中年の女事務員の鷺谷和子が開けた。

「みなさん、お待ちですよ」

と、このいつもの科白《せりふ》を聞き流し、猫田は奥のドアをノックした。

カーテンが引かれた薄暗い部屋に入ると、長いテーブルには三人、森田、ベズウーホフ、青柳が並んで席に着いている。猫田は許しを得て、向かいの椅子に腰を下ろした。

「猫田さん、いただいた電報によれば、何やら動きがあったそうですね。詳しくお話しください」

青柳が言った。

猫田は、横浜の倉庫で偽造紙幣の印刷が行われているかもしれないこと、隼たちと三日後にその倉庫へ潜入し、印刷機を盗み出す予定であることを伝えた。

「猫田さん」ベズウーホフが言った。「具体的には、どのような手順で印刷機を盗み出すのですか」

「ゲラーたちが横浜を留守にする夜に、われわれ四人が倉庫へ押し入り、印刷機と原版をトラックで運び出すことになっています」

「隼機関の四人だけですか。蛭川たちは手を下さないのですか」

森田が黒眼鏡のふちを持ち上げて質した。

「周辺の見張りなどには、蛭川たちも加わりますが、印刷機の運び出しはわれわれ四人です」

「時間はどうなっています」

続けて森田が訊いた。

「午前零時に倉庫着、十五分以内に入口の鍵を開け、印刷機のトラック積み込みには、一時間から二時間を予定しています」

「印刷機はかなり大きなものでしょう。どうやってトラックへ乗せるのです」

ベズウーホフが訊いた。

「小型のクレーンを持ち込みます。それで吊り上げ、まず台車に乗せて倉庫の外へ運び、またクレーンを使ってトラックの荷台へ乗せます」

「印刷機がクレーンで吊れないほど重かったらどうするつもりですか」

メモを取りながら森田が訊いた。

「その場合の対処法はまだ聞いていませんが、おそらくその場で印刷機を破壊することになるでしょう」

「倉庫から出した印刷機はどこへ運ばれます」

「洋館の納屋へ運び入れることになっています」

洋館の場所と内部の構造はすでに報告を受け、三人とも知っている。

質問が尽きたのを見計らい、青柳が締めくくった。

「猫田さん、お疲れ様でした。これまでの猫田さんの活動は、上層部でも高く評価されています。今回の印刷機の移送の情報は、その中でも最大級のものでしょう。これを上層部がどう判断し、どのような指示を送って来るかは、まだ分かりません。しかし、それがいかなるものであっても、命令が下った場合、それに従ってください。また、何も指示がない場合は、隼機関の一員として行動して、仲間の信頼を得つづけるよう努めてください」

「了解しました」

と答え、猫田は部屋を出た。

十

猫田が帰ると、青柳、森田、ベズウーホフの三人は、鷺谷が待つ隣の部屋へ移った。

「お聞きになりましたか」

青柳が聞くと、事務員服の鷺谷は、

「もちろん聞いていました。これからすぐに書記へご報告し、ご指示を仰ぎます。その前に同志たちの意見を聞いておきましょう。偽造ドル紙幣の印刷機が本当に横浜の倉庫にあるのか。あるとすれば、われわれはどう行動するべきか」

最初に眼鏡を光らせ、森田が答えた。

「まず、印刷機の信憑性《しんぴようせい》ですが、せいぜい半々かと思います。ただ、これが無いという話であれば、われらが何をすることもないので、まずは、あるという前提で考えるべきでしょう。

印刷機を隼たちが移送する途中、われらが襲撃して、これを奪うことができれば、本国の評価は間違いなく上昇をするでしょう。しかし、失敗して万が一、捕まるようなことになれば、取り返しのつかない打撃を受ける覚悟をしなければなりません」

「つまり」鷺谷はおかっぱに刈った髪に触り、「どのくらい成功の確率があるか、それが重要ということですね。隼たちの陣容と、われわれの戦力を比較すると、どうなります」

手帳を見ながら森田が答える。

「組織の中で、印刷機強奪のような高度な作戦に適した者は約三十名います。ただ、三日後、横浜に集められるのは、そのうちの半分以下の十名少々でしょう」

「隼たちは四人、しかも猫田はこっちの味方ですから、実質三人。強奪成功の確率はかなり高いと思います」

青柳が言うと、森田は即座に反論した。

「蛭川が抱えている人員も計算にいれると、同志青柳の見込みは楽観的に過ぎます」

「蛭川の人員は事務方が大半とのことですから、数は多くてもさして脅威にはならないはずです」

「その情報は猫田ひとりからのもので、裏が取れていません」

「それを言いはじめたら、そもそも今回の印刷機移送も猫田だけの情報で、ほかに裏付けるものはありません。同志森田のように、何もかも疑ってかかっていては、何もしないのが一番いいということになります」

「印刷機移送の情報が誤りで、結果空振りだったとしても、大きな痛手にはならない。しかし、敵の戦力を見誤ったまま強行すれば、大損害を被る恐れがあります。慎重になるのは当然でしょう」

青柳と森田の激しい対立に、ベズウーホフはなだめるように、

「洋館へ移送したあと、猫田に手引きをさせて盗み出すという手もありますよ。これなら人数は少なくてすみます」

「分かりました」

鷺谷のひと言で、議論は打ち切りになった。それから鷺谷は三人の顔を順番に見渡し、

「じつはすでにこの件について、非公式ながら書記のご意向をうかがっています。偽造ドル紙幣の印刷機をわれわれが手に入れれば、たしかに本国の評価はあがるでしょう。この点は同志たちと、書記のお考えは同じです。ただし、印刷機を手に入れたあとの運用について、書記は懸念を示されました。つまり、日本において偽造紙幣を造り続けるとすれば、技術者の確保、効果的な流通方法、機密の保持などが問題となるのではないか。また本国、もしくは第三国へ移送するにしても、その安全確実な手段が見込めない。

以上のことから、今回の偽造紙幣印刷機については、その経緯を観察するにとどめ、積極的には関

わらない方針に傾いています。もちろん、今日の工作員猫田の報告と、同志たちの活発な議論については、これからお会いする書記に伝えます。明日の朝には最終的な結論が出ているはずですので、今日はこれで」

と、鷺谷は立ちあがりかけて、ふと思い出したように、森田へ、「先ほど高度な作戦の従事者の集合に三日で十人しか集まらないと言っていましたが、それでは少なすぎますし、遅すぎます。今後の組織の闘争を考えると、三日のうちに戦闘員は三十人集め、また、単純な騒動を起こす人民なら数百から数千は集結できるようにしなければなりません。その改善策については、同志森田が責任者となり、早急に取り組んでください」

そう言うと、事務員服の上から野暮ったいコートをはおり、見るからに安物のハンドバッグを手にし、あわただしく部屋を出て行った。

三人は気をつけの姿勢で鷺谷の後ろ姿を見送った。

十一

刑事部屋の中ですきっ腹を抱えながら報告書を書いていた古池幸之助は、ふとあげた視界の隅に木村民雄の姿を認めた。書きかけの報告書を机に残し、古池は席を立った。

木村と連れ立って便所に入った。

「こんな遅くまで書類仕事とは大変ですね」

「ずいぶんためちまってていたからな」

と言いながら、古池は個室に誰もいないことを確認した。

「動きはあったか」

古池は声を落として尋ねた。

「まだ具体的には何も。ただ、隼のやつら、ぜったい何か企んでいますね。近いうちに動くはずです」

木村は横浜の洋館に、車輛やクレーンなどの機材が運び込まれている様子を語った。

「そうか、例の倉庫を襲うつもりかもしれんな」

古池は眉をよせ、煙草に火をつけた。

隼たちが東京から姿を消したことに、うかつにも数日間、気づかなかった。闇市にも銀座にもあらわれないのを不審に思い、本拠の病院跡へ行ってみると、そこもすでに引き払われていた。それでも幸いだったのは、最後の荷物を移送するトラックを追跡できたことだ。おかげでどうにか、隼たちの新しい拠点である横浜の洋館の存在をつかんだ。

しかし、その後、管轄内で立て続けに事件が起こり、古池はほとんど身動きが取れなかった。横浜の隼たちの監視は、木村に任せっきりであった。隼たちが横浜で倉庫を監視していることを探り出したのも、木村の手柄である。

「おまえに頼りっきりで悪いが、おれもこっちでひとつだけ、つかんだネタがある」

「何です」

木村が煙草に火をつける手を止めて、古池を見つめた。

「隼が本拠にしていた病院跡の持ち主を調べてみた。すると川西商事という会社が、先月から借りていることが分かった」

この川西商事は実体のない幽霊会社である。登記上の役員のひとりの住所が署の近くだった。訪ねてみると、知人に頼まれて役員に名を連ねただけで、一切関わりがないという。報酬ももらっていない。「頼んだ知人というのは、どういう男です」古池がその役員に尋ねると、蛭川宏だと答えた。元特高警察の警部で、現在は公職追放になっている。そのため知人の名義で会社を興したらしい。

「では、隼をあやつっているのは、その蛭川ってやつですか」

古池の話に一段落がつくと、ようやく木村は煙草に火をつけた。

「直接はそうらしい。だが、背後にはもっと大きな組織が必ずあるはずだ」

それは警察の上層部ともつながっている。古池を虚仮《こけ》にした大元だ。

「よし」古池は踏ん切りをつけるように、吸いきった煙草を便器の中へ投げ入れた。「おれは明日から、しばらく休暇を取る。横浜の隼に張り付いて、何を仕出かすつもりか探ってやろう。ことによったら、あいつらの計画を頓挫《とんざ》させてやる」

「それはまずいんじゃないですか」木村はあわてて、「上だって、休暇なんて認めてくれませんよ」

「認めなければ勝手に休むさ。こっちの事件のヤマはもう越えた。人手だって足りている。迷惑はかからんだろう」

十二

夜十一時、洋館横のガレージに停められた九四式トラックに、台車やクレーンが積み込まれた。積み終えていた二十リットルのガソリン缶、錠前を開けるための工具類などももう一度点検した。

「すでに見張りの五名は、現地に向かい、それぞれの配置についているころでしょう。私もこれからそちらへ合流します」

と言うと、蛭川はガレージ内の工具台に二台並べて置かれた長めの削り節器のような形状の機器を一台、隼に渡した。

「これはウォーキートーキー、携帯用の無線機です。緊急時の連絡はこれで行ってください。こちらが異状を発見した時も、これで報《しら》せます」

「へえ」山原は隼から受け取ったウォーキートーキーを手にして目を輝かせた。「こんな小さな機械で相互通信できるんだ。ちょっと試しておこう」

山原はもう一台のウォーキートーキーを唱子に持たせ、自分はガレージから出て交信実験をおこなった。

「いや、これはすごい機械だ。アメ公も案外、侮《あなど》れないな」

興奮して戻ってきた山原に、蛭川は苦笑して、

「いまどきアメリカ人を侮っているのは山原さんくらいですよ。さあ、そろそろ出発しましょう」

「待て」隼が言った。「各自拳銃を携帯しろ」

山原と猫田は腰のベルトに、唱子はハンドバッグの中に、隼から渡された九四式拳銃を仕込んだ。別に渡された弾倉も、山原と猫田は上着のポケットに、唱子はハンドバッグの中にしまった。

「では成功を祈ります」

蛭川はそう言うと、ウォーキートーキーを手に、くろがね四起に乗り込み、先にスタートした。

隼、猫田、山原、唱子の四人も九四式トラックに乗って、蛭川のあとに続いた。

真夜中の道は対向車に出会うこともほとんどない。市街地に入るまでは、先を行く蛭川のくろがね四起の前照灯がやけに明るく見えるほど周囲は真っ暗だった。

市街地を抜け、倉庫街が近づくとふたたび、辺りは漆黒の闇に包まれた。くろがね四起はすでにルートを別にして、視界から消えている。

「つけられていますね」

運転席の山原が言った。

「相手は分かるか」

隼が聞いた。

「おそらく、カビひげのおやじでしょう。邸を出てすぐについてきましたから」

「だったら、途中でまきなさいよ。自慢の運転技術で」

「クレーンや工具を積んでるから重たいんだよ。無理してパンクしてもつまらんだろう」

「口ほどにもないわね」

「もうすぐ倉庫だ。後ろは気にするな。それより、倉庫とその周辺に気を配れ」

隼は言った。

捜査権もない管轄外の警察官が、拳銃を携帯しているとも考えにくいので、古池は脅威にならない。問題はお宝の入った倉庫を守る不良米兵がどんな仕掛けをしているか、分からないことだ。

倉庫街に入ると、隼は山原に車の速度を落とすよう命じた。ウォーキートーキーをオンにして、

「異状はないか、どうぞ」

と蛭川に質した。

《今のところ、異状はありません、どうぞ》

雑音交じりに蛭川の声が返した。

「これから倉庫の前にトラックをつける。異状があったらすぐ報せてくれ、どうぞ」

《了解しました》

交信を終えると、ちょうどトラックはいつも倉庫を見張る時に停める空き地の前にさしかかった。

隼はトラックをいったん空き地に停車させた。そこから倉庫の方角を観察して、

「全員、拳銃を出して弾倉を入れろ」

と命じ、自身の拳銃にも弾倉を装着し、遊底《ゆうてい》を引き初弾を装塡《そうてん》した。

前照灯を消し、徐行で倉庫前にトラックを移動させた。

倉庫の搬入口とトラックの後部が向き合うように停車させると、四人はすばやくトラックから降りた。

山原が荷台から下ろした工具箱を取り出し、搬入口横の入口の開錠に取りかかる。鍵穴に二本差しいれた細長い金属製の工具を、指先の感覚を頼りにあやつる。

五分経った。

「難しいようなら、ドアごと叩き壊すぞ」

懐中電灯を鍵穴に向けていた隼が尋ねる。

「いえ、大丈夫です。もうちょっと」

と山原が答えてほどなく、鍵穴がかちりと音をたてて回った。

四つの懐中電灯の明かりが倉庫の内部を照らした。入口と搬入口付近は広く何もない空間があって、そこから奥へ向かっていくつもの分厚い壁が延びている。壁を作っているのは、積み上げられた大量の物資だ。おそらく小麦が詰まった麻袋、缶詰やアルコール類が納められているらしい木箱、四つの光に照らし出された物資の壁は、どこまでも奥へ続いているようだ。印刷機は見当たらない。

「いちばん奥まで行ってみる」

そそり立つ麻袋と木箱の壁と壁の通路を、隼を先頭に進む。

それにしても驚くほどの量だ。アメリカの物量のすさまじさを今さらながら思い知らされる。これだけ大量の物資を横流しし、なお偽ドルの印刷までやらかしたら、どれほどの富が転がり込むことか。

壁の中ほどまで足を進めたところで、とつぜん、隼のウォーキートーキーが声を響かせた。

《この倉庫の区画へ軍用車が近づいています。どうぞ》

「この倉庫へ向かっているのか、どうぞ」

《まだ、分かりませんが、用心してください。もし向かうなら、一分以内で着くはずです。ところで印刷機は見つかりましたか、どうぞ》

「見つからん」

隼が吐き捨てた。

「いったん、外へ退避」

隼は三人に命じ、入口へ向かった。全員がトラックに乗り込むと、隼はウォーキートーキーに向かって、

「空き地まで退いて、様子をうかがう。どうぞ」

《了解。軍用車はやはりそちらへ向かっています。あと、さらに一分ほど遅れて別の三台の軍用車があらわれました。これもそちらへ向かうようです。どうぞ》

隼は答えず、山原はエンジンをかけ、トラックをスタートさせた。前照灯は点《つ》けない。周囲にいっさい明かりが無いので、まったく記憶と勘だけが頼りの走行だ。

空き地へ左折する直前、建物の陰からふいに黒い塊が出現した。ハンドルを切る暇もなく、トラックの鼻先に激突した。相手もこちらとほぼ同じサイズのトラックだ。まったく音もなくあらわれたから、倉庫の近くまで来てエンジンを切り、惰性で走行していたのだろう。

隼たちはつんのめり、計器と前面ガラスに身体を打ちつけそうになる。スピードは出ていなかったので、衝撃はそれほどでもない。

「大丈夫か」

隼の問いに、三人はそれぞれ無事を報告した。

銃声が響き、フロントガラスが砕け散った。向こうのトラックから撃ちこんできたのだ。

「出ろ」

隼が命じるまでもなく、助手席の一番端にいた猫田がドアを開け、外へ飛び出し、唱子、隼が続く。最後の山原はドアを楯《たて》にして一発撃ち返し、向こうのトラックの窓ガラスを吹き飛ばした。

「後ろへ回れ」

隼が命じ、三人はトラックの後方へ回り込む。鼻をつままれても分からないくらいの闇の中だ。

ふたたび銃声。遠く運転席の辺りが被弾している。向こうも、こちらの姿を見失っているらしい。

下手に撃ち返して居場所を教えることはない。隼たちはトラックの荷台に身を寄せたまま、拳銃を構え、相手の動きを待つ。

向こうも用心したのか、動きが止まった。おそらく向こうのトラックの陰からこちらの動きをうかがっている。

睨み合いがしばらく続いたあと、とつぜん、大音響と衝撃がみまった。

向こうのトラックに何かが追突したようだ。先端が接触していた隼たちのトラックも大きく横に動いた。

さらに後続の車が到着したようで、その前照灯でトラックの前方が明るく照らしだされた。浮かび上がった三人の白人の大男たちが、明かりへ向かって拳銃を撃ちこむ。明かりの方角からは報復の機関銃の発射音が返ってきた。三人の白人は、一瞬、踊るように身体をくねらせ、あおむけに倒れた。

「行け、行け、空き地へ走れ」

隼の言葉に、三人は素早く反応し、駆けだした。まともに明かりは当たっていないが、うっすらこちらの影は浮かんでいるのだろう。掃射音があとを追いかけてくる。

四人は後ろも見ずに走った。

空き地の向こう側の道から前照灯が近づいてきた。くろがね四起と無蓋《むがい》のトラックだ。二台が空き地の中へ入ってくる。

「トラックに乗ってください」

くろがね四起の窓から蛭川が叫んだ。トラックは完全に停車はせず、四人の前で方向転換をはじめた。

まず隼と山原が荷台に飛び乗ると、猫田と唱子を引っ張り上げた。トラックはスピードを上げ、空き地から脱した。

後方でふたたび掃射音が響いたが、それは隼たちが乗った車とは全く別方向へ向けられたもののようだった。

十三

「大丈夫か」

古池は頭をふりながら、運転席の木村へ声をかけた。

「ええ、ハンドルに頭ぶつけましたけど……、大丈夫、鼻血も出ていません」

木村は自分の顔をなでまわしながら答えた。あれほどの掃射を受けながら、古池と木村は奇跡的に無傷で、車への被弾もないようだ。

だが、安心するのはまだ早い。銃弾はそれたが、車は建物の壁に激突し、エンジンを停止した。ボンネットから煙が出ている。おそらく走行不能だろう。

「また撃ってくるかもしれん。頭を下げろ、ここから出るぞ」

古池は助手席のドアを開けると、身をかがめながら走って、建物の陰に身を隠した。すぐあとから木村も追って、古池の横に並んだ。

古池たちへ機関銃を撃ち浴びせてきた連中は、五十メートルほど離れた場所に三台のトラックをつらね、そのうち後方の二台の前照灯をつけっぱなしにして辺りを照らしていた。先頭の一台は、別のトラックの後方に追突して止まっている。

追突されたトラックは、隼たちが乗ってきたトラックとL字型に先頭を突き合わせ衝突している。その多重衝突の現場に、三人の男があおむけに転がっている。事故ではなく、三台のトラックの連中に撃たれたのだ。撃った連中は軍服姿の外国人のようだ。正確な人数は分からないが、少なくとも十人はいるだろう。軍人たちは、古池たちへは注意を向けず、倒れた三人へ近づく。

古池と木村は、建物の陰から、軍人たちの行動をうかがう。

軍人たちは機敏な動きで、三人の身体を、黒っぽく長い袋のようなものに詰めると、それを後方のトラックに積み込んだ。積み終えると、すぐに三台のトラックに分乗してその場を立ち去った。

三台のトラックの前照灯が倉庫群の影にさえぎられると、辺りに漆黒の闇が戻った。

古池と木村はおそるおそる建物の陰から身を引きはがした。いったん車に戻り、懐中電灯を手にして、二台のトラックが放置された現場を検証した。

木村がトラックの周りの地面にしみ込んだ血痕を指先ですくい、

「これだけの出血ですから、間違いなく死んでいますね、あの三人」

撃たれた三人も武装していたはずだが、現場には武器は残っていない。先ほどの軍人たちが死体と共に回収したのだろう。

古池は三人の乗っていたトラックと、隼たちのトラックに懐中電灯を当てて、

「三人の乗ったトラックの荷台は空だな。隼たちの方は――、クレーンや台車、あとなんだこれは、灯油かガソリンか……」

「倉庫から持ち出したんですかね」

「いや、トラックは倉庫の前に停められたままだった。クレーンや台車で、何か運ぶつもりだったのだろう」

「それがなぜか、急に倉庫から全員飛び出し、トラックを急発進させた」

先ほど目にした光景を木村は繰り返した。

強引に休暇を取り、昨日から横浜に入り、洋館を監視していた古池に、一日なんとか休みを取得した木村も今夜合流し、ふたりでこの倉庫まで隼のトラックをつけてきた。隼たちが倉庫へ入ると、古池たちもそばの建物まで車を寄せ、その様子をうかがっていたのだ。とつぜん、隼たちが倉庫から出てきてトラックを発進させると、別方向から来たトラックと衝突した。

ほぼ暗闇の中の出来事なので、古池と木村も、その時は何が起きているのか、完全に理解していたわけではない。

その直後、銃声が響き、撃ちあったあと、また沈黙があり、それを打ち破る大音響が起こり、新たにあらわれた三台のトラックから降り立った軍人たちが、前照灯に浮かび上がった三人の男たちと銃撃戦を演じたのだった。

軍人たちは三人を撃ち倒し、さらに、現場から逃走する隼たちのトラックへも機関銃を撃ち浴びせたあと、最後のおまけとばかりに古池たちの車へも銃口を向けたのだった。銃口が火を噴くより一瞬早く木村は車を勢いよく発車させ、銃撃を逃れたまではよかったが、勢い余って前方の建物へ激突した。

「隼たちが倉庫から出てきたのは、外人たちがこちらへ向かって来るのを知らされたからですね。見張りがいたんでしょう」

隼たちのトラックの運転席を照らしながら木村が言うと、古池もうなずき、

「おそらくそういうことだ。洋館にいたほかの連中が周囲を警戒していたんだろうな」

「外人たち、また戻ってきますかね」

「分からんが、どっちにしても、あまり長くここにいない方がいい。さっきの騒ぎで地元の警察が来ても厄介だからな。急いで倉庫の中だけ確認しておこう」

古池と木村はトラックを離れた。

隼たちが潜入した倉庫は、占領軍の物資の保管庫のようだった。木村は倉庫の奥までうずたかく続く物資の壁に驚嘆の声をあげて、

「この強奪をもくろんでいたんですかね、隼たちは」

たしかにこれだけの物資を闇に流せば、夢のような富を手にできるのかもしれない。

(だが……)

どうにも解せない。

占領軍の物資を横取りさせるために、警察の上層部は隼を意図的に逃したのだろうか。

仮に上層部が腐敗していたとしても、占領軍の物資に手を出すのは、あまりにもリスクが大きい。ただ、金が欲しいだけなら、ほかにもっと安全な不正の手段があるはずだ。

それに、隼たちはたった一台のトラックで乗りつけた。運び出せる物資はたかが知れている。しかも、クレーンや台車を乗せているから、さらに積載量は少なくなる。ここにある物資を積み込むなら、クレーンなど必要ない、邪魔なだけだ。隼たちの目的を物資の横領と仮定すると、行動に矛盾がでる。

「たしかにそうですね」古池の指摘を受け、木村は倉庫のさらに奥へと懐中電灯を向ける。「隼たち

の狙いは、別にあるのかもしれません」

ふたりは懐中電灯をつらねて倉庫の奥へと進んだ。いちばん奥の行き止まりまで物資の壁は続いていた。ほかの列も確認したが、とくに変わった様子は見受けられない。

「おかしなものはなさそうですね」

「ああ」古池は搬入口前の広く何もない空間を見渡し、「隼たちも騙され、おびき出されたのかもしれないな。あの殺された三人の外人たちも」

「そろそろ出ませんか」

なごり惜しげに物資の壁を見上げる古池を木村が促《うなが》した。

「そうだな、あの物騒なやつらが戻ってきたら厄介だしな」

古池たちは車に戻った。激突した壁から車を引きはがし、木村が始動を試みるが、どうやってもエンジンがかからない。

ふたりは仕方なく、横浜駅まで歩き、始発を待って東京へ戻った。

十四

隼たちを乗せたエンジンもトランスミッションも不調のトラックは、異音を響かせ、息も絶え絶えに洋館へたどり着いた。

作戦室へ戻ると隼は、蛭川に質した。

「どういうことだ。ゲラーたちは今夜、横須賀にいるはずだろう。なぜ、倉庫にあらわれた」

「私にも分かりません」蛭川は首をふった。「何か急用ができて、駆けつけてきたのかもしれません」

「何用があろうと、軍務に就いていれば、勝手に横浜へ来ることなどできない」

「命令を受けたとすればどうです」

「物資を横流ししている不良軍曹たちに、隠し倉庫を見てこいと、命令が出たのか」

「もしかすると、ゲラーたちの不正が発覚したのかも。それで軍によって消された。昨晩の連中はおそらく憲兵でしょう」

蛭川の推測に山原が異議を唱えた。

「いくら物資を横領している不良軍曹だからって、取り調べもせず、いきなり殺したりするか」

「まあ、ふつうはしないでしょうがね。紙幣の偽造は大罪ですし、発砲したのはゲラーたちが先だったんじゃありませんか」

「だとしてもなるべく殺さず捕えようと努力するもんだ。そもそも、あの倉庫に印刷機は見当たらなかったぞ。ゲラーたちの動きといい、あんたらの調査はどうなっている」

「ゲラーたちの勤務についてはこちらの落ち度かもしれませんが、倉庫の中で機械音がすると報告したのは、山原さんご自身ですよ」

「たしかに機械音はしていた。それはこっちのおばさんも聞いている」

「おばさんは聞いてないわ、おねえさんは聞いたけど」

「そう、おばさんみたいなおねえさんも聞いた。だが印刷機は見ていない。だからおれは事前に確認した方がいいと言ったんだ」

「で、音を出していたとおぼしい機械は、倉庫の中にあったのですか」

「ない、中にあったのは小麦粉や缶詰のような物資だけだ」

「とすると、山原さんと若村さんが音を聞いたあと、昨晩までの間に印刷機、――もしくは別の機械が持ち出されたってことでしょうかね」

「おれたちが見張っている間ではないな。交代のあんたたちの見張りの間に、まんまと出し抜かれたんだろう」

嘲《あざけ》るように言う山原に、蛭川はあえて逆らわず、

「私たちの人員は、そういうことに不慣れなので、万全でなかったのかもしれません。見張りに気づかれ、印刷機がほかへ持ち出された可能性はありますね」

あっさり蛭川が退いたため山原はかえって言葉に詰まった。隼は、

「印刷機の行方は分からず、ゲラーたちも死んだとなると、このあと、どうやって偽札を探すつもりだ」

「ゲラーたちを襲った連中のトラックの登録番号票を、見張り役が目撃しています。ここから所属隊が割り出せるかもしれません」

「いよいよ、占領軍と正面からぶつかるのか」

「あの連中がどういう立場なのか、今はまだ断定はできませんが、その覚悟は必要かもしれません。山原さん、怖気《おじけ》づきましたか」

「怖気づきゃしないが、平気で機関銃をぶっ放す連中だ。危険手当でもつけてもらわなきゃ割があわん」

「報酬は最初にお約束した通りですよ。――では、これでいったん解散しましょう。二、三日はゆっ

くり休んでください。その間に、私の方でゲラー襲撃部隊の正体を探っておきます」

「あんたに任せると、またおかしな情報に振り回されそうで不安だぜ」

山原が向ける不信の目に、蛭川は、

「乏しい手がかりをたぐって何とかここまでこぎつけたんです。もし、山原さんが有望な情報をお持ちなら、ぜひご披露ください。次はそれを真っ先に調査します」

山原が口ごもると、

「ふふっ、山原さん、一本取られたわね」

と唱子が笑った。

第五章　混迷

一

　Ｆ大学経済学部第一講座の榊原俊之《さかきばらとしゆき》教授の研究室は、Ｆ大学のシンボル的建造物である記念堂の筋向い、キャンパスの中央をつらぬく並木通り沿いにある煉瓦建ての研究棟の二階にあった。

　産業構造論の講義を終えた榊原教授は、キャンパス東端にある講義棟から、同僚の杉山教授とともに芝生を横切りながら研究棟へ向かっていた。

「榊原先生は、相変わらずお忙しいのでしょう」

　杉山の問いかけに、榊原はにこやかに首をふって、

「いいえ、委員会の仕事も離れましたから、これからしばらくは自分の研究に専念しますよ」

「それは結構ですな。一日も早く、先生の工業統制論を完成させてください」

　同じ経済学部の教授だが、同門の後輩でもある杉山は、熱い口調で榊原にエールを送った。

「そうですね、僕もここ一年の内にめどをつけたいと思っています」

　と、やはりにこやかな笑顔を見せると、学生課に用があるという杉山とは、研究棟の前で別れた。

　研究室へ向かう廊下を歩くと、すれ違う教授や講師たちは、みな敬意を込めた会釈をしていく。こ

れは榊原の学部長という地位に対する畏敬の念もあろうが、それだけではない。

榊原俊之は東京帝国大学でマルクス経済学を学び、首席の銀時計を受領している。大正期に同大学の助教授、ドイツ留学をへて教授となった。統計学の権威であり、戦時中は病を得て逼塞《ひっそく》したが、終戦の前年にF大学の教授となり、戦後はK内閣の時、政策ブレーンとして物価安定小委員会の委員長にも就任している。

これらのきらびやかな経歴が、穏やかな初老の一教授にある種の風格を与えているのであろう。

榊原は自身の研究室の扉を開けた。窓を背にした奥の榊原のデスク、両側の壁をふさぎそそり立つ本棚、手前に並ぶ来客用の長椅子とテーブル、そのすべてが本で埋まっていた。本棚の書籍はともかく、デスクやテーブルや床に積み上げられた専門雑誌などは、いつ崩れだしてもおかしくない危ういバランスで立ち並んでいる。

デスクの前の丸椅子で書類を選《よ》り分けていた助手の額田《ぬかだ》が振り返り、

「あっ、先生、さきほど村上教授が来週の教授会のご相談があるとのことでお見えになりました」

「いつ来たのかね」

「二十分ほど前です。講義に出られていると申し上げたら、資料をおいて行かれました」

「私の講義の時間は知っているだろうに、まったく横着な男だ」

榊原は顔をゆがめ、吐き捨てるように言った。

表ではきわめて温厚な紳士で通る榊原だが、内輪では厳しく辛辣《しんらつ》な側面を見せることも珍しくない。二面性、とまで言っては大げさかもしれないが、人を見て態度を変える傾向はたしかにある。

デスクの上にまとめておかれた郵便を手に取った額田が、

「新聞社と雑誌社からのお手紙です。原稿の依頼でしょうか。あと、こちらは――」

「あっ――、郵便はいいと言っているじゃないか、いつも。自分で見るから」

と榊原はデスクの上の郵便物を掻き寄せた。そしてそれを自分の鞄の中にすべてしまいこんで、腕に抱えると、

「ちょっと、皐月《さつき》に行ってくる。村上君が来ても教えちゃいかんよ」

と大学の裏門前にある喫茶店の名を告げると研究室をあとにした。

榊原が研究棟を出て、並木通りを横切り、煙草のけむりが充満する食堂の横を歩いていると、裏門の方角から知り合いの女性が近づいてきた。短いおかっぱ頭、化粧気がなく張りにとぼしい肌、大学の事務職員のような地味で色気のない服装、鷺谷和子にまぎれもなかった。

「あら、先生、お久しぶりでございます」

周囲の耳目を意識した、少し他人行儀な鷺谷の挨拶であった。

「ああ、本当ですね。お元気でしたか。もしよろしかったら、向こうで少しお話ししましょう」

榊原は皐月へ鷺谷を誘った。

二

霞が関の庁舎の地下道の降り勾配《こうばい》を進み、大内宗介は秘密部屋の扉をノックした。

「入りたまえ」

大内が扉を開けると、身長五尺の室長が部屋の真ん中でパターを構えていた。十センチ間隔で十個

ほど横一列に並ぶボールの一番端を打った。毛足の長い濃紅色の絨毯の上を転がったボールは、カップに見立てた円の中心に止まった。室長は細かく立ち位置をずらしながら、立て続けに十個のボールを打ち、そのほとんどを円の中におさめた。

「おみごとですな」

大内が言うと、室長は手をふって、

「平らな床の上だからね、グリーン上ではこうはいかないよ。まあ、明日はN大臣だから、へボゴルフでちょうどいいんだ」

「ほう、N大臣ですか」大内はイニシャルだけで相手を察し、「とすると、例の件もお耳に入れるわけですか」

「いや、それは時期尚早だろう。ところで」室長はパターを机に立てかけて、大内に三人掛けのソファを勧めると、「その例の件で、新しい動きがあったのかね。君がこんな時間にあらわれるとは」

「ご明察です」大内はいったんソファに沈めかけた腰を浮かせぎみに前かがみになり、「例の件は、新たな段階に入りました」

「ふむ」室長は向かいの椅子にどっしりと腰を下ろすと、「それは喜ぶべきことなのかね。大魚を釣り損ねたということじゃないのかね」

「たしかにそういう一面もありましょう。ただ、簡単に釣り上げられる敵ではないということは、最初から分かっております」

室長は首をかしげ、

「ええと、君の後輩の……」

「隼ですか」

「そう、陸軍だから隼だな。その隼は何と言っている。今後の見通しについて」

「多くは語らぬ男ですから、はっきりとは何も。ただ、すでに新しい手がかりを探りはじめているようです」

「それは結構」

室長は立ち上がるとパターを手に、円の周りのボールを掻き集め、移動させて一列に並べると、ふたたびパットの練習をはじめた。

三つ目のボールを打ったあと、ふと手を止めて、考え込むように、

「しかし、隼はともかく、その配下の者たちが、尻込みすることは無いだろうね、真相に近づいて」

「大丈夫でしょう。決して怯まず、どこまでも真相を追い続けるはずです。みな、覚悟を持った連中ですから」

「それにしてもだ。この先の闇の深さは、これまでの比ではないぞ」

室長はパターを杖のように床に突いて、大内を見すえた。大内は無言のまま、その視線をはね返す。

室長は、大内の隼たちへの信頼の篤さを確認すると、視線を落とし、パターを構え直した。

「ひとつ、隼に忠告しておきたまえ」室長はパターで軽くボールを弾きながら言った。「情報は極力、自分ひとりで握っておくことだ。たとえ味方であろうと、みだりに打ち明けてはいかん、とな」

「伝えておきましょう」

大内は立ち上がると、そう答えて部屋を出た。

三

都心から電車にゆられること一時間余り、降りた駅に駅員の姿はなく、駅前にただ一軒ある店舗、ほとんど商品の置かれていない雑貨屋で道を尋ね、隼武四郎は雑木林と畑の間の道を三十分ほど歩いた。もう一度、どこかで道を尋ねようと畑の周りに人影を捜しながら進んでいるうちに、目的の家が見つかった。平屋でさほど大きな家ではない。手入れは、時世を考えれば、行き届いている方だろう。少なくとも荒れ果ててはいなかった。

生垣をめぐり二本の色あせた門柱だけの門をくぐり、玄関横の表札を確認し、隼は「ご免ください」と声をかけた。

しばらくして玄関の扉が開けられ、この家の主婦と思われる中年の女性が、

「どちらさまで」

と尋ねると、隼は背筋を伸ばして、

「隼武四郎と申します。宇田川《うだがわ》少佐にお話をうかがいたく、参上いたしました」

と答えた。

宇田川元少佐は少し複雑な表情をして、

「いつか誰かが訪ねてくるだろうとは思っていたよ」

と言った。

隼が通されたのは、宇田川の書斎兼寝室といったところだろうか。窓際には書机が据えられ、その横にはかなり大きめの本棚がある。自然科学関係の本が多いようだ。旧軍時代を連想させるものは、どこにも見当たらなかった。

隼は宇田川の妻が茶を入れて部屋を出て行くのを待って、

「では、少佐は私が何の話でお邪魔したのか、分かっておられるのですか」

と質した。

宇田川は「少佐はやめてもらいたい」といって煙草に火をつけ、隼にも勧め、ゆっくり煙を吐き出し、

「中村の件だろう」

と言った。隼はうなずき、

「その通りです」

「たいしたことは話せんよ」

「そうでしょうか。宇田川さんは現在の中村健吾の居場所や、印刷機の行方をご存じなのではありませんか」

宇田川は隼を見つめ首を小さく振った。

「だったら、君など門前払いにしている。誤解のないよう、はっきりと言っておくが、私は当時、上からの命令を中村に伝えただけにすぎない」

「偽造ドル紙幣印刷機の破壊処分ですね」

「そうだ。印刷機や原版は当時、東京都内の某所に秘匿《ひとく》されていた。それを丹沢《たんざわ》の山中へ運び破壊す

るというのが、中村たちに下された使命だった。しかし、中村たちは印刷機をトラックに乗せ都内を出たあと、行方が分からなくなった。以降、私は一度も中村たちを見ていないし、連絡を受けたこともない」

「中村たちが印刷機を持って行方をくらませたと気づいたのはいつです」

「東京を出て二日後には任務を終えて報告にあらわれるはずだった。三日目の朝になっても何の連絡もないので異状に気づいた」

「行方の捜索はされたのですね」

「むろんしたさ。だが、その直後にポツダム宣言受諾があり、われわれは武装解除を受け入れた。隼さんとおっしゃったな。あなたも軍人でしょう」

「陸軍大尉でした。しかし、八月十五日をもって軍が無くなったわけではありません。占領軍がやって来るのに、偽ドル紙幣の印刷機が行方不明ですまされるわけがない。行方を追う捜索は続いたはずです」

「ところが、その占領軍から、私は事情聴取を受けた。終戦まだほどない九月のはじめ、たしか二日か三日あたりだ」

「事実関係をありのままに話したのですか」

「もちろんだよ。戦争に負けたんだ。もう何も隠すことなんかない。今、君にこうして洗いざらい話しているように、正直にすべてをぶちまけた」

「中村中尉と印刷機のことを知って、占領軍はどうしたでしょう」

「当然、行方を捜索しただろうが、その結果は知らない。それっきり、この事件について私が何か聞かれることも、責任を追及されることもなかったな。中村が捕まって裁判にでもなれば、証人に呼ばれるかもしれないと思ったが、それもなかった。逃げおおせたのか、捕まって秘密裏に処分されたのか、私には想像もつかない」

どこまでも他人事のような宇田川の言葉であった。もう旧軍時代のこととは、すっかり縁を切り、関心もこだわりもない、とのようにも見える。

「宇田川さんの事情聴取をおこなった占領軍の将校は誰だったか覚えていますか」

「そうだなあ」宇田川は煙草の煙を天井に向かって吹き上げ、「たしか、ミッチェル・エバーソンというアメリカの少尉だった。そのあと、その上司のジャック・キャノンという少佐の取り調べも受けた。ふたりともきわめて紳士的な態度だったよ」

四

軍の防空壕として造られたその空間は、壁も床も天井もコンクリートで固められていた。唯一の出入口には鉄の扉。明かり取りと空調を兼ねた小窓が天井近くの壁にあるが、鉄格子がはまったその小窓の外には、草が生い茂った滑走路に取り壊しを待つばかりの兵舎が並び、見渡すかぎり人影はない。どんな大声をあげようと、外からの助けなど期待できない密室空間であった。

それだけでもじゅうぶん危機的だが、さらに駄目押しするように、大熊組組長代理、澤村茂樹は、全裸に剝《む》かれ両手を縛られたまま天井から吊り下げられ、絶望的な状況下にあった。

自慢のくりからもんもんの背中は血と汗にまみれ、ふだんは威圧感をまき散らしている野獣のような眼光からは力が失われ、逃れられない罠にかかった小動物のような怯《おび》えが色濃く漂っている。半開きの口元の上唇は渇ききり、下唇から顎《あご》にかけては血まみれのよだれでぬらぬらと赤く潤っている。先ほどまで下腹部にめり込むほど縮み上がっていた睾丸《こうがん》は、すっかり弛緩《しかん》し、太ももの間に、瘤取《こぶと》り爺さんの両頰のようにだらしなく垂れ下がっている。

そんな澤村茂樹をふたりの若い男が手にしたゴム管で交互にいたぶっていた。責めるふたりの男たちも全身汗まみれだ。拷問の激しさがうかがわれる。

それを少し離れたところから椅子に腰かけ、和服姿の老人が、葉巻を咥《くわ》えながら見守り、秘書か用心棒か得体の知れない男が、無表情に老人の脇に付き添っている。老人は脇の男を見上げ、

「佐々木《ささき》君、そろそろ頃合いかねえ」

「どうでしょうな」

佐々木と呼ばれた男は答える。このような光景には慣れているのか、澤村の凄惨《せいさん》な姿をまともに見つめて、眉ひとつ動かさない。

老人は葉巻をくゆらせ、椅子から立ち上がると、澤村のもらした小便の染みを避けながら近づいた。

「澤村君、いつまで頑張るつもりだね」

荒い息をもらしながら首を垂れる澤村の耳元にささやいた。

澤村は力を振り絞るように顔をあげると、必死の形相で、

「河口《かわぐち》先生、さっき話したことがずべてでず。ほんどにあとは何も知らないんでず」

と訴えた。叫び続けていたせいか、声は完全につぶれている。

河口代三郎《だいざぶろう》はけむりを澤村へ吹きかけ、

「いかんねえ、じつにいかん、澤村君。君の義兄《にい》さんの大恩人である私に隠し事とは。草葉の陰で義兄さんも泣いているだろう」

「本当です。信じで、くだざい」澤村は嗚咽《おえつ》をもらしながら、「義兄貴《あにき》も、騙《だま》されたんです。偽ドル紙幣は、手に入れでません。金塊は、盗られまじだ……」

「盗られまじだって、ふざけてもらっちゃこまるなあ。あの金塊は私が大熊君に貸した物なんだからね。知らなかったとは言わせないよ」

「し、知りません、でじた」

「ほう、そうかね。じゃあ、それはそういうことにしておこう。ところで、澤村君、君は大熊君が殺されたあと、丸半日、姿を消していた日があるそうじゃないか。いや、ごまかしても駄目だよ。ここにいる私の優秀な調査員の佐々木がちゃんと調べたんだから。君に根性があることは認めるけど、そろそろ正直に話をしないと、取り返しのつかないことになる。……さあ、言いたまえ。君は外人たちとグルになって金塊を横取りしたのか。それとも偽ドル紙幣をどこかに隠し持っているのか」

「ぢがいます」

「どうちがうのかね。では、聞こう。誰にも知られず半日間、姿を隠して、君は何をしていた。金塊か偽札を、どこかへ隠しに行ったんだろう」

澤村は無言で力なく首を横にふった。

「では、その半日は何だったんだね。正直に言った方がいい。私だってそんなに話の分からん男じゃないつもりだよ。なあ、佐々木君、君からも何か言ってやってくれんか」

とつぜん話を振られた佐々木は、勘弁してくれと言うように首を左右に小さく動かした。河口の病的な加虐趣味には、忠実な部下といえども辟易《へきえき》しているらしい。

荒い息を吐くばかりの澤村に、河口代三郎は残忍な笑みを浮かべ、

「困るなあ、そんなに聞き分けが悪いと。私も心を鬼にしなければならない。本当に困るんだよ」

河口は嬉々としてふたりの若い男に澤村の足を押さえるように命じ、葉巻を大きく吸うと、その先端を縮こまった澤村の陰茎《いんけい》に近づけた。

「君の人生があとどのくらい残っているか知らないけど、この後、おしっこには苦労することになるだろうねえ」

葉巻の先端が亀頭の尿道口に触れるか触れないかで、澤村は悲鳴をあげ、

「言います、言います」

河口はつまらなそうな顔をして葉巻を遠ざけた。

「聞こう」

澤村は、二人組の元軍人らしき男に拉致されたこと、そこで脅されて、百万ドル分の偽札の取り引き計画と、その途中で大熊が殺された経緯を、洗いざらい吐かされたと告げた。

「ほう」河口は興味深そうな顔をして、「口の堅い君がそんなに簡単に見も知らぬ男たちに、ペラペラとしゃべったのかね」

「銃で脅されて」

「で、そのあとは泣き寝入りかね。仮にも大熊組の組長代理だろう。なぜきっちりけじめをつけん」

「それが……、写真をとられて」

「うん？　どんな写真だ」

答えを渋る澤村の亀頭に、河口が葉巻を押し付けると、澤村は絶叫を発し、答えた。

「ほほう、それは、それは、災難続きだね、君も」

河口は、さらに細かいポーズやアングルなどを聞き出すために、繰り返し葉巻を押し付けた。

「いや、じつにいいことを聞かせてもらった。参考になるよ。機会があれば、私もやってみよう」

うれしそうに河口は言った。澤村は神経が麻痺《まひ》したのか、亀頭に葉巻を押し付けられてもあまり反応しない。

「最後に聞くが、君をさらった男の名は何ていう」

答えを拒否するというより、すでにその体力をほぼ使い果たして声もない澤村の額《ひたい》に、河口は短くなった葉巻を押し付けた。澤村は奇声を発し、口から赤い泡を吹いた。

河口は澤村の口元へ耳を寄せた。澤村の言葉を聞き取り、河口はうなずいた。そして離れたところからあきれ顔で見ていた佐々木に、

「帰るぞ」

と告げた。

五

病院跡の作戦室に、久しぶりに全員の顔がそろった。洋館の作戦室から荷物も戻され、四つの事務机に着く隼、猫田、山原、唱子に、豪華な椅子に腰を下ろした蛭川が向きあった。

「四日ぶりの顔合わせになりますか。みなさんこの休みが、いい気晴らしになったことと思います。

心身ともにさわやかってところでしょうか」

にこやかな語りかけを全員から黙殺された蛭川は、気まずそうに立ち上がり、黒板の方へ移動し、

「ええっと、私はこの四日間も休みなく調査を続けていました」

と言って四人を見渡したが、相変わらずの無表情で、感謝の素振りもないのが分かると、ひとつ咳《せき》払《ばら》いをして続ける。

「先日の解散前に話した通り、ゲラーたちの襲撃者が乗っていた三台のトラックの登録番号票を調べてみました。といっても、占領軍の車輛は日本の管理下になく、登録番号票も外地のものがそのまま使われています。所管の役所もまったく把握しておらず、かなり苦労があったわけですが、その辺りの詳細には興味がありますか」

興味のないことを確認して、蛭川は、

「結果から言うと、あの夜、横浜の倉庫にあらわれてゲラーたちを射殺した者たちは、MP（憲兵）でした。MPは、ゲラーたちが物資の横流しをしているという情報を得て、倉庫へ向かい、抵抗されたためゲラーたちを射殺したようです。物資の横流しの情報をMPへ流した者の正体と、偽ドル紙幣との関係については、今のところ不明です」

「でも、大丈夫なのか」

山原が聞いた。

「何がです」

「占領軍の軍曹であるゲラーたちをMPが始末した。どういう経緯かはともかく、いずれにしても占領軍内の揉め事だ。印刷機もすでにあっち側にあると考えられる。そこをおれたちが穿《ほじく》り返《かえ》したら、

あんたたちの親玉はかえって困るんじゃないのか」

蛭川は少し考えて、

「そうかもしれません。結果的に途中で捜索が中止となる可能性はあるでしょう。ただ、その判断を下すためにも、最低限、何があったのか知っておかねばならない。いましばらく捜索は続ける、というのが上の判断です」

「あぶねえなあ、まずいことを探り出したら、あっさり消されるんじゃないの、下っ端は」

「えらく弱気じゃない、山原さん」

唱子がからかうように言うと、

「世間知らずのおばさんは黙ってろよ」

山原が睨む。

ここで隼が手をあげて、

「GⅡ（参謀第二部）の組織と人員を教えてくれ」

と求めると、蛭川は怪訝《けげん》そうな顔をして、

「GⅡですか」

と言いながらも、問い返しはせず、黒板にまず、〈GⅡ　ウィロビー〉と記し、その下に直轄の部署と人名を書き加えた。

隼は黒板の文字を見つめ、

「ジャック・キャノンは、この組織の中にいないのか」

蛭川は意外そうな顔で、

「ほう、キャノン少佐をご存知でしたか、隼さんは。どこで聞きました」

「終戦時、中村中尉の上官だった宇田川少佐がキャノンとその部下の尋問を受けたと言っていた」

「なるほど、宇田川少佐にお会いになったのですね」

うなずきながら蛭川は黒板の組織図の余白にジャック・キャノンと書き足した。

「この人物については、最近までわれわれもその存在を知らず、正体もつかめていませんでした。いまだ詳しい経歴や日本での行動の実態はつまびらかにされていません。ただ、ウィロビーの指揮下で、特殊工作に従事しているであろうと考えられています」

「キャノンはウィロビー少将の直属なのか」

隼の問いに、蛭川は、

「そのようです。ジャック・キャノン少佐はGⅡ所属の情報将校で、配下に数名の情報員ならびに工作員を抱えていると思われます」

「ミッチエル・エバーソンという部下がいるのは知っていたのか」

隼は宇田川少佐から出た名を質した。

「ええ、ただ、キャノン同様、エバーソンの活動実態もわれわれには把握できていません」蛭川はエバーソンの名を黒板のキャノンの下に加え、「では、GⅡ、いえ、ジャック・キャノンの調査に手をつけますか」

蛭川の問いに、四人は押し黙った。

現在、この日本国内で絶対的権力を持つ占領軍の、その暗部をつかさどる部門の関係者への調査である。特別な伝手《つて》でもないかぎり、入口のその手前にも辿り着けまい。

沈黙を破ったのは隼であった。

「キャノンが拠点としている場所は分かっているのか」

蛭川は首をふった。

「おそらくどこかに事務所を持っていると思われますが、今のところわれわれは把握していません」

「なら、まずそっちでその調査をしてくれ。拠点が分かれば、おれたちが監視し、行動を探り、印刷機との関係の有無も明らかにする」

「そうですね、今は他に手がかりもありませんし」渋々といったようすで蛭川は、「分かりました。こちらで調べましょう。しばらく時間がかかると思いますが、その間、隼さんたちは何をしていますか」

「中村中尉の失踪時の行動を洗う。終戦時、キャノンたちもその行方を追ったはずだ。おれたちもそのあとを辿ってみる。中村とキャノンがどう関係しているのか、していないのか、探っておく」


このあと隼は、中村とその部下の関係先調査の分担を割り振った。

中村の関係先調査は、前に蛭川と隼がそれぞれ実施している。家族関係や軍関係についてはほぼ終了して、手がかりは得られていない。

今回はそれまで手付かずだった友人関係まで対象を広げて調査をしようというものだ。

隼と山原と猫田で関係先を回り、唱子が作戦室で情報の整理をおこなう。

「何だよ、おばさんは留守番かよ、楽でいいな」

山原が不平をもらすと、

「何なら代わりましょうか。あたしの色仕掛けの方が、変態写真の山原さんより、ちゃんと話を聞き出しますわよ」

「ああ、何だったら、おれがあんたの褌《ふんどし》姿の写真撮ってやるから、それ持って回れよ。みんな勘弁してくれって、洗いざらいしゃべるだろう」

「嫌らしいわね、本当に」

唱子は山原の背中をつねった。

六

常磐線《じょうばんせん》の水戸駅を降りてバスに乗った。日本中の多くの地方中核都市の例にたがわず、この水戸市も戦災にみまわれた。隣接する日立工場地の労働供給元であったため、空襲の標的とされたのだ。昭和二十年八月の大空襲により、市内のほぼ全域が焦土となり、全人口の八割が被災民となった。

戦災から三年経って復興の歩みを進める市内を、隼を乗せたバスは進んでいく。すでにトタン小屋のようなバラックはさほど多くなく、道路も拡張され、新たな商店などの建設も進んでいるようだ。中心地を抜けるとすぐに田んぼと畑ののどかな田園風景に変わる。田んぼの中に広いグランドが出現した。木造二階建ての校舎も見える。中学校のようだ。

隼はその中学校からさらに二つ目の停車場でバスを降りた。

畑で農作業をしていた老人に道を聞き、一軒の農家にたどり着いた。生垣に囲まれた広い表の庭には鶏が放し飼いにされ、東側の小屋の中には牛の影がうごめいている。正面の大きな母屋は藁葺屋根《わらぶきやね》である。電柱と電線がなければ、江戸や明治半ばの農家かと見まがうほどだ。すっかり時代に取り残された風景だが、都市部が焼け野原となり、そこに安普請の復興建築が立ち並ぶのを見たあとだと、かえってこの土臭い伝統家屋の風格が何ともたのもしいものに感じられる。

隼が母屋の土間の前に立ち、中へ声をかけようとすると、横の納屋から腰に手拭いをぶら下げた農夫があらわれた。三十歳くらいだろうが、日に焼けてじっさいの年よりは老けて見える。

「何だね、うちに用かい」

男は隼を怪訝そうに見やった。田舎の人らしく、さほど警戒しているというふうではない。

「村島肇《むらしまはじめ》さんですね、中村健吾の中学の同級生の」

隼が言うと、村島は用心するような、それでいて少しうれしそうな、複雑な表情を見せた。

「ああ、そうだけど、何か」

「じつは中村健吾の行方を探しています。資料を調べてみたら、地元では村島さんがいちばん親しかったと分かりましてね」

村島はうなずくと隼を縁側にさそった。ふたりは鶏が行き交う庭に面した縁側に並んで腰を下ろした。隼が煙草を勧めると、村島は受け取り火をつけた。隼も煙草を咥え、

「中村が終戦の時、軍の命令を受けたまま、姿を消したことはご存じですね」

と切り出した。

「ああ、もちろんだ」村島はけむりを吐き、「憲兵だか何だかがやってきて、健吾が家へ戻ってないか、調べていった。おれも話を聞かれたよ」

「一度も中村はこっちへ戻っていないんですか」

村島は顔色を曇らせて、

「戻ってくれれば、あいつの親父さんもおふくろさんもどれほど喜んだか知れねえんだが。ふたりとも肺病で亡くなった、去年。最後まで健吾のことは気に病んでいた。無念だったと思うよ」

「では、今、中村家は誰が継いでいるんです」

「健吾はひとり息子だったから、従兄弟が中村家の田畑を相続するとかしないとか聞いたけど、まだ手続きは終わっていないんじゃないかな」

「そうですか。村島さんは、中村がどうして姿を消したか、理由はご存じですね」

「知らん。いや、軍の何か重要なものを持って姿を消したって話は聞いた。だけど、おれはそんな戯《たわ》言《ごと》まったく信じちゃいない」

「どうしてですか」

村島は近寄ってきた鶏を手で追い払い、ゆっくりとけむりを吐いて、

「健吾のことならガキの頃から知ってるんだ。ほら、あそこに柿の木があるだろう。あれにふたりでよく登った。野球も川遊びもいつもいっしょだった。もっともあいつは小学校にあがる前から神童ってよばれて、小中学校ではずっと級長だった。勉強も運動もいつもいちばんで、曲がったことが大嫌いでね。中学四年で陸軍予科士官学校に合格した時は、村をあげて祝賀会が開かれたんだ。おれも幼馴染として鼻が高かったよ」

村島は遠い目をして言った。

「終戦の二月ほど前、葉書をもらった。ちょうどおれは病気をして立川の連隊から戻ったところだった」

村島はちょっと待ってろと言って奥へ入り、葉書を手に戻った。

葉書には簡単な時候の挨拶があり、最後にこう記されていた。


〈おれもようやく任地へ着いた。お互い頑張ろう〉


戦時中の私信だから、当然その任地がどこかは書かれていない。

葉書に目を通した隼に村島は、

「日付は六月の二十日だ。健吾はそれまでずっと南方にいたらしい。わざわざ葉書を送って任地に着いたと言っているんだから、内地だとは思わんだろう」

戦地からの便りだから、出されたのは六月よりもっと前かもしれないが、村島の言いたいことは分かる。

「中村が終戦の時、日本にいなかったと考えているのですね」

「よく分からねえのさ」村島は混乱したように首をふった。「もしかすると、重大な命令を受けて日本に戻ったんかもしれん。だとすると、健吾が姿を消したのは、その命令に関わる何かの秘密を知ってしまったからだ、なんて考えたりしてね。でも、どっちにしてもあの健吾の行動とすると腑に落ちない」

何があっても生きていれば、両親のところへ報せを寄こしたはずだと、村島は言った。

「ひそかにこっちへ戻って来て、どこかに隠れているってことはないですね」

隼が念を押すと、村島は、

「だったら、どれほどいいか知れねえが」

とつぶやくように言った。

隼は礼を言って腰をあげた。

最後に門まで見送った村島へ、隼が尋ねた。

「中村家の墓地の場所を教えてください」

七

一週間後、隼たちは調査の報告のため、作戦室に集合した。中村健吾中尉をはじめとする印刷機移送命令を受けた六名の交友関係先を訪問した結果を持ち寄った。

全員の報告が終わると蛭川は、

「つまり、中村たちは誰ひとりとして、故郷にも旧友のもとにも戻っていないということですね」

とまとめた。隼、山原、猫田の調査は、六人が終戦直後、その痕跡もとどめず消え去ったままというこれまでの認識を再確認するだけに終わった。この一週間、三人が面会した五十人近い関係者は、みな旧友たちの行方を案じ、無事の帰還を待ち望んでいた。しかし、風の便りにもその存在に触れた者はいない。

「結局」山原はしんみりした声で言った。「中村たちはどこかの時点で殺されたんじゃないかな。印刷機は占領軍側に渡っているようだし」

「たしかにそう考えるのが妥当かもしれません」

蛭川は認めた。

するとそれまで中村たち六人の資料を整理していた唱子が、

「ちょっと思ったんですけど」

「何ですか」

蛭川が聞いた。

「六人は終戦近くまで南方の部隊にいたんですよね。でも、それにしては同じ部隊にいた戦友の資料が少なくありません？」

資料には上官の宇田川のほかに二名の名があり、住所は九州と四国で現在、問い合わせの手紙を出しているが、返事はまだ帰ってきていない。

「激戦地だったら、生き残りの戦友が少ないのは不思議でもありませんよ」

「うちの人もアッツ島で玉砕《ぎょくさい》でしたから、それは分かるんです。でも、部隊の大半が戦死したなら、そのすぐあとに、生き残りの兵が本土でこんな重要な任務を任されたというのは、どうなんでしょう」

蛭川は考え込んだ。

「つまり、どういうことですか」

「分かりませんわ。ただ、何かしっくりこない感じがするんです」

「中村たちは囮《おとり》だったのかもしれないな」

それまでひと言も口をきかなかった猫田が発言した。蛭川は意外な表情をして、

「囮？　何の囮ですか」

「中村たちが運んだものは印刷機ではなかった。本物の印刷機を運んだ者は別にいた」

「何でそんなことを」

「もう日本の敗戦は避けられないところに来ていた。その前に印刷機をどこかへ隠して、あとでひと儲けしようと考えたやつがいたとすればどうだろう」

「占領軍に中村たちを追及させ、自分たちは逃げおおす策ですね」

「しかし現実は、占領軍が印刷機を手に入れている」

山原が指摘すると、蛭川は、

「必ずしもそうと決まったわけではありません。まだ、印刷機の現物は確認していないんですから。占領軍でも中村たちでもない何者かが印刷機を隠匿し、偽ドルを刷っている可能性はあります」

「ひとつ今の話で」隼が言った。「気になったことがある。宇田川少佐のことだ」

「ほう、どんな点です」

「訪ねて行った時、すぐに中村中尉の件だと言い当てた。もし、ほぼ全滅したほどの部隊の指揮官だったら、その遺族が訪ねてきたと思うのがむしろ普通じゃないか」

「隊長の雰囲気で、謀略に関係したことだと察したんじゃありませんか」

山原が言った。

「かもしれんが、何か中村の件で後ろ暗いことがあって気になっているとも考えられる」

隼はもう一度、宇田川を訪ねてみると蛭川に告げた。

山原と猫田は引き続き中村たちの交友関係を掘り下げて手がかりを探すことになった。

会議が終わったあと、蛭川は話があると言って、隼を呼び止めた。部屋にふたりきりになると蛭川は、

「宇田川少佐のところへ私も同行してかまいませんか」

「かまわないが、何かあるのか」

「いえ、ただ、中村の上官ですし、最後に会った人物でもあるので、一度、顔を合わせておきたいと思いまして」

「なら、明日朝八時、上野駅広小路口に集合。用件はそのことか」

蛭川は少しためらい、

「いえ、……隼さん、河口代三郎という男をご存知ですか」

「名前は聞いたことがある。戦前から軍部や政治家と黒いつながりが囁《ささや》かれていた。まだ生きているのか」

「ええ、もちろん、今でも右翼の大物です」

太平洋戦争前に傷害事件と詐欺事件に絡み、昭和十八年まで服役していたため、戦争責任も問われず、以前にもましてその隠然たる勢力が各方面におよんでいるという。

「その河口がですね、どうもあなたのことを探っているようなんです」

「どうして分かった」

「この建物を監視している不審人物がいまして、それをたぐってみると、河口代三郎の事務所に出入りしているヤクザ者でした。何か河口の気に障るようなことをしましたか、隼さん」

「心当たりはないが、河口はヤクザともつながりがあるのか」

「闇社会を牛耳《ぎゅうじ》っている実力者のひとりですから、当然、あるでしょうね」

「ならおそらく、大熊組との関わりから偽ドル紙幣のことを嗅ぎ付けたんだろう」

「まずいですねえ」蛭川は苦い顔をした。「ああいうのが周りをうろちょろすると、捜索に影響しますし、何より危険な連中ですからね。まあ、隼さんや山原さんたちは心配ないでしょうが、若村さんなど気をつけるように言っておいた方がいいでしょう」

「こっちの四人は、自分たちで面倒を見れる。そっちこそ気をつけるんだな。ああいうやつらは獣と同じで、いちばん弱いところを狙って来る。職員に行き帰りの道や、家の戸締りの注意をするよう言った方がいいかもしれん」

と隼が言うと、蛭川は真剣な表情でうなずいた。

八

GHQ本部のチャールズ・ウィロビー少将のもとへ、ジャック・キャノン少佐が報告にあらわれた。ウィロビーはキャノンに着席をうながし、葉巻ケースを開けて勧めた。そして自分も一本手に取り、吸い口をカットすると、ライターであぶりながら点火した。ふたりはしばらく無言で香りと味わいを楽しんだあと、

「いよいよ、最終のフェーズに進める時期が来たようです」

とキャノンが切り出した。指に挟んだ葉巻をじっと見ながら、ウィロビーはきびしい表情で、

「これからは決して失敗は許されない。これが不発に終わると、われわれは手立てを失うことにな

る」

「承知しております」キャノンは緊張の面持ちで答えた。「今のところ、すべてこちらの想定内でことは運んでいます。最終的な成功を収めるためにも、時を移さず迅速に準備を進めるよう、進言いたします」

ウィロビーはめずらしくためらうような翳《かげ》りをおびた目でキャノンを見返すと、

「たしか計画書では、数千人規模の民衆を強制移動させる必要があったな」

「それについてはすでに修正案を提出いたしました。当初の予定地より人口の少ない場所へ変更し、警備面での負担を軽減させています。また、僻地《へきち》ですので店舗、事業所、工場などもなく、その方面の影響も最小限に抑えられるはずです」

「成功の確率をどう見積もっている」

「すでに組織への潜入も成功し、監視チームもかなりの自由度を持って動いていますから、成功の確率は八十パーセント以上だと考えます」

「失敗した時のダメージはどうだ」

「もちろん失敗すれば、これまでコードXに投じた資産は無駄になります。もう一度はじめからプロジェクトを立ち上げることとなり、時間的には少なく見積もっても半年から一年のロスとなるでしょう。ただ、今回のプロジェクトは、最前線を外部のエージェントに任せているため、こちら側の人的損失はないものと考えます」

ウィロビーは葉巻をくゆらせ、記憶をまさぐるように目を細め、

「たしか、日本の戦闘機と同じ名前の男だったな」

「はい、隼武四郎です」

「成否はその男にかかっているのだな」

「優秀な人間であることは間違いありません」

「優れた者は時として味方をも欺《あざむ》くときがある。出し抜かれないよう気をつけることだ」

「そこは充分、注意を払うよう命じてあります」

ウィロビーは意を決したように立ち上がった。

「コードXの最終フェーズへの移行を許可する。ただちに準備に取りかかりたまえ」

九

朝の上野駅広小路口の改札付近は通勤客でごった返していた。隼はその雑踏《ざっとう》から離れて柱に寄りかかり、新聞を広げた。

社会面の小さな記事が目にとまった。

【側溝の変死体　商売上の揉め事か】
四月二八日早朝、新聞配達員がG町の側溝に全裸の男性が倒れているのを発見し、警察に通報した。男性はすでに死後数日が経過しており、全身に激しい暴行を受けた痕跡があった。警察の調べにより、男性は東京都港区の澤村茂樹さん（四三歳）と判明した。死因は内臓破裂とみられる。澤村さんは雑貨卸問屋の大熊組の副社長で、先月、同社の社長大熊吾郎さんも江東区の同社の倉庫で何者かに射殺されている。警察はふたつの事件の関連については、現在のところ不明としている。

記事を読み終わったところで、蛭川があらわれた。

「遅くなりました。何か面白い事件でもありましたか」

「いや」

短く応え、隼は新聞をたたんだ。

隼と蛭川は上野発の下り電車に乗った。通勤時間帯だが、下りはさほど混んでいない。並んで座席に腰を下ろしたが、下車するまで一時間余りの間、ふたりはひと言も口をきかなかった。これからの捜索のことを不用意に話題にするほど蛭川も素人ではない。

かといって、あたりさわりのない趣味や世間話に関する共通点が、隼と蛭川の間にはまったくなかった。隼が新聞を広げると、蛭川も同じく持参した新聞を広げた。

目的の駅で降りると、ふたりは無言で歩きはじめた。先の訪問で隼が道を知っている。迷いがないためか、前回よりも少し早く宇田川の家に着いたように感じた。

玄関から前回と同じように声をかけた。しかし、家の中から反応がない。二度、三度、少し大きめの声を出してみたが、同じである。

「留守にしているんですかね」

蛭川が首をかしげた。

門の脇にある新聞受けを覗いてみる。二日分の新聞が入っていた。

縁側に回ってガラス戸から家の中をうかがった。縁側沿いに廊下があってその向こうに部屋が並んでいる。宇田川の書斎兼寝室は障子が閉ざされている。隣の居間は半分障子が開いていた。畳の上に靴下をはいた足が横たわっている。

ふたりは素早く縁側にあがり、ガラスを割って中に入った。かすかに異臭がした。

居間の台所寄りに宇田川の妻がうつ伏せに倒れている。後頭部を殴られたのか、おびただしい出血がある。すでに血は乾いて畳の上に赤黒い染みを広げていた。

宇田川の方は書斎兼寝室で倒れていた。座っているところを正面から撃たれたようで、座布団に下半身を残し、あおむけに倒れている。こちらも着物に付着した胸の周りの血はすっかり乾いている。至近距離から不意に撃たれたうえにほぼ即死だったのだろう。死に顔はおだやかで、着衣や腕や手にも、抵抗や苦しんだ痕跡はない。

「荒らされた様子もありませんね」

蛭川は家の中をひと回りして言った。

「玄関の鍵はどうなっている」

「かかっていませんでした。ガラスを割ったのは余計でしたね」

「玄関から声をかけて返事がなく、居間に人が倒れているのが見えたので、縁側からあわててガラスを割って中に入ったと言えば、警察も納得するはずだ」

「警察に届けるんですか」

蛭川が驚いたように言うと、

「当然だろう。ただし、おれは警察に追われている身だから、事情聴取を受けるわけにはいかない。すぐ立ち去るから、それから警察へ連絡してくれ」

「なぜここを訪ねたと聞かれたら、どう答えたらいいんです」

「正直に昔の部下だった中村健吾の話を聞きに来たと言えばいい。中村の失踪に興味があると言って」

「そんなことを言ったら変に勘ぐられませんか」

「下手に嘘《うそ》をつくよりはましだ。死体は死後、二十四時間以上たっているから、あんたが殺したと疑われることはないだろう」

隼は家の中で自分が触った場所をすばやくハンカチでふき取ると、縁側から庭に出て、近くにあった箒《ほうき》で足跡を消しながら門までさがった。あまりきれいな刷《は》き跡が残っても不自然なので、自分の足跡が消える程度に粗めに箒をあてた。刷き終えると箒の指紋をふき取り蛭川に手渡し、

「もう一度縁側まで戻り、足跡を付けておけ。おれはこのまま駅へ向かう。無人駅だから、あんたがひとりでここへきたと言えば、その話が通るはずだ」

宇田川家の前は砂利道なので足跡は残らない。隼は不安そうな蛭川を残し、足早に宇田川家を立ち去った。

十

蛭川が作戦室へ戻ったのは夕方近くだった。隼たち四人の姿を見ると、大きくため息をついて、椅子に腰を下ろした。

「あんまり遅いんで、豚箱にでも入れられたんじゃないかって噂してたところだ」

山原が言うと、蛭川はうんざりした顔で、

「もう少しで本当にそうなるところでしたよ。最初にあんまりしつこく色々聞かれるんで、元特高警察の警部だって言ってやったら、よけい扱いが厳しくなって。あれは何ですかね、嫌がらせですかね」

「そうかもしれんな」隼は言って、「で、犯人の目星はつきそうなのか」

「知りませんよ、そんなこと」よほど腹に据えかねたのか、いつになくやさぐれた口調で、「こっちは根掘り葉掘り聞かれるばかりで、何も教えてもらえないから、捜査がどうなっているのか、皆目わかりません」

「これから何度も呼び出しくらって取り調べられるのかなあ」

山原が愉快そうに笑うと、

「もしそうなったら、上から圧力をかけて取り止めさせますよ」

蛭川はぴしゃりと言い、隼に向かって、

「誰が宇田川を殺したと思いますか」

「分からん」隼は首をふった。「が、物取りではないし、中村の件に関しているのはまちがいないだろう」

「とすると」山原が言った。「隊長が先日、宇田川を訪ねたことが原因ですかね。そのことで何者かが、宇田川の口封じにかかった」

「隼さんの行動を監視するか、行動を探って、宇田川と会ったことを突き止めたんでしょうかね」

蛭川が言うと、唱子が、

「そうともかぎらないですよ。宇田川自身が誰かに相談したのかもしれないし」

「なるほどね」蛭川は言い、「いずれにしても、宇田川は中村健吾について、何か秘密を持っていたと考えられます。ほかにも同じ秘密を共有する人間がいるかもしれません。やはり、中村の交友関係の調査は――」

とつぜん、銃声が響き、蛭川は反射的に首をすくめた。

隼たちは椅子を蹴って立ち上がると、すぐに隣の部屋へ駆け込んで、拳銃を取りだし、弾倉を装塡《そうてん》した。

銃声は三発。建物の裏側、洗濯室がある辺りだ。間をおかず怒声が響き、何か物が倒れる騒音、扉の開閉音が続いた。

隼を先頭に山原、猫田、唱子が廊下へ出る。隼が首をふって合図をし、猫田とともに表玄関へ向かい、山原と唱子は廊下から洗濯室へ近づく。

隼と猫田は、建物の外を回り込み、裏側の洗濯室の戸口へ向かった。扉が開くと、山原と唱子が出てきた。

「あっちだ」

猫田が裏木戸を指さした。数人の男が黒塗りの車に乗り込むところだ。その中のひとりはぐったりとして、ほかの男に抱えられている。

こっちに気づくと、男たちはすぐさま銃口を向けて発砲した。隼たちは建物の陰に身をよせた。

その隙に、男たちを乗せた車は走り出した。隼が裏木戸へ駆けつけた時には、車はもうもうと排気ガスを出しながら遠ざかり、すぐに角を曲がって姿を消した。

「追いかけるぞ」

隼は身をひるがえし、病院の表門へ向かい、あとを追ってきた山原とともにトラックに乗り込んだ。

「向こうのナンバーは確認した。追い付けるか」

「任せてください」

山原が答え、エンジンを始動させようとするがかからない。

「どうした。降りて押すか」

山原は首をふった。

「だめですね。エンジンをいじられたようです。やられました」

隣に停めておいたくろがね四起も同じくエンジンが死んでいる。隼と山原は車を離れ、洗濯室の前に戻った。

洗濯室前の廊下に全職員が集まっていた。男たちは洗濯室から入り込み、その隣の部屋で事務作業に当たっていた職員を襲ったらしい。腕を撃たれたひとりが手当てを受けている。

「誰が連れ去られたんだ」

隼が質すと、蛭川は、

「佐藤耕一という調査員です。役所関係の書類の分析に当たらせていました」

「佐藤をさらった車のナンバーは分かっている。すぐに調べてくれ。車の持ち主が分かり次第、おれたちが乗り込んで佐藤を取り戻す」

蛭川はナンバーを聞き取り、書付けを職員に渡すと、

「車はすぐに調べさせましょう。——皆さん、ちょっと来てください」

蛭川は、隼たちを作戦室へ集めた。全員が椅子に座ると、蛭川は、

「佐藤誘拐の捜査は警察に任せましょう。隼さんたちは偽ドル紙幣の捜索に専念してください」

「えーっ、それはひどいんじゃない。仲間が連れ去られたのに」

唱子があげる抗議の声を、隼は手をあげて抑え、蛭川へ、

「佐藤はわれわれの作戦をどこまで知っていたんだ」

「全貌は知りません。ただ、偽ドル紙幣と印刷機を追っていることは知っています」

「なら、ほとんど全貌じゃねえか」

山原がつぶやく。蛭川は、

「そうともいえません。隼さんたちの捜索がどこまで進んでいるかなどの情報は知る立場にありませんでした」

「だが、早く佐藤を救出しなければ、おれたちの作戦の目的がもれる恐れはある」

隼の指摘に、蛭川は渋々うなずき、

「そうですね、ただ、佐藤の拉致を命じたのが誰かはおおよそ見当がついています」

「誰だよ、ＧＨＱの関係か」

山原の問いに蛭川は否定の首をふり、

「ＧＨＱなら堂々と正面から乗り込んで、われわれを尋問し、目的を果たすでしょう。この荒っぽい手口と、最近の情勢にかんがみ、河口代三郎が命じたことにほぼ間違いないと思います」

「あの河口代三郎か」

山原が舌打ちした。

「そうです。今朝の新聞に大熊組の澤村が拷問を受けて殺されたとの記事がありましたね。あれもおそらく河口の仕業でしょう。ということはすでに河口は、偽ドル紙幣や印刷機の存在は知っていると考えられます。佐藤が全知識を吐き出しても、たいした情報の流出にはなりません」

「だけど、さらった相手が分かってるんだったら、助けてやれよ。あんたの部下だろう」

山原の言葉に対し、蛭川は冷ややかに視線を返し、

「あなたも元将校でしょう。戦闘中に部下がひとり、敵に捕まったり、怪我をしたとき、主力部隊の戦闘を中断して救出行動を取るよう教育されましたか。そんなはずはない。この場合も同じです。佐藤の損失は作戦中の事故として織り込みずみです。相手が分かっているのですから、警察に報せれば、それなりの対応を取るでしょう。河口だって警察が動いていると分かれば、あまり無茶はしないはずです」

「どうだかな、河口にとっちゃ、今の警察なんて中学校の風紀委員ていどの存在でしかないぞ」

「だとしても無駄な人員は割けません」

かたくなに蛭川は立場を曲げない。

「もし」隼が言った。「河口を中村の行方捜索に利用できるとしたらどうだ」

「河口を利用?」蛭川は疑わしげな顔をして、「いったい、どうするつもりですか」

「あんたが河口のところへ乗り込んで交渉するのさ、蛭川さん」

隼は言った。

十一

銃声が響き、旧病院の建物内が騒然とした空気に包まれた。怒声やあわただしい足音が重なり合って、塀の外にまで聞こえた。

「もう少し近づくぞ」

空き地の資材置き場から様子をうかがっていた古池は、木村を従えて病院裏手の塀沿いに置かれたゴミ集積所に駆け寄り身を寄せた。

裏木戸の前には黒塗りの乗用車がエンジンをかけたまま停止している。先ほどこの車から三人の男が中へ入った。それから五分足らずのうちに銃声が響いたのだ。

古池と木村がゴミ集積所に身を隠してすぐ、裏木戸から四人の男が出てきた。三人は先に入った男たち、ひとりはさらわれてきたのか、男たちに抱えられたまま、車に押し込められた。男たちは病院敷地内へ発砲すると車に乗り込み、立ち去った。あとを隼が追ってきたが、すぐ敷地内に引っ込んだ。

「何ですかね、今のは」

木村が言った。目の前での発砲と拉致事件に、あっけにとられた表情をしている。

「あいつらも、あっちこっちに敵を抱えているってことだ」

ひとまず引き上げることにして、古池と木村は病院跡を離れ、駅への道を急いだ。

「また動きはじめましたね」

「ああ、予想どおりだ。近いうちにまたひと騒動あるだろう」

「でも、時間作れますかね。池さんそろそろ本当にまずいですよ。課長や係長が日報をかなり厳しくチェックしているみたいですし」

「日報？　あんなもん、みんな適当に書いているんだから、おれたちだけがどうこう文句言われる筋合いはないだろう」

「いやあ、目をつけられていなければ、それでも通るんですけどねえ」

横浜倉庫での事件のあと、隼たちが病院跡の拠点に戻ったことは、すぐに気づいた。しかし、古池も木村も、手持ちの事件捜査に忙殺され、なかなかまとまった時間が取れずにいた。それでも、何とか短時間の監視は行っていたが、不規則な単発的な観察では、隼たちの行動の実態はつかみがたかった。さらに隼たちはそれぞれ単独の遠出が多く、せっかくの監視が空振りに終わることも少なくなかった。といって、隼たちを出先まで追いかける余裕はない。そんな中で、久しぶりに古池と木村がそろって監視中に起きた事件であった。

「この後どうします」

駅に着くと木村が尋ねた。

「署に戻って報告書をでっち上げるさ。あと、これを調べる」

と古池は手帳を広げてみせた。先ほどの車のナンバーが記されている。

「さすがですね、あのわずかな間でナンバーを控えていたなんて」

「隼もナンバーを見ていた。きっとこれを辿って車の持ち主を突き止めるはずだ。こっちも同じ道を追ってやろう」

十二

蛭川がボディチェックを受け、通されたのは板張りの広い部屋で、どうやら道場のようだった。天井は高く、壁に穿《うが》たれた小さな窓には、すべて木製の格子がはめ込まれている。一段高くなった上座には見たこともないほど巨大な太鼓が据えられ、正面の壁にはこれまた畳三畳ほどもある軸がかかり、墨痕《ぼっこん》あざやかに「報国」の文字が記されている。

開襟シャツの下から刺青《いれずみ》をのぞかせた案内役の男は、蛭川に上座の手前の板張りの床に座るよう指示した。刺青の男は後ろに下がった。しばらくして蛭川が振り返ると、姿がなかった。蛭川は最初から正座はせず、胡坐《あぐら》をかいていたが、それもしっくりこないのか、足を伸ばしたり曲げたりして落ち着きがない。広い道場でひとり、十五分ほど待っただろうか。

上座の横の扉が引かれ、和服姿の老人があらわれた。河口代三郎だ。口には葉巻を咥えている。河口は巨大な太鼓の横に腰を下ろした。大きな地震でもあれば、太鼓が転がり落ち、河口を押しつぶしそうな位置関係である。

「何の用だ」

じろりと蛭川を睨み、河口は紫煙をまっすぐ吹き出した。距離があるので蛭川のところまでけむりは直接届かない。香りだけがほのかに漂ってくる。

「うちの者がこちらでご厄介になっていると知り、貰い受けに来たんですよ」

「ここにはあぶれ者が大勢いるからな。おたくのがどこにまぎれているのか、見つけようたって、箇単には見つからんよ」

「いえ、うちのはここにいるダニのような連中とは出来が違いますんで、ひと目で見分けがつくでしょう。佐藤耕一という男ですが」

蛭川の言葉に、河口は一瞬、顔を赤黒くし怒気《どき》をみなぎらせたが、気を取り直したように葉巻をくゆらせ、無理にも笑顔をつくろって、

「蛭川君と言ったね、君もなかなか食えない男じゃないか。そうそう、ちょうど君の真上、見上げてごらんなさい。大きな太い梁《はり》が通っているだろう。この道場を支える梁だがね、三日前、三十貫もある力士を逆さ吊りにしてやったが、梁はびくともしなかった。君の座っているあたり、血反吐《ちへど》まみれになっていたけど、大丈夫かね」

「ええ、きれいなものです」蛭川は平然と膝元あたりの床をなで、「まあ、道場の床なんてもんは血反吐を吸わせてなんぼですから、私もさんざんやりましたわ」

「ではこういうのはどうかね。これは一年ほど前になるが、居合の名人がこちらに寄られたんで、三段斬りをお願いした」

「三段斬り？　どういうものです」

「手首を縛りその梁から吊るして、まず、胴を一刀両断にする。すると胴から下が床に落ち、残った部分の重量配分が変わって、肩を起点に身体が回り、胸が跳ね上がり首が下を向く。そこを素早く燕《つばめ》返《がえ》しに首を刎《は》ね落とす名人技だよ」

「そりゃ、結構な見物でしたな」

「ああ、ちょうど密告屋を捕まえたんで、きれいに三等分にしてもらった」

「私は公僕でしたから、さすがにそこまでの経験はありません。せいぜい、両手両足の生爪をはがすとか、漏斗《ろうと》で水一升を無理やり飲ますとか、陰茎に五寸釘を打ち込むとか。あっ、これはあとで始末書を書かされました」

　蛭川がにこやかに語ると、河口は苦虫を嚙みつぶしたような顔となって、

「おまえたちの狙いは何だ。何の手土産もなしに人質を連れて帰れると思っているのなら、見込み違いだ。顔を洗って出直してこい」

「いえ、いえ、私は河口先生のお力を借りたく、お願いに参ったんですよ」

　疑わしげな顔で河口は、

「ごまかすなよ、例の偽ドル札の件だぞ」

「先生もすでにご承知のことでしょうから、正直に申し上げますが、たしかに今、私たちは旧日本陸軍の印刷機の行方を追っています。その鍵を握る中村健吾という者も現在、行方不明です。先日はその中村の元上官の宇田川という男が殺されました。先生、ご存じでしたか」

「知らん。それもわしの差し金だと言いたいのか」

「いえ、手口からして、先生のご指示だとは思えません。正面から拳銃でズドンでしたから。もし先生がお命じになったら、もっとこう、ねちっこく、なぶり、痛めつけるような、陰惨な殺し方をされたはずです」

　ほめられたと感じたのか、河口は相好をくずし、

「ふふ、たしかにそんなケチ臭い殺し方はさせんだろうね。で、わしに何を頼みたいんだ」

「終戦時の中村健吾の足取りの調査です。中村は軍の命令で印刷機を破壊するはずだったのに、その

印刷機もろとも姿を消してしまった。私たちも当時の足取りを懸命に追っていますが、どうにもつかみどころがありません。様々な軍人会に幅広い人脈をお持ちの河口先生でしたら、これまで知られていない独自の切り口から情報を入手できるのではと思いまして」

河口は葉巻を吸いながら、蛭川の真意を探るようにじっとその目を見つめ、

「おまえたちに協力して、中村健吾と印刷機の行方を突き止めたら、わしにはどんな見返りがあるんだ」

「偽札百万ドル分を差し上げます、と言えればいいんですが、そういうわけには参りません。私たちはみな、かつて官職についていた者ぞろいです。今でこそ政府の人間ではありませんが、いずれはそこへ返り咲くという志を捨ててはおりません」

「話にならんな」吐き捨てるように河口は言った。「おまえたちのきれいごとの手助けに、なぜ、わしがタダ働きをせにゃならん」

「タダ働きとは申しておりませんが」

「しかし、ドル札は渡さんと言ったではないか」

「先生、私たちが絶対に手に入れてその存在を闇に葬らねばならぬのは印刷機や原版やインクの類です。もし、それらが回収できるのでしたら、最悪、偽ドル札の方は紛失もしくは行方知れずになったとしても、やむを得ないと考えております」

河口は葉巻を咥えたまま、蛭川の言葉を吟味するように目を閉じた。やがて、目を開けて蛭川の顔を睨み、

「うまいこと言って、こっちを利用したあとに、最後にやっぱりドル札は渡さんなどと言ったら、承

知せんからな」

「そこは先生の腕次第ですよ。そこいらにほっぽらかしていたら、こっちも回収しないわけにはいきませんが、きれいに隠していただければ、深い追及はいたしません。これはたしかにお約束します」

「二言はないぞ」

河口が凄《すご》むと、蛭川は、

「私も三段斬りにされるのはご免ですから、二枚舌は使いませんよ」

「では、決まりだ。中村健吾の足取りがつかめたら、おまえに連絡しよう。そっちも新しい情報が入ったら、わしに報せろ。印刷機とドル札の行方は共同で捜す。いいな」

「ええ、結構です。では、佐藤を出してください」

蛭川が佐藤を連れて帰ると、河口は刺青の男に、

「佐々木をすぐここへ呼べ」

と命じた。

第六章　秘密

一

新橋の飲み屋街のはずれに「ハルコ」という看板を掲げた建物がある。一階は喫茶店兼食堂兼バー、二階は一階の従業員たちの休憩室とオーナーの住まいということになっている。

喫茶店兼食堂の営業が終わり、夜のバーが開店する前の午後五時半、二階のカーテンが引かれた部屋には照明の熱気と煙草のけむりがこもっている。八畳敷きの室内は照明のほか、撮影機材、撮影用の小道具、カメラマン、助手、モデル、見物人がひしめいて息苦しいほどだ。

「じゃ、左手をうなじのあたりに、そう、いいよ。そして目線をもう少し上」

カメラマンの指示に従ってポーズをとるモデルの前には、脱ぎ捨てられたシュミーズとズロースが散乱している。

カメラマンは細かく指示を与えながら、シャッターを押す。

「じゃ、今度は布団を敷いて、その上に寝転んで。髪は下ろしちゃって」

二度ほど髪型と小道具を変えて撮り直して、ようやく撮影が終了した。

モデルは手早く下着をつけて、隣の部屋へ引っ込んだ。照明は落とされ、かわりに部屋の電球が点った。

「お疲れ様、どうだった」

鷺谷和子が下の店で用意した飲み物をお盆にのせて上がってきた。

「表情が硬いな。顔も身体もいまいち。どっから拾ってきた子なの」

泡の消えかけたビールのコップを手に取り、カメラマンが聞いた。

「さあ、私は知らないわ。でも、ああいう素人っぽいのが、けっこう受けるんじゃないの」

「どうだかね。まあ、おれは言われて撮るだけだから、いいけど。先週の子の方がよかったな。ほら」

カメラマンは大判の封筒から現像を終えた写真を取り出した。その中から一枚を選《よ》って、

「これなんか、浮きあがった肩甲骨と背骨の影から、風情というか生活感がにじみ出ていて、何とも言えないいい味を出しているだろ」

「そう？　貧相だし、グロテスクなだけじゃない。いつまでも青臭い芸術家気質が抜けないと、エロ写真撮って一生が終わっちゃうわよ」

と鷺谷は辛辣《しんらつ》な言葉を吐きながら、カメラマンから受け取った写真の束をめくる。最後の写真まで確認すると、「あら」と言って、鋭い目をカメラマンへ向け、

「ダルマの写真がないじゃないの、どうしたの」

強い口調で質《ただ》した。

「ああ、あれね、ちょっとピントがずれてたんで、除《よ》けておいた」

カメラマンはもうひとつ別の封筒から、モデルがダルマを抱えた写真を取り出した。たしかに若干

ピントが甘い。しかし、鷺谷はこれも他と同じ封筒に収めた。

「おれとしてはその出来損ないは、出したくないんだけどな」

「ダルマはうちの売りなの。文句があるなら、次からはピンぼけ写真を撮らないよう気をつけなさい。あと、来週までに、いつものように焼き増しをお願いね」

と言って、鷺谷はギャラの入った封筒をカメラマンに渡した。カメラマンは中身を確認すると、受け取りを書いて、片づけを終えた助手を従え、階段を下りて行った。


撮影の関係者が「ハルコ」を引きあげると、鷺谷は戸締りを確認して二階へ上がった。撮影中は壁に立てかけてあった卓袱台《ちゃぶだい》を出し、下書きの便箋とインクとペンを置く。

バーの開店まで一時間を切っている。あと三十分もしないうちに、バーテンが来るだろう。かち合っても別にかまわないが、できればそれまでに終わらせたい。

鷺谷はダルマの写真を封筒から取り出し、裏返すと、下書きを記した便箋を横に置き、インクをつけたペンを走らせる。特殊インクは、写真の裏の白地に何の文字もあらわさない。鷺谷はその作業に慣れているのか、時おりペン先をインク瓶につけながら下書きに目を走らせる以外、よどみなく見えない文字を書き写していく。

便箋一枚分、二百文字ほどを書き終えると、白地を表のまま卓袱台の端へ。インクが乾くのを待つ間、新しい封筒を取り出して宛名を書く。これは普通のインクだ。

F大学経済学部第一講座、榊原俊之教授、親展とした。住所と宛名を書き終え、切手を貼ると、特殊インクが乾いた写真とそのほかの十数枚のヌード写真をいっしょに収め、封を糊付《のりづ》けした。差出人は達磨《だるま》企画となっている。下書きはライターで燃やし、残った灰は流しに捨てた。封筒をバッグに入れ、一階に下りるとちょうどバーテンが出勤してきた。

「ちょっと用事をすませてくるわ。すぐ戻るから」

と言って鷺谷は店を出た。

二

ナンバープレートから割り出した車の所有者を知って、古池は頭を抱えたくなった。車は社有車で、社名は河口工業となっていた。言わずと知れた河口代三郎が代表取締役を務める有限会社だ。

「厄介なことになりましたね」

道路運送管理事務所から結果をもって帰ってきた木村も蒼《あお》い顔をしている。

河口代三郎は伝説の右翼の大物で、赤坂《あかさか》にある自宅兼事務所は、警察内部では河口大使館と呼ばれている。警察権がおよびがたいことを、嘆き自嘲した符牒《ふちょう》である。

じつのところ、河口の権力がどれほどのものか、正確に知る者はいない。GHQ、与野党の有力政治家、警察上層部など、権力組織のあらゆる方面に影響力を有していると言われる一方で、それは幻想で実態は、一部与党政治家の資金源かつ、関東のヤクザ組織を束ねる顔役がせいぜいだという説もある。

しかし、どんなに小さく見積もっても、一警察官が立ち向かえる相手ではない。ましてや古池は、警察内部でも浮いた存在だ。このうえ河口からも睨まれたら、目も当てられない。

「気にするな」木村へというより、自分を鼓舞するつもりで古池は言った。「別にこっちから河口とことを構えようってわけじゃない。河口が隼の仲間をさらったんだ。うまく立ち回れば、共倒れさせられるかもしれない」

「どうやってです」

木村は疑わしそうに言った。

「さあな」

そう問われると古池にもあてはない。しかし、実際問題として、河口の監視は困難だし、手足となって動くのは子分たちだ。何十人、何百人いるか分からない子分を見張るのも、事実上不可能である。

無精ひげをさすりながら考え込んでいると、

「池さんはしばらく休んでいてくださいよ」

木村が言った。

「どういう意味だよ」

気分を害して古池は尖《とが》った声を出した。

「悪く取らんでください。しばらく池さんは本業に専念して、上の心証を良くしたほうが今後を考えると得です。その間、自分が隼のヤサを監視します」

「あの病院跡か」

「ええ、河口が対立するにしても、手を結ぶにしても、結局、隼の動きを見ていれば分かることでしょう。ひとりなので、完全な監視には程遠いですが、できるかぎり張り付いてみます」

木村も自分の仕事を抱えての張り込みとなる。独身とはいえ、きつい役回りだ。

「無理はするな」

と古池は言ったが、同時に木村なら何らかの成果をあげてくれるはず、という計算も内心働いている。

三

「さっそくですが」蛭川は隼たちを前にして言った。「河口代三郎の事務所から連絡があり、中村健吾の行方について、新しい情報が入ったようです」

「あら、すごい。蛭川さん、単身敵地へ乗り込んだお手柄ですわね」

唱子がはしゃぐように誉めそやすと、蛭川は柄にもなく照れたように頭をかき、

「ええ、さんざん河口から脅《おど》されて、生きた心地もありませんでしたが、その甲斐《かい》あったというものです」

「河口以上に食えねえ狸《たぬき》が、殊勝な顔して、何お手柄誇っていやがる」

山原が冷ややかな言葉を浴びせると、唱子が、

「男の嫉妬は醜いわねえ」

「誰かれなしに媚《こび》を売る尻軽女に言われたくない」

「その尻軽女に色目使っているのはどなたでしょう」

「妄想まで見るようになったか。松沢病院で診てもらってこい」

「そこまでだ」山原と唱子のじゃれ合いに、隼が割って入り、蛭川へ問い質した。「中村についての

新しい情報とは」

蛭川は教師のように黒板の前に立ち、手元の書類に目をやりながら話しはじめた。

「中村健吾の士官学校時代の同期に坂本新吉《さかもとしんきち》という男がいまして、この坂本が終戦後の九月中旬、新潟市内で中村の存在を確認しています」

新潟市の防空隊にいた坂本新吉は、終戦で武装解除になったあと、故郷の埼玉県浦和市に帰る前、郊外の宿に宿泊した。首都圏は食糧事情が悪いと聞いていたので、新潟郊外で米を調達しておこうと思ったのである。

投宿にあたり宿帳への記入を求められ、ペンをとると、直前の宿泊者の欄に、見覚えある名があった。坂本は宿の主人に尋ねた。

「この中村健吾というのは、陸軍中尉の中村ですか」

「ええ、そううかがいました。何でもみなさん、極秘の任務でこちらへ来られたとか。もう戦争も終わったというのに、ご苦労なことです」

同日に中村のほか、五名の宿泊者があった。主人の話では、みな中村の部下だという。すでに中村たちは前日、この宿を発《た》ったらしい。

士官学校の同期の中でも中村は、短歌という共通の趣味があり、坂本と特に親しい間柄であった。

「どこへ向かったか、心当たりはありませんか」

極秘の任務であれば行き先を詮索するのは悪いと思ったが、すでに戦争は終わっている。ひと目たがいの元気な姿を確かめ合うくらい、許されるだろう。

「行き先は何ともおっしゃっていませんでしたが、おそらく市内のN会館へ行かれたのだと思います」

宿の主人は、中村が出発前にN会館の場所を聞いてきたため、地図を書いて渡したと言った。

N会館というのは、新潟市の中心部からやや離れたところにある興行場であった。地上三階建ての大きな木造建築である。もともとは演芸場としてはじまり、映画館、演劇場にも使われ、戦中は一時期、陸軍の施設として使用されたこともある。場所がやや不便なのと、建物の老朽化もあり、終戦直前に封鎖され、立ち入り禁止になっていた。

そのN会館に極秘の任務とは何だろう。

坂本新吉は三時間近く歩いて市内に戻り、N会館のある地区へ向かった。ところが、N会館の屋根が見える通りをしばらく進むと、踏切のような遮断機が道をふさぎ、一台のジープと数名の占領軍兵士が通行を制限している。その通りだけでなく、ほかもN会館への道はすべて同様の処置が取られていた。

近くの店で聞くと、新潟市に占領軍がやってきた時から、N会館の周辺は立ち入り禁止になっているらしい。N会館はもとより、周囲二百メートルほどの区画の住民はすべて移住させられたという。

占領軍がなぜN会館を占拠しているのか、周辺の住民は何も聞かされていない。ただ、うわさでは終戦間際に、B29から誤って機雷がN会館へ投下され、その処理のため、周辺を封鎖しているとも言われているようだ。

だとしても、中村と五名の部下たちが、何の任務を帯びてこの封鎖地帯へやってきたのかの謎は解けない。

結局、坂本は中村と再会を果たすことなく、新潟を離れた。中村の任務についても不明のままであった。以後、坂本が中村の消息を耳にすることはなかった。

「するってぇと」蛭川の説明が終わると、山原は言った。「坂本は新潟で中村健吾の姿を実際に見たわけじゃないんだな」

「ええ、正確に言えば、中村健吾とその部下を名乗る男たちが宿に泊まっていたことを確認したまでです」

「九月中旬というが、正確な日付は分からないのか、中村を名乗る男たちが宿にいた」

隼が質すと、蛭川は書類をめくって内容を確認して、

「正確な日付は覚えていないようですが、おおよそ九月十二、三日だったそうです」

山原が首をかしげて見せた。

「おかしいな。中村中尉が印刷機とともに姿を消したのが、終戦直前、おそらく八月の十日前後だろう。上官の宇田川少佐がGHQのジャック・キャノンから事情聴取を受けたのが九月の二日か三日だ」

「何がおかしいんです」

「失踪から一カ月ほど、GHQが事情を知ってからも十日は経っている。中村たちはその間、どこに隠れていたんだ。そして、新潟に何をしに行ったんだ」

山原の言葉に、蛭川も考え込んだ。

「たしかに間が空きすぎていますね。中村たちが新潟へ着いた時には、すでに印刷機は処分していたと思われます。坂本が宿の主人に聞いた話だと、中村たちは背嚢《はいのう》に収まる程度の荷物のほかは何も持っていなかったようです」

「中村は印刷機の処分のほかに、別の命令も受けていたのかしら」

唱子の発言に、蛭川は隼へ向かって、

「宇田川少佐はそれについては何も言ってなかったのですよね」

「ああ」隼は煙草に火をつけて、「印刷機を処分しろという上からの命令を伝達しただけだと。ほかに別命があったなら、そう言っただろう。ただ、新潟にあらわれた中村が本物かどうか分からんし、仮に本物だとしても、N会館へ行ったか疑わしいな」

「どうしてです」

「軍令で来ていたなら、出発直前に会館の場所を宿の主人に尋ねるのはおかしい。あらかじめ調べておくはずだ。おそらく本来の目的地を知られないための偽装だろう」

「なるほど」蛭川はうなずき、「たしかに言われてみればそうですね。ただ、河口は有力情報とみて、大勢の手下を新潟へ送ったようです」

「あまり河口の勝手にやらせてもまずいだろうよ。もし有力な手がかりを見つけても、正直にこっちへ報《しら》せてくるような玉じゃない」

山原の懸念に、蛭川も同調し、

「そうですね、隼さん、こちらからも新潟へ人を送った方がいいかもしれません。N会館は偽装でも、中村を名乗る者たちが新潟市のどこかに行ったのはたしかでしょう。河口たちに出し抜かれないためにも、どなたか新潟の状況を確認してください」

ということで、山原と唱子が新潟へ向かうことになった。ふたりはその日のうちに東京を発った。

四

山原と唱子が抜け、翌日、隼と猫田は作戦室で、それまでに集めた中村たちの資料の整理にあたっていた。中村とその部下五名の親族や友人の連絡先などをまとめる作業である。すでに近親者や親しい友人は、調べつくしているので、遠縁や疎遠《そえん》な学友にまで範囲を広げて名簿を作っている。夕刻になって作業が一段落した時、作戦室に蛭川があらわれた。ひどく興奮した様子だ。

「隼さん、猫田さん、これ、見てください」

と言って差し出したのは、刷り上がったばかりのその日の夕刊だった。

急《せ》かされるままに隼が紙面を開くと、蛭川は記事を指し示した。

【殺されたのは別人か　夫婦殺人事件】

先日、茨城県北相馬《きたそうま》郡取手《とりで》町の自宅で何者かに殺害された宇田川康輔《こうすけ》さんと妻多伎《たき》さんの事件で、新たな疑惑が持ち上がった。遺体確認のため上京した、青森県弘前《ひろさき》市在住の康輔さんの弟宇田川康二《こうじ》さんが、遺体は別人だと警察に訴えたためだ。康二さんは康輔さんだけでなく、妻の多伎さんも別人だと述べているという。警察では康二さんから康輔さんと多伎さんの写真を提出してもらい、確認を急いでいる。

宇田川康輔さんは旧陸軍少佐で、戦時中は南方へ出征し、終戦前の六月に帰国していた。康二さんとは短い手紙のやり取りはあったが、日華事変の前に会ったのを最後に顔は合わせていないという。

康二さんによれば、多伎さんは三月二十六日の東京大空襲で両親と妹夫婦を亡くし、親しい身寄りはいない。

宇田川夫婦が現住所へ越してきたのは、終戦の翌年の春ごろで、近所の住人の話によれば、挨拶をする程度で親しい付き合いはほとんどなかったという。康輔さんは軍人会などへ一度も出席した形跡はない。

宇田川夫婦と思われたふたりを殺害した事件の犯人はまだ捕まっておらず、さらに夫婦の身元に疑問が生じたことで、今後、捜査のありかたが根本的に問われることになると見られる。


「どうやら私たちが発見した死体は、宇田川とは別人だったようです。隼さんが生前会った人物が、宇田川を騙《かた》っていたんです」

急き込むような蛭川をしり目に、隼は冷静に最後まで記事に目を通すと、

「この記事だけでは確定的なことは言えないが、中村健吾の謎の行動と合わせて考えると、あんたの言い分も的外れではないかもしれない。警察からは何か言ってきたか」

「いえ、まだです。ただ、私は第一発見者ですから、もう一度事情を聞かれることになるでしょうね」

蛭川は何を聞かれても知らぬ存ぜぬを通すつもりだと言った。

「じっさい何も知らないのだから、それでいいだろう。で、あんたはこの事件をどう考える。誰がなぜ、宇田川に成りすましたのか。本物の宇田川はどこに行ったのか」

隼は蛭川に質した。

蛭川はしばらく考えたあと、

「もう本物の宇田川も殺されているんじゃないですかね」

「おれが宇田川家へ行く直前に殺されて入れ替わっていたってことか」

「いえ、それでは近所の住人に怪しまれます。偽者にすり替わったのは取手に越してきた時か、それ以前でしょう。なぜすり替わったのか、確定的なことはもちろん分かりませんが、中村への命令に関して、口封じをするためではないでしょうか」

「おれが訪ねて行った時、宇田川――と思われた人物は偽ドル印刷機について正直に話した。それとは別に秘密があったってことか」

「そうです。その秘密の命令こそが、中村の新潟での行動と結びついているのではないでしょうか」

「その密命を闇に葬るため、宇田川本人もその成りすましも消された」

猫田がぽつりと言った。

隼と蛭川は、猫田の言葉の意味を吟味するように押し黙った。

しばらくして、蛭川が言った。

「山原さんたちが新潟で何かつかんで来てくれるといいですね」

五

新潟駅は思いのほかの混雑だった。関東や関西からの買い出しの業者や、大陸からの引き揚げ者たちで広い駅舎は喧騒《けんそう》に包まれている。列車で向かいの席だった担ぎ屋に言わせると、それでも一、二年前にくらべればだいぶ落ち着いてきたそうだ。

「もう、この商売もそろそろ手仕舞いだよ」

との嘆き節の担ぎ屋とは改札口で別れ、山原と唱子は駅前広場で目的のバスの時間を調べた。四十分ほど時間があったので、駅前の蕎麦屋《そばや》に入った。店は昼をだいぶ過ぎていたにもかかわらず混み合っていたが、小さな窓のある壁側の席に空きがあったので座った。

窓から外を眺める唱子に、煙草のけむりを吐きながら山原が、

「新潟ははじめてか」

「ええ、どんな田舎かと思っていたけど、古い街並みも残っていて、いいところみたいじゃない。それとも駅前だけかしら」

関東からほとんど出た経験がないという唱子はそんなことを言った。

「新潟市は空襲を受けなかったからな。町は昔のまま、きれいに残っているよ」

「あら、そうだったの」

唱子はあらためて窓の外へ目をやった。

正確にいうと、新潟港の封鎖を目的としたB29による機雷投下が複数回あったし、米軍艦載機《かんさいき》による小規模の攻撃は受けていたが、ほかの日本中の中核都市のように、市内の過半を焼き尽くすような戦災にはあわなかった。

もとより新潟市は日本海側屈指の港湾都市として栄えていたが、戦争末期、太平洋側の航路が連合国軍に制圧されると、大陸との連絡港として、いっそうその重要性が高まった。であるにもかかわらず、米軍が機雷投下にとどめ、市街地への空襲をほとんど行わなかったのは、原子爆弾の投下予定地

のひとつであったからと言われている。

食事を終えると、ふたりは小一時間バスに揺られ、市中心から離れた田園地帯に降り立った。

周囲には田んぼや神社の森が広がっているが、中心の通りには郵便局や魚屋、雑貨屋、床屋などが並び、小さいながらも町の体裁は整っている。ふたりは中心通り沿いにあるこの町唯一の宿屋に入った。

東京から買い出しに来た夫婦を装い、二階の部屋へ通された山原と唱子は、宿帳をもって上がってきたこの宿の主人に、近所の農家などの紹介を頼んだ。さすがにいきなり、中村中尉の話を持ち出したりはしない。

宿の主人もこういう話には慣れているのか、二、三軒の農家の名をあげ、ほかにも近くの雑貨屋で煙管《きせる》や包丁などが東京よりもずっと安く買えるよと売り込んだあと、ふと唱子の顔をまじまじと見つめ、

「奥さん、あなた昔、映画に出ていなかったかね」

唱子は品よく口元に手をあて、ほほと笑い、

「もう、大昔のことですよ」

そう聞くと、主人は身を乗り出して、

「じゃ、やっぱりそうなんだ。あれ、なんて言ったかな、新聞記者が出てくる」

「小津先生の『お嬢さん』のことかしら。あれにはエキストラで出演していましたけど」

「ああ、そう、そう、きっとそれだよ」

とうなずくと宿の主人は、自分は三度の飯より映画が好きなのだと言った。

「でしたら、『小田原の春』もご覧になったかしら。あれにはちゃんと桜井志津江《さくらいしづえ》とクレジットも出てましたし、主人公の友人役で七カットも映っていましたのよ」

「それは見逃したな。おそらくこっちでは掛からなかったんだ」

「そうかもしれないわ。東京でも入りが悪くて、すぐに上映打ち切りでしたから」

唱子は悔《くや》しげに言った。宿の主人はじっと唱子を見て、おずおずした様子で、

「こんな年寄りが恥ずかしいんだが、写真を見てもらえないかな。たくさん集めてあるんだ」

唱子がぜひ見せていただきたいわと言うと、主人はいそいそと部屋を出て行った。主人が階段を下りる音を聞きながら、唱子は得意げに、

「どう、山原さん、少しはあたしのこと見直した？　あとでご主人といっしょに写真も撮らなきゃ。サービスしてあげれば、口も軽くなるかもしれないわ」

「しかし、大部屋女優のあんたを知っているなんて、よっぽどの物好きだな」

「またバカにして。でも、ちゃんと熱心なファンもいることが分かったでしょ」

ほどなく主人が大きな箱を抱えて戻ってきた。卓袱台に置いた箱のふたを開けると、中にはたくさんの写真が入っていた。ブロマイドもあれば写真や雑誌の切り抜きらしきものもある。主人は写真の束を取り出すと、「見てくれ」と唱子へ渡した。

「あら」

手に取った写真の束を唱子は次々めくる。

「わしゃ、田中絹代《たなかきぬよ》のファンなんだ。こっちで手にはいるかぎりの物はすべて手に入れたはずだ。もし、できたら、あんた、田中絹代の色紙をもらってくれないかな。もちろん、それなりのお礼はする

よ」

　主人は唱子へ期待を込めた目を向けて言った。

　かならず田中絹代から色紙をもらってこちらへ送ると山原が約束し、大喜びの主人が部屋を出て行くと、

「そんなにしょげるなよ。まさか、あのおやじがあんたの写真を収集していると思ったわけじゃないだろう」

「思っちゃいけないですか」

　うらめしげな目で山原を睨む唱子。

「いけなかないが、そんな仏頂面をするな。さっきあんたも言ったように、あれであのおやじもだいぶ口が軽くなるだろう。愛想よくしてくれ」

　思惑どおり、その後、宿の主人はふたりの部屋に何度も顔を出し、やれ、土地の名物だの、地元の銘酒だのと、持ち込んでは話し込んでいく。

　夕食を終え、ひとくさり主人の映画談議に耳を傾けたあと、そろそろ頃合いと見て、山原が切り出した。

「終戦のころ、中村健吾という軍人が五名の部下といっしょにこちらへ泊まったのを覚えてますか」

　だしぬけに聞かれたにもかかわらず、主人は心当たりがあるように目を細め、

「ああ、よく覚えている。だけど、なんでそんなことを聞くかね」

「中村とおれは軍隊仲間でね。終戦直後、こっちで姿を消しちまった。それがずっと気になってましてね。何でも最後にN会館へ向かったそうですが」

「よく知っているね。だけど、当時のことをよく思い返してみると、あの人たちはN会館とは別の場所へ行ったのかもしれない」

「なぜ、そう思うんです」

「あの人たちが発つ前の晩、風呂へ入っている間に部屋へ食事を運んだ。すると部屋の中に市内の地図が広げてあって、一カ所、丸印が付いていた。信越線の線路上のどこかだ」

「はっきりとどこだか、分かりませんか」

「ちらりと見ただけだったから、はっきりとはね。ただ、昨日もしつこく聞かれて、亀田《かめだ》の先の引き込み線の周辺だと答えておいた。だいたい、そのあたりで間違いないはずだよ」

「昨日も聞かれた？」

「そうじゃなきゃ、こんなにすぐに思い出さないよ、三年も前のこと」

「昨日は誰に話したんですか」

「いきなり三人連れがやって来てね。あれはあんたたちほど、まともな人間じゃないだろうな。闇屋だって言っていたけど」

河口の子分たちだろう。向こうが一日先を行っている。

「それで、その引き込み線というのは」

「昔、貨物列車用の倉庫と駅があった場所だ。今はもう使われていない。地盤が悪いところだったからね。ただ、引き込み線と倉庫の建物は残っているよ」

「終戦当時も同じでしたか」

「ああ、もう十年くらいそのままのはずだ。だけど、あの中村っていう軍人さんはよほど大そうな任務に就いていたんだね。今もこうやって遠くから調べにやって来るんだから」

山原はそれには答えず、煙草に火をつけた。

主人もそれで納得したようにうなずいて、

「軍の秘密だったら、こっちも詮索はしない。でも、田中絹代の色紙は期待していいんだよね」

と唱子に問いかけた。

六

翌日、山原と唱子は、新潟駅から信越本線に乗り、亀田駅へ向かった。十分ほどで到着する。宿の主人から聞いたとおり、駅から長岡方面へ線路沿いを進むと二十分ほどで、線路の敷地が膨らみ、道は柵で封じられ、大きく迂回《うかい》を強いられる。周りには田んぼと湿地帯が広がり、人家はまばらである。柵の向こうには本線から枝分かれした線路と古い倉庫らしき建物が見えた。一帯を取り囲む木製の柵は頑丈そうな造りだが、もうずっと手入れをされていないらしく、表面がひび割れペンキははがれ、色あせている。

山原と唱子は柵に沿って進み、入口を探した。貨物の出入口らしい大きな門にはしっかり閂《かんぬき》がかかり、その上にさらに鎖がまかれている。大きな門から十メートルほど離れたところに小さな通用門があり、そこは鍵が壊され、扉が半開きになっていた。

山原が扉をくぐり、唱子があとに続いた。ゆっくりと倉庫の方へ近づく。

「気をつけろよ。河口のところのチンピラとかち合うかもしれないからな」

「あいつらは昨日じゃないの」

「昨日、ここへ来るのをさぼったかもしれないし、あるいは二日続けて来ることだってありうる。野獣みたいな連中だから、おれは逃げるけど、あんた、捕まったら、たいへんなことになるよ」

と山原が脅すが、唱子は平然と、

「ご心配なく。あたしにはこれがありますから」

とハンドバッグから九四式拳銃と弾倉を取り出し、装填した。

「おい、おい、そんな物騒なもの、なんで持って来た」

「隼さんが万が一のためにって、持たせてくれたのよ」

「どうしてだよ、隊長、おれには何も言ってなかったぞ」

「ふふ、信用の差、それとも愛情の差かしら」

顔の前で拳銃をふってみせる。

「まだ薬室には弾を入れるなよ。暴発したらことだからな」

山原と唱子は倉庫の前にたどり着いた。周囲に目を配るが敷地内に人影はない。錆《さ》びた引き込み線の周囲には草が茂り、道床《どうしょう》の砂利も侵して線路に迫っている。

引き込み線は数百メートルの長さで、車止めの前から百メートルほど線路に沿って簡易ホームがあり、倉庫はその背後にあった。列車が一、二両まるまる入りそうな大きさがあり、側面にすり硝子《ガラス》の窓が等間隔に切られている。トタンの屋根と壁には赤錆が浮いている。

跳ね上げ式の大扉とその横の通用口にはともに南京錠《なんきんじょう》がかかっていた。鍵にも扉の取っ手にも錆と埃が付着して、長らく人の手が触れていないのが分かる。

ふたりは倉庫の裏に回った。窓硝子のひとつが割られている。山原が割れ目からのぞく。中はがらんとして、ほとんど空っぽに近い状態だ。窓明かりが充分でないが、外から見るかぎり、中に人の気配はない。

山原は窓を押しあけ、窓枠に足をかけ、中へ入った。ざっと辺りを見回して、安全を確認すると、窓の内から手を貸して唱子も窓枠を越させる。

「足元に気をつけろ、硝子が落ちている」

山原が先に立って倉庫の奥へ足を踏み入れる。外からは何もないように見えたが、中に入ると、光の当たらない暗がりに、小さな貨物がいくつも積まれている。放置されて長いのか、一様に白っぽい埃をかぶっている。

「ちょっと、ここ見て、山原さん」

唱子が貨物の右端の床を指した。陰に入って、かえって埃の上の足跡が際立つ。河口の手下たちが残したものだろう。

「まだ新しいわ」

「分かっているさ、窓からずっと続いている」

山原は足跡をたどって貨物の裏に回り込む。大きな棺《ひつぎ》ほどの木箱が置かれている。山原が屈み込み、木箱のふたを三分の一ほどこじ開けた。中身に薄明かりが差す。

「あっ――」

唱子が叫んで息を呑んだ。

山原はふたを完全に取り払った。木箱には干《ひ》からびた死体が横たわっていた。完全にミイラ化し、茶色がかったうすい皮膚が骨に張り付いている。身にまとっているのは軍服だ。山原が見たところ、昭和十八年制式の下士官用の夏着で、階級章など身元を示すものは、すべてはぎ取られている。背嚢や水筒、拳銃などの携帯品も残っていない。

「殺されたのかしら」

「だろうな。額に穴が開いている。拳銃で頭を撃ち抜かれて即死だろう」

軍服には見たところ、血痕などはない。出血はさほどなかったのかもしれない。

「中村健吾か、その部下の誰かなの」

唱子が死体から目を逸らし、山原に問う。

「そうであっても不思議でない、としか今は言えないな」

遺体の服装からして部下の下士官である可能性が高いが、あるいは中村中尉が殺され、着替えさせられたとも考えられる。一方でまったく中村たちとは無関係な、別の事件なのかもしれない。犯行推定時刻は、昭和十八年以降から数カ月前まで、数年の幅があった。

「たった数カ月で人間、こんな干からびちゃうってこともあるの」

「ああ、条件にもよるがな」

詳しい死亡時期の特定や、人物特定につながる手がかりを探すのは、正式な検死を待たねばならないだろう。

山原は死体の入った木箱の中をさらに念入りに調べ、遺留品を探したが、何も見つからなかった。

「何か残っていたにしても、河口の手下たちが全部持っていったでしょう」

山原は屈み込んでいた木箱から離れて立ち上がった。

「たしかにそうだな。そろそろ引きあげるか。河口の手下たちが通報するとは思えないが、こんなところを万が一、警察に踏み込まれでもしたら厄介だからな」

七

山原と唱子はもう一度新潟駅に戻り、N会館の周辺で聞き込みをしたあと、東京へ帰り、蛭川と隼と猫田に、結果を報告した。

引き込み線の倉庫でミイラ化した銃殺死体を発見したことを山原が告げると、蛭川は大いにおどろいた様子で、

「被害者を特定する手がかりや、印刷機に関わるような証拠はありましたか」

「分かったことは、日本陸軍の下士官用の軍服を着て、頭を拳銃で撃ち抜かれたことくらいだ。前日におそらく河口のところの連中が来ていただろうから、もし、何か手がかりが残っていたとしても、全部、あいつらがさらっていっただろう」

「そうですか、では河口の事務所に監視をつけましょう。いえ、これはこっちで行います。河口の手下は数が多いですから不充分かもしれませんが、大まかな動きはつかめるはずです。隼さんたちは、今まで通り、中村たちの行方の捜索に当たってください。河口の方に何か変化があった時はお伝えします。ところで、山原さん、死体のこと、警察へは報せましたか」

「報せるわけがないだろう。なんであんなところへ入り込んだのか、説明できないし、こちらの大女優さんは物騒なもん持ち歩いているし」

「では、ここから匿名《とくめい》で新潟へ電話しましょう。警察なら検死もするでしょうし、山原さんが見落とした証拠も発見するかもしれません。警察がつかんだ捜査情報は裏から手を回して、こちらへ送らせます」

「へえ、そんなことができるんですか」

唱子が目を丸くした。

「私たちの組織は、その気になれば、日本政府を動かすことさえ可能なのですよ。地方警察をあやつるなど朝飯前です」

蛭川が胸を反らせると、山原が、

「この前はその地方警察にこってり絞られて、泣きべそかいていたくせに」

「泣きべそなどかいていませんし、宇田川事件についても、ちゃんと上層部から捜査情報をもらっていますよ」

蛭川は、取手の自宅で殺された宇田川が別人であったらしいことを告げた。その後の警察の調べで、昭和二十一年の四月に取手に転居してきた時点で、すでに宇田川夫妻は別人に入れ替わっていたことが分かった。それ以前の動向は、まだ警察でも把握をしていない。

「なんなんだそれは」山原はあきれ声で、「宇田川が偽者で、中村は新潟で行方不明、おまけに謎のミイラ死体は出てくる。いったい、偽ドル印刷機はどこ行っちまったんだ」

「今はまだ札《ふだ》が出そろっていないので、混沌《こんとん》としているのでしょう。そのうち決定的な手がかりが出てきて、いっきに問題は解決に向かいますよ」

「だといいがな」

山原がぼやいた。

「そういえば、死体を発見したあと、N会館へも行ったんですよね。どうでした」

「N会館はすでに取り壊されて、あとはまだ更地だったよ。いちおう、周辺の住民に話は聞いた」

建物は跡形もなくなったが、周辺の住民たちにはまだN会館とそれにまつわる騒動の記憶は鮮明に残っていた。というのも、終戦直前の八月十日ごろから、広島市の次に新型爆弾が投下されるのは新潟市だとの憶測が流れ、市民たちが市中心部からいっせいに移動したからだ。終戦となり、ようやく市民が自宅へ戻ってくつろぐまもなく、今度は進駐軍がN会館を占拠し、周辺の住民たちへ立ち退きを命じた。終戦の前後に自宅と郊外を行ったり来たりさせられた経験が、今はないN会館の姿と重なり合って人々の記憶に焼き付いているのだ。

「そういう苦労話はいっぱい聞かされたけど、印刷機や偽札に関係しそうな話は出てこなかった」

「そうですか」蛭川は首をかしげた。「失踪後、中村健吾が新潟にいたことはほぼ間違いないでしょうが、隠匿した印刷機とのつながりが見えてきませんね」

その後、蛭川はほかの部署の会議のため席を外し、山原と猫田は帰った。作戦室に残って中村たちの資料を整理していた唱子は、同様に資料に目を通していた隼に、

「中村健吾がいた部隊なんですけど」

と話しかけた。

「どうした、何か気になることでもあるのか」

「ええ、書類の一部に抜けがあるように思います」

「どうして、そう思う」

「中村たちが最後に加わった戦闘ですけど、前線へ移動前の人数が二百二十三人で、戦死、および病没者が九十一人。その後、日本へ帰還した人数が百十二人。二十人、減っているんです」

「日本へ帰る船の中で病死したんじゃないのか」

「それは病没者の中に含まれています」

「まあ、終戦間際の混乱の中だから、書類の不備はめずらしくない」

「ええ、ただ、ちょうど二十人というのが引っかかるんです。戦没者の名簿一枚ごとに五名の記載があります。四枚分、書類が抜けているんじゃないでしょうか」

名簿は一部乱れがあるが、ほぼ階級順に作成されている。上は大佐、下は二等兵まであった。もともと少人数の将校が少ないのは当然だが、唱子によれば、中尉と少尉が目立って少ないという。途中の書類が抜けている可能性がある。

「なるほどな」隼も書類を確認して、「たしかに間が抜けているかもしれない」

ただし、書類には通し番号などはふっていないため確証はない。

「これは蛭川さんが用意したものですよね。どこかにこの残りの書類があるかもしれませんわ」

「分かった。おれの方で探してみよう」

隼は言った。

もし蛭川が意図的に書類を隠したのであれば、蛭川に質しても仕方がない。隼の、おれの方で、という意味は、それを考慮したものだと唱子は受け取った。

「隼さん」

唱子はあらためて居ずまいを正して問いかけた。

「何だ、まだあるのか」

「ええ、もしかするとあたしの思い過ごしかもしれませんが……」唱子は言いよどんだのち、思い切ったように、「隼さんたち、あたしにだけ、何か隠し事をしていません？　今回のこの任務、山原さんや猫田さんは知っていて、あたしが知らされていない秘密があるような気がするんです」

「どうして、そう思う」

「これだから、というはっきりした理由はないですけど、みんな、この事件について、あたしより深く何かを知って動いているように思うんです。あたしだけ何も聞かされず、ただ言われるままに駆けずり回っているような気がして。——そう言われてみれば、ひとつ思い出しましたけど、新潟の倉庫で死体を発見した時、山原さんはあたしほど驚かず、何かそこにあることを予想していたように感じました。あらかじめ、あたしの知らない情報を持っていたんじゃないでしょうか。

あと、猫田さんは時々、姿を消してどこかへ行っています。これは、隼さんもご存じですよね。でも、あたしには猫田さんの行動の理由も目的も分かりません」

隼は手にしていた書類を脇に置き、煙草を取りだして火をつけた。そして唱子へ向きなおり、

「倉庫の死体の件に関しては、山原が平然としていたのは、単にそういうものに慣れていたからだろう」

「では、すべてあたしの思い過ごしや独り《ひと》合点《がてん》とおっしゃるの」

「いや、そうは言わない。たしかにあなたが思っている通り、おれはあなたにこの任務のすべてを伝えてはいない。ただ、それは山原にしても猫田にしても同じだ。それぞれの任務に応じて、知ってい

ることと知らないことがある。あなただけを爪弾《つまはじ》きにしているわけじゃない」

「では、いつか、すべて教えていただける日が来るのかしら」

「ああ、もちろんだ」隼はそう言って、けむりを吐いた。「この任務もいずれ片がつく。その時にはあなたもこの任務の全容を、嫌でも知ることになるだろう」

第七章　進展

一

虎と孔雀《くじやく》の剝製《はくせい》、南北朝期の作とおぼしい胴丸鎧《どうまるよろい》一式、日本刀、漬物石ほどの水晶、古伊万里の皿、青磁香炉、雉《きじ》が描かれた掛け軸の横に六十号の油絵が二点、巨大な柱時計、そしてなぜかアンティークの椅子とスタンド照明に長火鉢《ながひばち》と舟簞笥《ふなだんす》の取り合わせ。ゆうに三十畳はあろうかという事務所の中に、雑多に逸品がひしめき合っている。

古今東西の美を掻き集めて、醜《しゆう》の域にまで昇華させたこの事務所のデスクの奥で、葉巻をくゆらせながら、河口代三郎は報告を受けていた。

男三人がデスクの前に立つ。報告者の佐々木武志《たけし》はさほど緊張の様子はない。あとのふたりは直立不動である。

「ほう、木箱の中からミイラが」

河口は目を細めて、佐々木の話に耳を傾ける。

「はい、死体は軍服姿で額《ひたい》を撃ち抜かれていました」

佐々木は詳しく死体発見時の状況を語った。河口は鋭く相手を見すえて、

「軍服には特徴がなく、ほかに身元を示す手がかりも無しかね。え、佐々木君よ」

河口の恫喝《どうかつ》に動じることなく佐々木は、胸元から一枚の紙を取り出した。

「手がかりとなるかは、まだ分かりませんが、こんなものが死体のポケットに入っていました」

手渡された紙を河口は広げてみた。約二十センチ四方の手書きの地図である。手書きの地図といっても、おそらく本物の地図をそっくりに写したものだろう、黒ペンで等高線や道が詳細に描かれ、縮尺も二万五千分の一であることが明記されていた。地名の記載はいっさいない白地図だが、中心部のやや右上に三角印が赤鉛筆で書き込まれている。

「何だ、これは、この赤三角が偽札印刷機の隠し場所か」

仮にこれが本当にお宝の在り処でも、地名が分からなければ探しようがない。地図は日本中のどこを指しているのかも分からない。内地だけでなく、満州や朝鮮、台湾の可能性だってある。河口がそう憤懣《ふんまん》の声をあげると、佐々木は河口の手から地図を取り返して、

「そう簡単にあきらめることはないですよ。中村たちは印刷機をきっと貨車で運んだんです。これは本州と見てまちがいないでしょう」

「だとしても、雲をつかむような話だ」

二十センチ四方の二万五千分の一地図なら、実寸では五キロ四方をあらわしている。地図には高低差と道が示されているだけで、鉄道や工場、橋梁《きょうりょう》など人工の建造物はない。全体の記載の正確さから考え、これは省略されたのではなく、元からそこにそのような物が存在しないためだろう。かなり辺鄙《へんぴ》な地域だと想像される。こんな場所は日本中、いくらでもあるに違いない。

「でも、偽ドルはすべて関東地方で使用されているのでしょう。なら、おそらく印刷機の在り処も関

東周辺です。しかし、いったん東京からわざわざ新潟へ運んだらしい。それをまた東京近郊まで戻したとも思えない。ですからまずは、新潟県内、そしてそこから鉄道移動が容易な福島、長野、群馬の四県に絞ってみたらどうでしょうか。その中でも地図上にない海岸や大きな河川や湖がある地帯と都市部は除きます。また、地形を見ると、山地も多少ありますが、田畑が盆地のように広がっています。里山のような所に重点を絞っても面白いかもしれません」

「なるほどな、それでかなり絞られたかもしれんが、ここからどう探す」

「まずは、正確な日本地図を手に入れる必要がありますね。四県にわたる広範囲の二万五千分の一地図をもれなく手に入れるのは、今や簡単ではありません。旧陸軍参謀本部の陸地測量部に全国の地図が保管されていましたが、現在は建設院地理調査所へ移管されているはずです。この組織に伝手《つて》はありますか」

「君、わしを誰だと思っている。三日以内に注文の物を取り寄せてみせるよ」

「でしたら、あとはこの手書きの地図と、各地図を照らし合わせる作業です。こちらの若いもんを使って人海戦術《じんかいせんじゅつ》と行きましょう」

「しかし、うちの連中、切った張ったは得意でも、漢字もろくに読めんのが大半だからなあ。ちゃんと地図を読めるかな」

「私が監督しますよ。うまくすれば、数日以内に場所を特定できるでしょう」

河口は最初の恫喝を忘れ、掌《てのひら》を返したように、

「いやあ、佐々木君、君がいてくれて本当に助かる。君みたいな経歴の人間はじつに貴重だよ。まあ、これもわしの眼力のなせる業《わざ》だがな」

と持ち上げたあと、最後は自賛で締めくくった。

佐々木武志は元特高警察の刑事である。戦後、特高警察の廃止とともに職を失い、ぶらぶらしていたところを河口に拾われた。以前より特高警察仕込みの胆力《たんりょく》と捜査力には、河口も一目を置いていたが、今回のことで一層株が上がったのは間違いない。

「特高警察とはなかなか大したものだね。そういえば、蛭川とかいう男も元特高の警部だったはずだ。君、知り合いかね」

佐々木は首をふって、

「いえ、面識はありませんね」

「そうか、あれも飄々《ひょうひょう》としているが、かなりの切れ者だよ」

「意外ですな」佐々木は少し首をかしげて、「たしか戦時中、行き過ぎた拷問で懲戒処分を受け、徴兵されたと、噂では聞いたことがあったようですが、記憶ちがいですかね」

「いや、その男だろう。わしや君と同じ匂いがする、きっと君も会えば、意気投合するんじゃないかな」

二

有楽町の紅閣ビルの三階、安達興業の奥の部屋で、森田均《ひとし》が、同志の青柳、ベズウーホフ、そして鷺谷和子に報告を行っていた。森田は神経質に分厚い眼鏡の黒い縁をさすりながらテーブルに置いた書類に目を落とし、

「米国におりますわが同志たちからの報告によりますと、このひと月の間に、米国から日本へ渡った軍関係者に、きわだって目を引く経歴の持ち主がいます」

と数名の米軍人の名前と階級を読み上げて、顔をあげると、同志たちへ目を向けた。無言で問う視線をあび、森田はふたたび目を落とし、

「これらの者はいずれもアメリカ陸軍武器科に所属する将校であり、科学者です。そして彼らは原子爆弾の製造や処理の技術者でもあります」

と告げた。しばしの沈黙ののち、青柳が、

「で、同志森田は、この情報をどう捉えているのですか」

「今はまだ、何とも判断の仕様がありません。ただ、今後、この日本で何かこれに連動した動きがあるかもしれない。そう思って報告にあげた次第です」

ベズウーホフが渡された書類に目を通しながら、

「この科学者たちは、広島と長崎の被爆者の長期的健康被害に関する調査で来日するのではありませんか」

「それはないと思いますね」森田は否定した。「彼らは医学者でも統計学者でもありません。兵器の開発や処理を行っている技術系の科学者です。今さら広島や長崎へ行って何かを調査するとは思えません」

「では、同志森田は、彼らの訪日の目的は何だと考えているのですか」

青柳が問うと、森田は、

「先ほど言ったように、まだ判断材料が不足しているので、申し上げかねる」

「でも、何か個人的な考えはあるのでしょう。こうやって報告をあげた以上」

と青柳がしつこく追及すると、鷺谷和子も、

「同志森田、考えがあるのなら述べてください」

と促した。森田はためらいながら、

「あくまでもこれは憶測の域を出ませんが」と断ったうえで、「日本への原子爆弾持ち込みの下準備と考えてはどうでしょう。もし、そうであれば、本国にとっては大変な脅威です。未確認の情報であっても、一報しておくべきではないかと思います」

「これはまた、じつに大胆な推測ですね。ただ数名の技術者の来日をもって、原子爆弾が持ち込まれると考えるのは、飛躍がすぎるのではないでしょうか」

ベズウーホフが指摘すると、森田は顔を紅潮させ、

「ですから、可能性のひとつとして申し上げている。ただ、ことが重大なため、早めに報告だけはしておいた方がいいと言っているのです」

と訴えた。気まずい空気が漂う中、鷺谷がとりなすように、

「そうですね、いずれにせよ、原子爆弾の技術者が数名来日したことは報告の必要があるでしょう。またわれわれとしては、今後、この技術者たちの日本での動向も探っておかねばなりません。以上のことを、同志森田の推測も併せて、書記へは報告します。これを本国へどのように伝えるかは、書記の判断に委ねましょう。同志森田は引き続き、技師たちの来日の目的とその後の動きを探ってください」

Ｆ大学の構内を横切り、榊原俊之は研究棟へ向かっている。途中、一度、忘れ物でも思い出したように足を止め、後ろを振り返ったが、また、思い直したようにまっすぐ歩きはじめる。

すれ違う学生や職員たちと会釈をかわし、榊原は研究棟の階段を上がると、二階の研究室へ向かう。助手の額田は図書館へでも行ったのか、扉に鍵がかかっている。榊原は鍵を開け、部屋に入った。

いつものように雑然とした室内を縫うように歩いてデスクまで行き、今日届いた郵便の束に目を通す。学会の事務連絡、教え子からの私信、専門誌からの原稿依頼等々を封書の裏書きから確認し、無造作に選り分けていく。

達磨企画――、大判の封筒に記された文字を見出すと、榊原の手が止まった。

榊原はその大判の封筒だけを鞄にしまうと、ようやく椅子に座り、書きかけの論文の続きに取りかかった。

午後六時、執筆にひと区切りをつけると、榊原は書きかけの原稿をデスクの引き出しにしまった。

「先に帰る。戸締りを頼むよ」

部屋の隅で雑誌の整理をしている額田に声をかけて、榊原は研究室をあとにした。

最寄りの駅から自宅へ戻る道すがら、榊原は一度、背後を振り返った。電柱の裏に人影が隠れたように見えた。そのまま凝視を続ける。

(気のせいか)

小さく首をふった。ここ最近、常に何者かの監視下にある感覚から逃れられずにいる。

大学の構内でも、この自宅近くの道路上でも、ひそかな視線にさらされているような気がしてならないのだ。心当たりがないわけではない、が。

（まさかな）

榊原は気を取り直し、ふたたび歩きはじめる。自宅の玄関を開けると、妻の光代《みつよ》が迎えに出て、怪訝な顔をした。

「あら、どうしました」

「何がだ」

「何だか、とっても難しいお顔をして」

光代の言葉に榊原は応えず、乱暴に靴を脱ぐと、奥へ引っ込んだ。そして書斎の金庫を開けると、鞄にあった大判の封筒をその中にしまい、鍵をかけた。

三

朝八時半、新橋駅のホームのベンチに座って隼は新聞を広げた。一日のうちでもっとも混雑する時間帯だが、ベンチはすいている。隼の前を大勢の通勤客が行き来するが、ベンチに腰を下ろす者はおろか、目を向ける者さえいない。

隼がベンチに座って十分ほどして、ようやくひとりの男が隼の背後に腰を下ろし、やはり新聞を広げた。

そこへちょうど上下線同時に電車が入ってきて、乗降客がホームにあふれた。しばらくすると人波が退き、殺気立った雰囲気も落ち着くと、隼の背後から、

「予定に狂いは出ていないな」

と低く声が響いた。

「ええ、これまでのところ順調に進んでいます。ただ、若村唱子が連隊の書類の不備に気づきました」

隼は新聞で顔を隠し、やはり低い声で答えた。

「からくりに気づいたということか」

「まだそこまでは。いずれは分かるでしょうが」

「まあ、隠し通すことでもないからな。しぜんに任せてもいいだろう。ただ、もし若村がこの作戦から降りるなどと言いだしたら、やっかいだぞ。室長も心配しておられる」

「懸念にはおよびません」

「自信を持ってそう言えるか」

「ええ、若村にかぎらず、私の部下から落伍者は出しません」

隼が低く、しかし、はっきりと告げる。

「わかった」と背後の声は応じ、「ところで、新潟でミイラ化した死体が発見されたと報道があったな」

「ええ、蛭川が新潟警察に報せました」

「あれがおそらくある種の合図なのだろう。いよいよ、動きだすか」

「すでにその兆候は、大内さんの方でもつかんでいるのではありませんか」

隼の問いかけに、大内宗介は新聞をより顔に近づけて、

「ああ、すでにコードXは最終段階へと動き出した。こちらもその対応に追われている。しばらく連

絡は取りづらくなるが、前線の指揮は任せたぞ」

と告げると新聞を手早くたたみ、隼の反応を待たずに席を立ち、ホームに入ってきた満員電車へみずからの身体を押し込んだ。


隼がいつもの時間より遅れて作戦室へ行くと、すでにメンバー全員が顔をそろえていた。

蛭川が待ちかねたように立ち上がり、

「隼さん、遅かったですね、ずっと待っていたんですよ」

「何かあったのか」

「ええ、私たちの情報網が新たな事実をつかんだのです。まずは、これを見てください」

蛭川は芝居がかった仕草で、鞄から英字新聞の切り抜きを取り出した。ニューヨーク・タイムズだ。発行日はひと月ほど前である。

見出しには、「偽紙幣の印刷工場摘発」とあった。記事の内容に目を通すと、マサチューセッツ州ボストン市郊外で偽10ドル札の印刷工場が摘発され、工場の持ち主ほか八名が逮捕、印刷機と偽ドル札四百五十万ドル分が押収されたとある。さらに記事には、逮捕者が最終的に数十名にのぼるであろうこと、すでに偽10ドル札は少なくとも一千万ドル以上印刷され、その大半が海外へ持ち出されたとみられると記されていた。

記事に目を通し、英語の読めない唱子に内容を教えたあと、隼は蛭川へ、

「これが何なんだ。アメリカでもたまたま同じような偽札事件があったというだけじゃないのか」

「この記事だけならそうでしょう。では、次にこれをご覧ください」

今度は鞄から一枚の10ドル紙幣を取り出した。渡された隼は手に取り表裏を見て、手触りを確かめる。紙幣は隼から猫田、山原、唱子の手へ渡り、蛭川へ戻った。

「これはボストンで押収された偽ドル札の現物です。そして」

蛭川は鞄の中からもう一枚別の10ドル紙幣を出すと、先の札と合わせて隼に渡した。

「どうです」

二枚の10ドル札をくらべ見る隼に蛭川は問う。隼は猫田へ二枚の紙幣を渡し、

「おれには区別がつかないが」

と言うと、蛭川は大きくうなずき、

「無理もありません。この二枚の紙幣はまったく同じものです。ところが一枚はボストンで押収されたもの、そして一枚は以前、日本国内のある事件現場で見つかったものです」

これには隼も驚きを隠せない様子で、

「日本にあった偽ドル札も、ボストンで印刷されたのか」

「事実を照らし合わせてみると、そうとしか考えられません」

一同、唖然《あぜん》とした様子で、しばらく言葉を失ったあと、猫田が二枚の紙幣を窓ガラスに当てて透かし見ながら、

「旧日本軍の印刷機がアメリカの東海岸まで運ばれ、そこで印刷されたものが里帰りしたのか」

「どうやら、そうではないようなのです」蛭川は鞄から英文の報告書を出して、「向こうでの捜査経過ですが、印刷機も原版もアメリカ製が使われていたらしい。原版製作者への逮捕状も出ています」

「だが、それはおかしいだろう」山原が言った。「日本で見つかった偽ドル札には、旧日本陸軍が付

けた極小の刻印があったと、以前、あんたが言っていたじゃないか。アメリカ製の札なら、そんなもののあるはずがない」

「おそらく、あとで刻印だけ追加したのでしょうね」

「なぜ、そんなことをする」

山原の問いに蛭川が答える前に、唱子が、

「偽ドル印刷機が日本にあると思わせるためじゃないかしら」

と言うと、山原は唸り声をあげ、

「だったら、倉庫にインクを持ち込んだり、大熊組へ取引を持ちかけたのも、すべて偽装だったのか」

米軍兵までを巻き込んだ今までの騒動すべてが、手の込んだ芝居だったことになる。しかし、そのから騒ぎのために多数の死者が出ているのは間違いない事実だ。

「何のためにこんなことを」

猫田が首をひねると、蛭川は、

「偽ドルに目を向けさせて、本当の目的から目を逸《そ》らせようとしているのではないでしょうか」

「本当の目的って何だ」

山原が質す。

「それはまだ分かりません。しかし、これほど大がかりな工作がすべて偽装だったとすれば、本当の目的はさらに大規模であるのは間違いないでしょう」

蛭川が言うと、隼が立ち上がって黒板の前へ行き、

「だが、納得いかない点もある」

と黒板に印刷機と書いて丸で囲んだ。

「そもそもの始まりを考えると、中村健吾中尉たちへの偽ドル印刷機の処分命令に行きつく。これは終戦前の命令だから、米軍は関係ないはずだ。ところがその後の工作には米軍が深く関わっているように思える」

隼は丸で囲んだ印刷機から矢印を伸ばし、その先に新潟倉庫と書き加えた。さらに印刷機と新潟倉庫の上に、八月十日前後、九月十二、三日と日付を足した。

「このひと月余りの間に、印刷機問題より大きな何かがあった」

と隼が言うと、山原が引き取り、

「しかも、それは占領軍も巻き込むほどの事案だった」

「だが、それなら」猫田が黒板を睨みながら、「なぜ、二年半もたった今になって、とつぜんこの事案が動きはじめた。逆に言うと、この二年半、音なしだったのはなぜだ」

「原版が完成して印刷機が使えるようになるのに二年半かかったというのが、最初の話だったのよねえ。でも、偽ドル札印刷機自体が存在しないのなら、結局、終戦前後に起きたことと、現在の事件に関連はないんじゃないかしら」

「いや、それはちがう」山原が言った。「中村中尉が新潟へ行き、立ち寄ったと思われる倉庫でミイラ化した他殺死体が発見されている。また、中村の上官だった宇田川少佐は、少なくとも昭和二十一年四月に取手に引っ越した時点で別人に入れ替わっている。そして最近になって事件が動きはじめると、殺された。過去の出来事と現在の事件が、関連を持っているのは間違いない」

「終戦の間際に、日米を揺るがす何かが起こったということですね。そして、それが今もなお、占領軍の闇に深く関わっている」

蛭川はそう言って黒板に闇と記し、大きく丸で囲った。山原は黒板を眺め、頭をかくと、

「やっぱり、中村中尉の行動が鍵じゃないか。特に新潟にあらわれた理由、そしてそこからどこへ向かったのか。ここを明らかにすれば、おのずと謎は解けるだろう」

「でも、どうやって。この前の出張じゃあ、ミイラ死体は見つけたけど、謎が深まったばかりだわ。そもそも、これ以上捜索をする必要があるのかしら」

「どういうことだよ」

山原が聞くと唱子は、

「だって、そうじゃない。今回の作戦は悪用された日本陸軍の印刷機を秘密裏に回収するために始めたことでしょ。それが出回っていた偽ドルはアメリカ製だっていうんじゃ、何もあわてることないわ。蛭川さんがお偉いさんに、あれは旧日本陸軍とは関係ございませんでした、ご安心くださいって伝えれば終わりじゃないの」

「まあ、たしかにそうだな」山原は納得し、蛭川へ、「その言い分にも一理ある。上の方ではこれについて何か言っているのか」

「作戦は変わらず続行です」にべもなく蛭川は言った。「印刷機が無関係であっても、この日本国内で大きな陰謀が進行している事実に変わりはありません。一刻も早くその陰謀の全貌を明らかにして、国益に照らしてしかるべき対応を取れるよう、私たちは今まで通り、活動を続けます」

「でも、最初の話と前提条件が変わったんだから、この作戦を続行するか否かを決める権利は、私た

ちにもあるはずだわ」

蛭川はちらりと冷ややかな目を唱子へ向けた。いつもの飄々とした顔から一枚皮がめくれ、なにかぞっとするような素顔が、はからずものぞいた、そんな一瞬だった。

「権利と来ましたか。これは参りましたね。――隼さん、どうです。あなたの部下がこんなことを言っていますよ。この作戦から降りるつもりですか」

「いや」隼は首をふった。「捜索は続ける。事件の裏に何が隠されているのか、明らかにするまでは降りることはしない。それが約束だからな」


中村中尉たちの交友関係の資料整理と、新潟警察から入手したミイラ死体事件の捜査資料を読み込んでいるうちに一日が過ぎて、山原と唱子はいっしょに駅への帰り道にいた。

「山原さん、ちょっと時間あるかしら」

駅前の夜だけやっている小料理屋の暖簾《のれん》が掲げられるのを見て、唱子が言った。

「へえ、あんたからデートのお誘いとは珍しいね。雪でも降らなきゃいいけど」

「バカね、そんなんじゃないの。話があるのよ」

カウンターと小上がりだけの小さな店で、山原と唱子は小上がりに向かい合せに座った。サバの煮つけを注文し、日本酒をお猪口《ちょこ》に注ぎ合って、二、三杯あけたところで、

「で、話ってなんだよ」

山原が切り出すと、

「うん」唱子はお猪口を置いて、「隼さんにも言ったんだけど、みんな、何か隠しているわよね」

「いきなり、何を言いだすんだ」

山原が驚いたように目を白黒させると、

「そんな小芝居しなくてもいいの。今日だって、偽ドル札がアメリカ製だって蛭川さんが言った時、みんな驚いたふりをしたけど、本当は知っていたんでしょう？　あたしだけが知らされていなかった」

「何を根拠にそんなことを言う」

「別に根拠なんてありませんよ。ただ、女の勘でそう思うの」

「なんだ、バカらしい」

「でも、隼さんは認めたのよ、すべて打ちあけているわけじゃないって」

「そりゃ、当然だろう。上官が部下とまったく同じ情報しか持っていなければ、その方がおかしい」

「分かっているわよ、そんなこと。でも、偽ドル札がアメリカ製だったら、この作戦はさいしょ聞かされた話と全く別物じゃない。山原さん、何か知っているんでしょ、教えなさいよ」

山原は自分と唱子のお猪口に酒を注ぐと、知っているとも知らないとも言わず、

「あんた、隊長とは古いんだろう」

と聞いた。唱子はお猪口を手にしたまま、あいまいに首をふって、

「ううん、古いっていえば、古いのかもしれないけど。士官学校時代に父に挨拶に来たとき会ったのが最初かな。あたしは女学校に行っていた。やはり父の教え子で元同級生の帝大生といっしょに来て、よくしゃべるとっても明るい人って印象だったわ。今の隼さんとは大違い」

とため息をついた。

山原は煙草に火をつけ、ふた口吸ったあと語りはじめた。

「おれが隊長に出会う前、隊長は上海《シャンハイ》で諜報任務に就いていた。昭和十九年のはじめごろだ。汪兆銘《おうちょうめい》の南京国民政府、蔣介石《しょうかいせき》の中国国民党軍、毛沢東《もうたくとう》の共産党軍、いずれの勢力にも間諜《かんちょう》を入れて秘密工作を行っていたようだが、詳しい内容をおれは聞いていない。

そのころ隊長の右腕として働いていたのが野島《のじま》少尉だ。当時のふたりをよく知る人の話だと、隊長と野島少尉はじつの兄弟のような仲だったらしい。とくに野島は、隊長を兄とも師匠とも呼んで慕っていた。

昭和十九年四月、隊長は中国国民党の幹部とフランス租界《そかい》にあるクラブで会う約束を取りつけた。詳細は明らかにされていないが、日中戦争の行方にも影響をおよぼす、政府間交渉の端緒《たんしょ》をひらく下準備の秘密会談だったようだ。

これにはあらゆる方面からの妨害が予想され、隊長も秘密の保持には細心の注意を払った。当然、会談のことは周囲には一切漏らさなかった。ただ、腹心の野島少尉とだけは、万が一の時のために情報を共有した。

密会の日、隊長はおり悪く急病を発し、緊急入院することになった。水に当たったようだ。密会は時と場所を変更するよう、フランス租界のクラブに伝言だけ送ることになった。これが互いに不都合が生じた時の、前もっての合意事項だった。

ところが野島少尉は、みずからの判断でそのクラブへおもむいた。なぜそうしたかは今となっては分からない。おそらくは、この会談の緊急性と重要性をかんがみ、中国国民党の幹部に直接、事情を伝えに行ったのだろう。

ところが、待ち合わせのクラブで、幹部と野島は何者かに連れ去られ、姿を消した。ふたりを連れ去ったのが、どの組織の人間かは今も謎のままだ。さっきも言ったように、この会談の阻止を狙う組織は数えきれないくらいあった。日本国内でも、妨害工作をする機関が暗躍していたくらいだ。

一週間後、中国国民党の幹部と野島少尉の死体が上海の貧民窟で発見された。どちらの死体にもひどい拷問のあとがあった。ふたりのどちらも肝心の情報を吐かなかったのだろう。政府間交渉の秘密は外へ漏れなかったが、交渉はそれ以上先へも進まず、立ち消えになった。

秘密が保持されたこともあり、野島少尉の行動について、隊長は責任を追及されなかったが、この事件以降、人が変わってしまったらしい。

おれが隊長の下に配属されたのは、事件から二カ月ほどあとだったから、隊長とはもう四年以上の付き合いになる。それこそ、互いに命を預け合うような時間を過ごしてきたけど、いまだに隊長の本当の腹の内はうかがい知れないところがある。

そりゃあ、おれだってさびしく思うこともあるけど、誰にだって踏み込まれたくない自分の領域って持っているだろう。たしかに隊長はあんたに打ちあけていない秘密を持っている。おれもその一部は知っているが、知らないことだってたくさんある。

これはおれの勝手な思い込みかもしれないけど、隊長はもし野島少尉が会談のことを詳しく知らなかったら、あの時、クラブへ行くこともなく、命を落とさずにすんだかもしれないと後悔しているんじゃないかな。そして、同じ後悔を二度とすまいと肝に銘じているんだと思う。だから、おれは隊長の秘密主義を受け入れ、与えられた使命を忠実に実行することに徹しているんだ」

山原は語り終えると、吸わぬまま灰になった煙草を灰皿に押しつけた。唱子はその灰皿に目を落と

して、

「長い戦争だったものね。みんな何かしら心に傷をかかえているのね」

ささやくように言うと、山原はちらりと唱子のうつむき加減の横顔に目を向けて、

「そういや、あんたの旦那はアッツ島だったな」

「ええ、遺骨も遺品も帰ってこなかったから、今もどこか信じたくない気持ちが残っている」

「そうか」山原はお猪口を口に運びながら、「おれも弟がな……」

「フィリピンで受けた傷が元で死んだっていうんでしょ」

「何で、そのことを」

山原は目を泳がせた。

「隼さんから聞いてるわ。山原さんが飲み屋でその話をはじめたら気を付けろって。ついでに山原さんが姉ふたりのひとり息子だってことも。残念でした。あたしはそんなに簡単に落ちる女じゃありません」

四

猫田は紅閣ビルの三階、安達興業の奥の部屋で、森田、青柳、ベズウーホフを前にして、ボストンで偽ドル製造組織が摘発を受けたことを伝えた。そしてその偽紙幣が日本にも流入し、先に報告した一連の事件を引き起こしたと思われると語った。

「ちょっと待ちたまえ」猫田の説明を途中でさえぎって、森田が言った。「とすると、旧日本軍が製

造した印刷機をめぐる騒動とは何だったんだね。君の報告を受け、われわれは襲撃部隊を組織することさえ検討したのだ。それがまったくの架空の話だったというのか。これは見過ごすわけにはいかない問題だ」

青柳とベズウーホフも当惑した様子で、猫田に説明を求めた。

「おっしゃるように旧日本陸軍の印刷機で紙幣を偽造したという事実はありませんでした。少なくとも一連の事件で見つかった紙幣は、アメリカで偽造されたものでした。一方で、日本の偽ドル札には、旧日本陸軍製造と錯覚させるための偽装もされていたようです」

「では、そちらの組織では、今回の日本での騒動を、誰が何の目的で起こしたと考えているのです」

青柳が尋ねた。

「まだ、その点について確定した見解はありません。最後に印刷機を持って姿を消し、その後、新潟にあらわれた中村健吾中尉の周辺を調査しているところです」

猫田が答えると、

「もしかすると」森田が表情も険しく、一同を見わたし、「これはわれわれの組織をあぶりだすための偽装工作だったのかもしれない。もっともらしい偽ドル印刷機など持ち出して、われわれを釣り出すつもりだったのだ。だとすれば、じつに危ういところだった」

「そう決めつけてしまうのは早計ではないですか」

青柳が異議を唱えると、森田は、

「いや、考えれば考えるほど、理にかなっている。そもそもアメリカ製の偽ドル札を日本へ大量に持ち込み、さらに旧日本陸軍製造との偽装もするなど手の込んだ仕掛けができるのは、ＧＨＱくらいのものでしょう。これはやつらがわれわれの組織を抹殺するために仕組んだ罠に違いありません」

激しい口調で言い募る。青柳は困った表情で猫田に、

「どうなんです」

と水を向けると、

「これは私の個人的な見解ですが」と断って猫田は語った。「これが手の込んだ偽装工作であったのは確かでしょう。ただ、目的はわれわれの組織のあぶりだしではなく、彼らが――仮にGHQかその下部組織とすると――これから実行を予定している作戦から目を逸らさせるための煙幕だったのではないかと思います」

「つまり偽ドル紙幣騒動は囮《おとり》で、本命は他にあるというわけですね。そう考える根拠はなんですか」

青柳が問うと、猫田は、

「終戦直前、印刷機の処分を命じられたはずの中村中尉たちは、姿を消して新潟へ行っています。その後の足取りは分からず、上官だった宇田川少佐は別人に入れ替わり、その替え玉もつい最近殺されました。それでいて、印刷機も偽ドル紙幣も国内にはその実体が存在しなかったと判明しました。ということは最初から、偽ドル印刷機はより大きな陰謀の偽装に使われたと考えるのが妥当ではないでしょうか」

森田は首をかしげ、

「しかし、それでは今回の陰謀も、旧日本陸軍が仕組んだことになりますよ。印刷機の処分か、別の密命だったか知りませんが、中村中尉たちへ最初に命令を下したのは、旧日本陸軍に間違いないのですから」

「たしかにそれはその通りです」猫田は認めた。「おそらく最初の陸軍の作戦を、そのままか、もしくは形を変えて、引き継いで実行している組織があるのでしょう」

「いかなる組織が、どんな作戦を実行していると思いますか。もちろん個人的見解で構いませんが」

青柳の問いに、猫田は少し考えて、

「ご存じのように、GHQの中にGⅡという謀略を行う組織があります。先の印刷機の騒動にこの組織の影がちらついていましたから、今回の作戦もGⅡ主導と考えるべきでしょう。そして作戦の内容ですが、それについては先ほども申し上げたように、何ともまだ想像がつきません。終戦後に中村中尉が姿をあらわした新潟へ捜査員を送りましたが、ミイラ化した射殺死体を発見したものの、謎の究明には程遠い状況です」

と言い、山原と唱子の新潟での行動を伝えた。話を聞き終えると、ベズウーホフが、

「つまり、中村は鉄道を使って新潟へ何かを運び入れたのですか」

と言うと、青柳が続いて、

「あるいは鉄道で何かを運び出した。そしてその際、何らかの理由で殺人が起こった」

「そうですね」猫田はうなずいた。「今言えるのはせいぜいそこまででしょう。今後、新たな発見があればすぐにお報せします」

猫田が帰ると、森田、青柳、ベズウーホフに鷺谷和子が加わって猫田のもたらした新情報の評価を行った。

「しかし、やはりあの猫田という男、信用なりませんな。結局、偽ドル紙幣印刷機がなかったとはと

んでもない話です。もし、最初にあのホラ話を真に受けていたら、今ごろわれわれの組織は壊滅的な被害を受けていたでしょう」

まず、猫田を毛嫌いしている森田が非難の声をあげた。

「そうはおっしゃるが、猫田は蛭川の組織がつかんだ情報を伝えただけで、意図的にわれわれを騙《だま》したわけではないでしょう」

ベズウーホフがとりなすと、青柳も、

「そうです。猫田はあの時点で正しいと考えられた情報をありのままに報告しただけです。それが修正されたことを非難しても意味はありません。われわれは更新された情報の評価に徹するべきでしょう」

「新たな情報といっても、はっきりしているのは、中村中尉が新潟にいたことと、その立ち寄り先と思われる倉庫内でミイラ化した死体が発見されたことくらいでしょう。仮に猫田の言うＧＨＱの大陰謀なるものが現実にあるとしても、これらのこととの関連は不明です」

と冷ややかに森田が言った。

三人の意見を聞いて、鷺谷が口を開いた。

「たしかに同志森田が言うように、猫田の新情報はまだ何とも評価の仕様がありません。これについては事実関係だけを書記へ報告するにとどめましょう。

では次に、先に来日したアメリカ陸軍武器科の技術者たちの件ですが、その後、何か新しい動きがありましたか」

鷺谷の問いに、森田は手元の書類をめくりながら、

「ここ半月余りの間、GHQ内にあるわれわれの細胞が技術者たちの行動を監視した記録がここにあります。あとで回覧しますが、要旨を申し上げると、来日した計十二名の技術者たちは、そのほとんどの時間を横須賀と横浜の占領軍基地内で過ごしています。ただ、休日に五名の技術者がともに鉄道を使ってある場所を訪れたことが分かっています」

「ある場所とはどこですか」

鷺谷が質すと、森田は、

「長野県の岩野《いわの》というところです」

と答えた。誰もそんな場所は知らない。長野駅から支線を乗り継いだ先にある駅だという。五人はその駅で降りると用意されていた車に乗り込み、いずことも知れず去った。

「あとは追わなかったのですか」

青柳が尋ねると、森田は首をふり、

「東京から怪しまれないよう岩野駅まで尾行するだけで精いっぱいだったようです。簡単に車を用意できる場所でもなし、足取りはそこで消えました。技師たちが東京へ戻ったのは二日後です」

「その岩野駅周辺には、何か軍事的な施設がありますか」

鷺谷が問うと、森田は眼鏡のふちをさわり、

「最寄ではありませんが、松代大本営《まつしろだいほんえい》が近くにあります」

と言った。

松代大本営とは、太平洋戦争の戦況の悪化をうけ、皇居や大本営をはじめとする重要政府機関の移転先として造られた総延長十キロにおよぶ地下施設である。昭和十九年の末ごろから二十年八月まで、

延べ六十万を超える人員が動員されたが、終戦により、進捗度《しんちょくど》七十五パーセントの段階で工事は中断され、遺構はそのまま放置されている。

「では、技術者たちはその松代大本営跡へ行ったのですか」

と鷺谷に問われると、森田は自信がなさそうに眼鏡を押し上げ、

「あ、いえ、最寄の駅は別ですので……。もしかすると、大本営の支援施設が岩野駅の周辺にあるのかもしれませんが」

と答えた。ここで青柳が挙手をし、

「先に同志森田は、技術者たちの来日目的が、原子爆弾の日本持ち込み準備にあるとおっしゃっていたように思いますが、この長野県の山中に原子爆弾を設置するつもりだと考えているのですか」

と皮肉まじりに言った。

B29が発着可能な飛行場もない内陸に原子爆弾を持ち込んでも意味がない。軍事的に長野県内に原子爆弾を設置することはありえなかった。

「この辺り、何か観光地、ありましたか」

ベズウーホフが尋ねた。

「さあ」青柳は首をかしげ、「川中島の合戦場とかですか。アメリカ人技師が日本の古戦場に興味を持っているとは思えませんが」

「分かりました」鷺谷が言った。「アメリカ人技師たちの訪日目的は依然不明であると報告しておきます。同志森田は、今後も技師たちの監視を続けるよう、GHQ内の細胞の管理をお願いします」

五

河口代三郎の子分たちを動員し、丸三日がかりで佐々木武志は二十センチ四方の地図の場所を特定した。何度も手書きの地図と建設院の地図を照らし合わせてみた。やはり手書きの地図は正確に本図面を写しており、道筋や等高線の一本一本までが、寸分のずれもなくぴったりと重なる地域が存在した。ここで間違いないとの確信を得ると、河口に報告した。

「ほう、ついに分かったか。どこかね、そこは」

「長野県の山中です。わずかながら住人もいるようですが、地図に地名も載っていないような土地ですな」

「そんな田舎か。またとんでもないところまで印刷機を持ってってたもんだな」

河口は佐々木から受け取った二万五千分の一地図をデスクに広げた。地図上に該当の二十センチ四方は枠で囲ってある。

「うむ、屋代《やしろ》や松代から、さらに山奥に入った辺りか」

河口は地図を指でたどりながらうなずいている。終戦直前、松代大本営設営の労務者の口入れをして荒稼ぎをした関係で、この辺りには土地鑑があるのだ。それでもさすがに山奥深く分け入った二十センチ四方の範囲までは心当たりがないらしい。

「この三角印の場所には何があるのだろうね」

河口が地図上の印を指すと、佐々木も地図に目を落とし、

「大本営の区域からは少なくとも数キロ離れていますので、もしかするとこの辺りの山腹に武器庫などがあって、その中にブツが隠されているのかもしれません」

「よし、場所が分かったんだから、すぐにも乗り込んで印刷機をかっさらって来るか。人数は十二、三もいれば充分だろう。君、行ってくれんか」

と河口は乱暴なことを言いだすが、佐々木は冷静に、

「それは構いませんが、まずは少人数で様子をうかがった方がいいでしょう。場所をしっかり把握して、どのような警備がされているか分かっていれば、対処も容易になるはずですし」

「それはそうだな」河口はあっさり考え直して、「じゃあ、さっそく今日にも発《た》って向こうの様子を探ってくれ。わしはこっちで兵隊を集めておく。場合によっちゃ、アメちゃんの警備を蹴散《けち》らさにゃならんかもしれんからな」


佐々木が長野駅に降り立つと、河口の支援者で地元の右翼団体代表の村崎龍治《むらさきりゅうじ》という男が迎えに来ていた。白髪混じりのイガグリ頭の村崎は、隣に立つ軍服姿の若者といっしょに頭を下げ、簡単に自己紹介をしたあと、

「河口先生から聞いとります。何でもこの近くにどえれえもんが隠されているってこって。道案内には甥《おい》っ子の浩一《こういち》を使ってやってください」

と言って、隣の若者の背を押した。

「よろしくお願いします」

浩一がもう一度頭を下げた。

駅前に小型のトラックが用意されていた。自由に使ってくれて構わないという。村崎は長野県内で農機具を販売している会社の社長で、戦前からの河口代三郎の心酔者らしく、その代理人である佐々木にも最大限の敬意をもって接してくる。そして何より、佐々木の行き先や探し物の内容を、必要以上に詮索してこないのがありがたかった。

佐々木は村崎に礼を言うと、さっそく浩一を助手席に乗せ、出発した。

「分かるかい」

渡した地図を広げて赤三角を確認する浩一に佐々木は声をかけた。

「ええ、この近くまで昔行ったことがあります。しばらくは道なりにまっすぐ行ってください」

浩一の指示に従い、佐々木はしばらくトラックを走らせた。長野市も大きな空襲にはみまわれなかったので、街並みは整っている。しかし、トラックはすぐに街を離れ、山道に入り込んだ。トラック一台がやっと通れるほどの幅の曲がりくねった道を進む。片側は山の斜面、片側は切り立った崖という険しい岨道《そばみち》の連続だ。対向車があれば、どちらかが延々と後退しなければならないはずだが、さいわい、そのような車は一台もやって来なかった。

「ずいぶん山奥のようだね、あとどのくらいかな」

細心の注意でハンドル操作をしながら佐々木が訊いた。朴訥《ぼくとつ》な青年の浩一は無口で、ここまで進路を伝える以外、ほとんど口をきいていない。

「このまま、あと二キロほどで村の入口です」

浩一の言葉どおり、峠を登りつめて山道も下りにさしかかると、眼下に開けた平地が見えてきた。畑と森、わずかだが人家も点在している。

ところが、山を下りきる手前で道幅が広くなり、そこに道をふさぐ形で一台のジープが横向きに停まっていた。ジープの側には小銃を肩にかけた米兵が四名いて、佐々木が手前にトラックを停めると降りるように身振りで示した。

「ここから先は立ち入り禁止だ。引き返しなさい」

米軍の軍服を着た東洋人の顔をした男が命じた。辺りをうかがうと四人だけでなく、山の斜面にも数名の米兵がいて、双眼鏡で周囲を見張っている。かなり厳重な警戒といっていいだろう。

「この先に用があるんです。なぜ、立ち入り禁止なんです」

佐々木の問いに、東洋系の米兵は答えず、

「この先に何の用がある」

と質してきた。

「農機具の修理に来ました」

佐々木が答えた。村崎の会社はこの地域では農機具を販売していないが、当初より、この口実で村の中を回るつもりだった。

「ここは駄目だ。ほかを回れ」

「何かあったんですか」

「いいから、ここで引き返すんだ」

取りつく島もない。ほかの三人の兵はいつでも銃口を向けられるよう、ゆだんなく佐々木と浩一の挙措《きょそ》に目を光らせている。とても強行突破できる状況ではない。その素振りを見せただけでも、ハチの巣にされそうである。

佐々木と浩一はおとなしくトラックに戻り、切り返しをして、来た道を引き返した。

「あそこの住人はどうしているんだろうな」

山道を慎重にトラックを走らせながら、佐々木は言った。

わずかとはいえ人家があった。村への出入りを封鎖されて人々はどうやって暮らしているのだろう。生活物資などを運ぶ最低限の出入りは許されているのか。

「近くの村へ寄って聞いてみますか」

浩一の案内で、同じような山間の村へトラックを向けた。浩一の話によると、先ほどの村から三キロほど離れているが、そこが一番近い集落だということだ。

ここまで緊張のためか無口だった浩一も、ようやく気持ちがほぐれたのか、周辺の村の様子を自分から語り、さらには佐々木へ東京のことを色々と尋ねてきた。

「東京では河口先生のような方が、日本の立て直しに大いに尽力されているんでしょう」

「そうだな」

「じゃあ、もうすぐ、進駐軍を追い出して、日本は独立を取り戻せますね」

「ああ、そうなるかもしれん」

佐々木はバカらしくも気の毒にも思いながら、適当に相槌《あいづち》を打った。こんな片田舎で、右翼の伯父に吹き込まれたことを、頭から信じ込んでいるんだろう。浩一はまだ佐々木に聞きたいことがあったようだが、さいわい、トラックが目的の村に着いた。

その村にはバスが通っていて、通り沿いの村の中心地には郵便局と雑貨屋が並び、多少のにぎわいが感じられた。

佐々木と浩一はトラックを降りると、雑貨屋でサイダーを買って、封鎖された村のことを主人に尋ねた。

「ああ、あそこは今、誰も入れんぞ」

なぜか声を落として主人は言った。

「住民はどうしているんです」

佐々木が重ねて問うと、

「みんな立ち退きさせられた」

主人が言うには、村には五十人ほどの住民がいたが、二週間ほど前、米兵がやってきて、全員が三カ月間、強制的に村を離れるよう命じられた。測量を行うためとの説明があったという。補償金は出たが、村を離れたことをみだりに口外してはならず、大きな移動があったと知られないよう、荷物の持ち出しも制限された。村が占拠されているとのうわさが広がらないために、細心の注意が払われた模様だ。

「松代の大本営設営のときも、箝口令《かんこうれい》がしかれたが、あれよりも厳しい。進駐軍の連中はやることが徹底しとる」

「どなたか、村の住人に会わせてくれませんかね」

佐々木の頼みに、主人は疑い深そうな顔をして、

「どうしてだね」

「進駐軍が測量をしているのなら、売り込みたい機材があるんです。どんな測量か住民に聞いておけば、話がしやすい」

「どんな測量かなんて、聞かれたって分からんと思うがね」

と言いながらも、主人は住人のひとりが身を寄せているという農家の場所を教えてくれた。

佐々木は訪ねた先で住民に会うと、まず、地図を広げて赤三角の場所を示して、ここに何があるかと訊いた。

住人はまだ二十五になるかならずの青年だったが、地図の読み方がよく分からないようで、しばらく佐々木の説明を聞きながら悪戦苦闘していたが、

「ああ、ここは熊の森の奥の山だ」

とようやく愁眉を開いて言った。

「どんなところかね」

「村のもんもめったに行かんところです」

「そんなに険しい場所か」

「いえ、大昔はそこで祭りをしとったくらいだから、険しいことはないです」

「じゃあ、なんで今は足を踏み入れないのかね」

「戦争中、軍が武器庫を造るって言って、その辺りを立ち入り禁止にしたんです。だから、戦争が終わったあとも、あまり誰も立ち入らなくなった。今はだいぶ荒れているんじゃないかな」

佐々木と浩一は顔を見合わせた。隠し場所としては理想的だろう。

聞きたいことはもう聞き出したが、一応測量についても触れておいた方がいい。あとで三角印の場所だけを気にしていたと、うわさになっても困る。

「測量ですか」

青年は佐々木から問われると、戸惑ったように頭をかいた。何か言いにくいことがあるのかと促すと、

「いえ、測量は口実で、進駐軍の本当の狙いは山狩りにあるんじゃないかなと思ったんです」

「山狩り？」

「終戦の時、軍の武装解除に従わず、山に兵隊がこもったって、うわさになったんです。いえ、ただのうわさだけじゃなくって、そのあと何度も近くの村から食料が盗まれたりもして、最近でも山菜採りに行ったうちの爺さんが日本の兵隊の姿を見かけています。ですから、きっと進駐軍は旧日本軍の残党狩りをするつもりで村に入ったんですよ」

青年は熱心に説いた。すっかりそう信じ込んでいる様子だ。しかし、兵隊が山にひそんでいるのが事実だとしても、進駐軍が、その掃討に、わざわざ補償金まで払って住民を移住させはしないだろう。帰りの道でトラックのハンドルを取りながら、佐々木は思わずつぶやいた。

「おかしいな」

「どうしたんです」

浩一が質した。

「日本軍の残党狩りのために進駐軍が村を封鎖するなんてありえないが、よく考えれば、お宝の隠し場所をあれほど厳重に警戒するのもおかしい。運ぶ気になれば、簡単に運び出せるものなのだから」

偽ドル印刷機のことは伏せているので、佐々木はあいまいな言い方をした。

「じゃあ、何のために進駐軍はあんな警戒をしているんですか」

「おそらく、お宝よりもずっと貴重で簡単には運び出せないものがあそこにはあるんだろう」

佐々木は自分の思いつきに興奮した。これは重大な発見だ。急いで東京へ帰り、河口に報せなければならない。

「このまま長野駅へ向かう。いちばん早い汽車で東京へ帰る」

「今回の案内はお役に立ちましたか」

「ああ、とても助かったよ、ありがとう。河口さんもきっと大喜びだ。伯父さんにそう伝えておいてくれ」

「分かりました。次に来る機会があったら、また、僕が道案内しますから、ぜひ連絡をください」

六

蛭川は書類の束を抱えて作戦室に入ると、隼たち全員の顔がそろっているのを確認して、部屋の扉に鍵をかけた。そして部屋の隅から椅子を持ってくると、隼のデスクの隣に並べ、腰を下ろした。

「今日はきわめて重要なお報せがあります。新事実がいくつもあるのでよく聞いてください。われわれの分析官が、今回の事件にまったく新しい方向から光を当てました。まずはこれを見てください」

蛭川は緊張の面持ちで、膝の上に置いた書類の束から、いちばん上の数枚を隼のデスクに広げた。猫田と山原と唱子は席を立ち、隼のデスクを囲んだ。

「これらは昭和二十年八月十日午後十時、すなわち終戦の五日前の夜、新潟市へのB29来襲の目撃証言を集めたものです。当時の地方紙の小さな記事や、地元の俳誌《はいし》に載った随筆の中などからその事実が確かめられます。また、今回、われわれの調査員が市民に聞き取りをしたところ、やはり、大型機の夜間来襲があったことが確認できました。

これらの情報をもとに八月十日前後の新潟市の状況を再現しますと、八月六日の広島市への原子爆弾投下の情報を受け、次の原爆投下目標は新潟市だとのうわさが広がりました。十日の昼には艦載機による新潟市内への攻撃があり、同日の夕刻ごろから市民の一部が疎開をはじめ、十一日に県知事より緊急疎開措置の布告がなされています。そのような慌ただしい中でのB29の夜間来襲で、しかも、大きな被害がなかったためか、人々の記憶に残っていないのみならず、なぜか公式の記録にさえ載っていません。

しかし、この八月十日の夜、B29が新潟市上空高度約一万メートルから投下した爆弾は、市内のN会館の屋根を直撃し、三階と二階の床も突き抜け、一階の床に達してそこに止まり、爆発はせず、不発弾として残りました。

先ほど言ったように翌十一日には全市内で緊急疎開がはじまり、十二日までに、市内からほとんどの住人が姿を消しました。そのため、この不発弾について、うわさはずいぶん流れたようですが、当時の住人の中にもはっきりと知る者はいないのです。

しかし、この不発弾発見の連絡は、ただちに極秘のうちに大本営へ届きました。そしてその不発弾を回収するよう命令を受けたのが、中村健吾中尉だったようです。中村中尉は爆弾処理の技術将校でもあったので、この任務が命ぜられたのでしょう。

中村中尉と五名の部下からなる秘密部隊が新潟市のN会館に着いたのは、八月十四日でした。現地の陸軍部隊の助けを得て、中村たちは不発弾をトラックに乗せ、亀田の長らく使われていない引き込み線から特別貨物列車に不発弾を積み、東京へ向かって出発しました。その際、中村の秘密部隊のひとりがスパイの疑いをかけられ、殺害されたようです。これについての詳細は不明です。しかし、ともかく新潟を出発した貨物列車が東京に着くことはありませんでした。貨物列車は行方不明となり、中村中尉たちも不発弾とともに姿を消してしまったのです。中村中尉たちの失踪の翌日が終戦で、その行方の捜索も不徹底なものに終わり、貨物列車、中村部隊、不発弾のいずれも発見に至りませんでした」

蛭川はいったんここで語りをとめて、隼たちの理解度を測るように、一人ひとりを見わたした。

誰もが蛭川の話から想像したであろうことを、隼が代表して訊いた。

「この八月十日の夜に新潟市へ投下され、不発だった爆弾というのは当然、通常の爆弾ではないのだな」

「おっしゃる通りです」蛭川は認めた。「その不発弾は、長崎に投下されたのと同じ型の原子爆弾だったと考えられています。原爆は、日本へ二発投下されたと思われていましたが、じつは三発落とされていたのです」

重大事を告げるにしてはじつにあっさりとした蛭川の物言いであった。しかし、どう言おうと驚きの新事実には違いない。凍りついたような空気をものともせず、蛭川は、

「さて、次の資料は――」

と続けて、新たな書類をデスクに広げた。しかし、それは文章の大半が黒墨で塗りつぶされた書類だった。

「これは当時の陸軍参謀本部にいた将校と政府の高官に、数日前、聞き取り調査をした記録です。機密保持の関係上、ほとんど黒塗りにしていますが、昭和二十年八月十日の深夜、新潟の部隊から参謀

本部へ新型爆弾らしき不発弾を発見したとの連絡があり、その回収部隊が送られたとされています。また、政府においては、速やかにこれを確保し、その後の取り扱いについては、関係者を招集して早急に決定することとしていましたが、中村中尉が不発弾とともに失踪し、結論を出せぬまま話が立ち消えになったようです」

ふたたび蛭川は口を閉ざし、一同を見回した。四人は微動だにもせず、固まったように口を閉ざしている。あまりに途方もない話に言葉を失っているかにも見える。

口火を切ったのは唱子だった。

「米軍は不発の原子爆弾が日本にあると知っているんでしょう。どうして終戦後、すぐに探し出さなかったのかしら」

蛭川はにやりと笑って、

「とうぜん、米軍が進駐した時、まっさきに行ったのが不発弾回収作戦のはずです。そのころわれわれの組織が把握していたGHQの暗号で、コードXと呼ばれるものがありました。今、分析を進めていますが、おそらくこのコードXが米軍による原子爆弾回収作戦名だったのでしょう。

しかし、原子爆弾が新潟市に投下され、しかもそれが不発に終わり、日本側に回収されたというのは米軍にとっても極秘中の極秘です。GHQは占領直後に日本軍関係者から聞き取りを行い、中村中尉たち五名が新潟で原子爆弾の回収をし、その後、失踪したという事実を探り当てました。徹底的な行方の捜索が行われたことでしょう」

「だが、GHQにも不発弾の行方はつかめなかった。そんなことがありうるか」

山原が疑問を呈した。

「GHQも原爆不発の事実を表に出さずに捜索しなければならない制約があって、苦労したことがうかがわれます。中村中尉が偽ドル印刷機の破壊命令を受けたように装ったのもGHQの仕業でしょう。上官の宇田川少佐を消して、別人を成りすまさせ、念入りに偽装をほどこしました。そうやって世間に知られぬように細工をし、ずっと原爆の不発弾の行方を追っていたのです」

「ちょっとまって」唱子が言った。「中村中尉は九月十二、三日ごろ、新潟の旅館に泊まっていたんですよ。原爆が投下されてひと月以上経ったあとに、なんでそんなところにあらわれたのかしら」

「おそらく、中村は原爆を別の場所へ隠したあと、まだ新潟にあると思わせるために、あえて戻ってきたのだと思います。また、われわれはつかんでいませんが、全国各地に中村は出没し、GHQの追跡を三年以上にわたって躱《かわ》してきたのでしょう」

そう言いながら蛭川はまた別の書類をデスクに並べはじめた。それをまだ納得のいかない顔の唱子がさえぎり、

「そもそも中村中尉は不発弾をなぜ東京へ持って帰らず、行方をくらませたんですか」

「さあ、それは本人に聞いてみなければ確かなことは分かりませんな。想像すれば、日本軍の降伏に不服で、原子爆弾を楯に進駐軍へ抵抗をするつもりだったとも考えられます。ただ、おそらく中村たちはすでに全員殺されているでしょうから、動機の完全な究明は今となっては難しいかもしれません」

「殺されている？　中村中尉たちは死んだんですか」

唱子の問いに、蛭川はうなずきながら、書類を広げ、

「十中八九ね。では、中村中尉と不発弾はどこへ消えたのでしょうか。三年の出遅れのあるわれわれ

が、これを今から追跡するのは容易なことではありません。そこで、ずっとその捜索を続けてきたGHQの動きからそれを推理してみましょう。

GHQが最近になって東京近郊で一連の偽ドル騒動を起こし、宇田川少佐の身代わりを殺したのは、ついに不発弾の行方をつかみ、奪還作戦がはじまったことを示しています。偽ドル事件はそのカムフラージュのために起こされました。あえて耳目《じもく》をそちらへ集め、本当の狙いから関心を逸らす作戦だったのでしょう。

では、GHQはどこで不発弾を発見したのか。この資料はここひと月の間にわが国へ入国した将校の一覧ですが、頭に丸印をつけた十二名はすべてアメリカ陸軍武器科に属する原子爆弾の専門家です。この中の五名が国内のある場所を訪れているのです」

蛭川はデスクに地図を広げた。地図上に記された地名から長野県であることが分かる。その地図の一部分、地形でいうと山間部の十五センチ四方が枠で囲われている。そしてその枠からは二十センチほど離れた岩野という駅も枠が描かれている。

「五名の将校はこの岩野駅で下車し、そこから車でどこかへ向かったようです。乗降客の少ない駅ですので、われわれの調査員は疑われるのを避けるため岩野で下車をせず、追跡はそこまでとなりました。

そこでこの岩野駅の周囲で、最近変わったことがないか調べたところ、およそ半月ほど前、GHQによりこの地図上に枠で囲った地域の住民が強制的に移動させられたことが分かりました。現在、この地域はGHQの管理下にあり、立ち入りが禁止されています。ここはもともと小さな集落があっただけの寒村ですが、戦時中、山腹に直径八メートル、深さ五十メートルほどの横穴が掘られ、周囲をコンクリートで固めた武器庫が造られました。場所はこの辺りです」

蛭川は枠の中に記された黒点を指した。それからまた新たな書類をデスクに置いて、

「これは終戦まぎわに長野周辺に集められた軍用車輛の一覧です。近くに松代大本営が設営された関係から、大型の車輛が豊富に集められ、原子爆弾の移送も容易にできたはずです。また、大量の物資を輸送するため、多くの貨物列車が行き来しましたから、原子爆弾を運ぶ特別貨物列車も、さほど人目を引かなかったと考えられます。

終戦から三年かけて、GHQはこの場所に不発弾が隠されていることを突き止め、住民を強制排除したものと思われます。この地域にひそんでいた中村中尉たちは捕縛され生存している可能性もありますが、その後の機密保持の観点から、殺害されたと考えるのが妥当でしょう」

蛭川は以上で説明が終わったことを示すように、デスクの上の書類や地図をたたんだ。

蛭川のうながすような視線を受けて、隼が口を開き、冷ややかに言った。

「中村中尉が不発弾の回収命令を受けたというが、そんなことは軍隊の常識からして考えられないな」

「といいますと」

「中尉はこのわずか二カ月前に南方から帰ってきたばかりだ。いくら不発弾の処理の経験があるからといって、そんな素人同然の人間に原子爆弾の回収を命じるはずがない。すくなくとも新型爆弾に詳しい専門家は同行させるはずだろう。さらにいえば、中尉を含めてたった六人で行ったのもおかしい。これほどの作戦なら、後方支援も含めてその十倍から二十倍の人数を投じるのがふつうだ」

「不発の原子爆弾の回収は、それだけ緊急を要することだったのではないでしょうか。すぐに現場へ

行ける適任者が中村中尉しかいなかったとすれば、遠方から帰還したばかりというのは考慮の対象になりません。専門家については人選を進めていて、あとから送ることになっていたようです。ただこれも中尉と不発弾がともに消えてしまったため実現しませんでした。あと、後方支援などの部隊は、資料には残っていませんが、当然存在したことでしょう。彼らがどこまで事実を教えられ行動していたかは、今となっては分かりませんが」

「中村中尉が列車で原子爆弾を運んだとすれば、列車を運行させる鉄道関係者も共犯でなければならない。機関士はもちろんだが、長野のどこかで保線員にポイントを切り替えさせて、東京方面から地方路線へ誘導させたはずだ。どうやって言うことをきかせた」

「軍の命令書を偽造すれば簡単なことでしょう。その手間も惜しいなら、機関士に銃を突きつければ済む話です。ポイントの切り替えは手前で汽車を停めさせて、機関士や中村たちが自分でやってもいい。そんな大がかりなことじゃありません。あとから調べられることを考えれば、あまり多くの人間が関わらない方がいい。おそらく自分たちでポイントを切り替えたはずです。そして別の遠くへ汽車を移動させたあと、機関士の口を封じたのでしょう」

隼の反論をはねかえすと、蛭川は立ち上がり、黒板の前へ進んだ。そして一同に向かって発言しようとすると、山原が、

「もしこの場所に不発弾があるとしたら、おれたちはどうするんだ」

「それをこれから話そうとしていたんです」蛭川は言った。「まず、上層部に報告したところ、事実関係に間違いがないか、いま一度、資料を調べ直すよう指示を受け、現在、その作業にかかっています。それと並行して、行わなければならないのが、現地での調査です。じっさいに、この地点に原子

爆弾が隠されているのか、確かめねばなりません。そして、あったとすれば、どのような保管がされているのか、今後の移動はいつどうやって行うのか、なども探る必要があります。

というこことで、みなさんには武器庫を確認するため、現地へ入ってもらうことになると思います」

「なると思いますって、どういうことだよ。もし本当に不発弾があるなら、早く行かなきゃ、アメ公がどこかへ持ってっちまうぞ」

山原が言うと、蛭川は咳払いをして、

「まあ、そうなんですが。何しろ相手が原子爆弾ですから、上層部もそうとう慎重になっています。――はい、山原さん、分かっています。ことが一刻を争う事態なのは。ですので、上層部の了解を取り付ける前に、われわれも現場付近の偵察はすでにはじめています。みなさんにも上層部の許可が下り次第、現場へ行っていただきます」

「その許可ってえのは、いつ下りる」

「ええ、二日、いえ、三日後には間違いなく下りるでしょう」

「そんなにのんびりしていていいのかねえ。行ったところには、武器庫は空っぽかもしれないな」

「周囲の鉄道と幹線道路には見張りを配置していますから、原子爆弾が移送されれば、見逃さない態勢にはなっています」

蛭川は黒板に簡単な現地の地図を描き、見張りを配置した駅や道路に印をつけた。

隼は、蛭川から先ほどしまった地図を受け取り、もう一度デスクの上に広げて、

「もし潜入となったら、どこから入る。村への通路はすべて米軍が固めているはずだ」

「それは今、現地で住民に聞き込みをして、狩猟用の道などを調べています。みなさんが現地に入る

ころには、詳細な地図が用意されているはずです」

「じゃあ、現地へ向かうまで、あと二日、三日、おれたちは何をすればいいんだ」

山原が指を鳴らすと、蛭川は、

「ゆっくり休んでいてください。米軍占領下の村への潜入となれば、強靭《きょうじん》な体力と細心の注意力が必要となります。元陸軍中野学校の山原さんには、あらためて言うまでもないことでしょうが」

七

その日、隼は書類室で遅くまで仕事を続けた。綴《つづ》りから一枚の書類を抜き出し、鞄に入れたとき、部屋の扉が開き、唱子が入ってきた。

「遅くまでいらっしゃるのね」

「君もまだいたのか」

「ええ、このところ、いつも遅いんです。みんなが帰るのを待っているので」

問う視線を向ける隼に、唱子は、

「中村中尉が所属していた部隊の戦没者記録が、ほかの書類に混ざっていないか調べているんです。もしかして、隼さんもそれを調べていたのかしら」

否定でも肯定でもなく、隼は小さく首を動かし、

「そういえば、おれの方でも調べてみると約束していたな。今晩、付き合おう」

「助かりますわ。毎晩、一時間、右端の棚から順番に書類綴りを調べていたんですけど、全然はかど

らなくて。まだやっとここまでなんです」

壁一面の書類棚の右側三分の一ほどのところに差した目印の三角定規を抜いて、唱子はため息をついた。書類棚は反対側の壁にもあるから、全体ではまだ六分の一を調べ終えたところだ。

「全部の書類綴りを調べていたのか」

隼が驚いたように言った。

「ええ、そうですけど、いけなかったですか」

「いや、いけないことはないが、こちら側の書類は大半が役所関係のものだ。中村の部隊の戦没者記録が紛れ込む可能性は少ないだろう」

「あら、そうだったんですね。どうりで難しい書類ばかり並んでいるはずですわ」

唱子は舌を出して、三角定規で自分の頭を叩いた。

隼は反対側の壁の書類棚から次々と書類綴りを抜き出して、部屋の真ん中のテーブルに積み上げた。

書類綴りの山はふたつで、全部で四十冊ほどあった。

「これが戦没者記録の書類、約半分だ。まずはここからはじめよう」

ふたりで手分けして綴りの山を崩していった。一枚一枚が大勢の人命喪失の記録だと思えば、厳粛な気持ちになるが、作業は機械的に進める。唱子と隼は指を湿らせながら、次々に綴りをめくっていく。休みも取らずに一時間書類をめくり続けて、とうとうテーブルの上の綴りをすべて調べ終えたが、目的のものは見つからない。

「今日はここまでにしておくか」

隼が言ったが、唱子は首をふって、

「あと半分、残りの綴りも調べます。あたしひとりでも二時間あれば終わります」

結局、隼も付き合うことにして、残りの綴りを書類棚から出してテーブルに積んだ。それから三十分ほど書類をめくり続けて、

「あっ――」

と唱子が声をあげた。

「あったのか」

隼は手を止めて、唱子に声をかけた。

「ええ、たぶんこれですわ。中村中尉が所属していた部隊の戦没者です。こんなところに三枚紛れ込んでいました。あっ――」

興奮して書類の記載に目を通していた唱子が、ふたたび驚きの声をあげた。書類に見入ったまま、その顔がどんどん蒼《あお》ざめていく。

「どうしたんだ」

隼の問いに、唱子は書類の一点を指し示し、

「ここに、中村健吾の記載があります。そしてこっちには宇田川康輔の名前も。ふたりとも南方で戦死しています。戦死の日付はともに六月二十二日。終戦のころに日本にいた中村健吾は別人ですわ。当人はそれより二カ月も前に亡くなっているんですもの」

隼は唱子から書類を受け取り、無言で記載を確認する。唱子はじっと隼を見つめ、

「隼さん、もしかしてこのこと、ご存じだったの」

「いや」

隼は否定するが、唱子は信じていないようだ。唱子はさらに書類探しを続ける。

「何をしている」

「紛失した書類は四枚です。あと一枚、どこかに紛れ込んでいるはずです。それを探します」

唱子と隼は最後の書類綴りまで調べつくしたが、最後の一枚はついに見つからなかった。綴りをすべて書類棚に戻して、隼は、

「一枚だけ、あやまって処分してしまったのかもしれないな。まあ、中村中尉と宇田川少佐が戦死していたことが分かったんだから、よしとしよう」

「そうですね」

さすがに唱子も疲れ切った様子で立ち上がった。

「中村中尉が南方で戦死していたこと、蛭川さんや山原さんたちに話します?」

「いや、このことはしばらくわれわれだけの秘密にしておきたい。いいかね」

唱子はため息をついて、

「隼さんがそうおっしゃるなら。何かお考えがあってのことなのでしょう」

隼は黙って鞄を持ち、唱子を部屋から出すと、電気を消して自分も外へ出た。

駅で唱子と別れたあと、隼はふたたび道を引き返し、書類室へ戻った。

鞄から書類を取り出した。唱子があらわれる前、書類綴りから抜き出しておいたものだ。

棚から書類綴りを出し、中村中尉の所属する戦没者記録の中に、その書類を戻す。これで紛失していた四枚すべてがそろった。

隼は、そこにあるなじみの人物の名前に目を落とす。蛭川宏——。

記載にしばらく目を止めたあと、隼は綴りを閉じ、書類棚に戻し、電気を消して部屋を立ち去った。

八

紅閣ビルの三階の奥の部屋で、猫田は二時間以上にわたって、森田、青柳、ベズウーホフを相手に説明を続けていた。全員の顔に疲れの色がにじんでいる。

それでも誰もが納得のいく結論は見いだせず、ついに鷺谷和子も隠し部屋から出てきて、議論に加わることになった。

「なんだ、あなたがここの親玉だったのか」

猫田はあきれたように目を見開いた。事務員の上っ張りを着た鷺谷は、青柳とベズウーホフがあけたスペースに座ると、無表情に猫田を見すえ、

「私たちの組織については、まだ、あなたに全貌をお知らせできません。ただ、今この場では私が上席者とだけ申しておきましょう。

では、あらためて聞きます。新潟市に投下された不発弾がどうして原子爆弾だと言えるのですか」

猫田は自分の首筋を揉《も》みながら、大きく息を吐いて、

「もう何回も繰り返しましたが、八月十日夜に新潟市へ投下された不発弾回収命令が中村健吾中尉に下り、わざわざ東京から現場に急行したこと。その後、新潟市に進駐したＧＨＱがＮ会館を完全封鎖したこと。そのほか最近のＧＨＱの動向など、さまざまな状況証拠を総合的に判断し、不発弾が原子爆弾であった蓋然性《がいぜんせい》が高いという結論に達したのです」

鷺谷は猫田の説明に納得したのか、しないのか、表情を動かさず質問を重ねる。

「では、その原子爆弾はなぜ長野の山奥へ運ばれたのですか。また、なぜ、そこに隠されていると分かったのです」

「これは蛭川たちの調査員と分析官の成果によるものですが」

と猫田は、長野が当時、大がかりの土木工事を行っていて移送の手段と設備が整っていたこと。また、現在、来日中の原爆の技術者が、その地へ足を踏み入れていることをあげた。

それに対してまた鷺谷やほかの者から質問があり、猫田が答えるということが、幾たびとなく繰り返され、結局、鷺谷を交えての質疑も一時間以上におよんだ。

ようやく鷺谷たちも質問が尽きて、猫田も答えられることにはすべて答え尽くした。それでもどこか物足りない様子で、鷺谷は、

「今日のところは、これで結構でしょう。ただ、これは今までにない重大な問題なので、また呼び出しがあるかもしれません。その時はすぐに出頭してください」

猫田は少し困った顔で、

「じつは状況は切迫していまして、二、三日の内に長野の現場へ入ることになりそうです」

これには鷺谷たちもあわてた様子で、

「蛭川は米軍から原子爆弾を奪うつもりなのですか」

「そこまで考えているかどうかは分かりません。ただ、不発弾が本当にその場所にあるか、じっさいに現地へ行って確認することになりそうです」

鷺谷たち四人は顔を見合わせている。やがて鷺谷は、

「分かりました。では、蛭川の命令が出たら、それに従ってください。ただし、連絡だけは絶やさないように。こちらでも至急対策を練って、早急に対応を決めます」

猫田が帰ったあと、さすがに鷺谷たちもすぐには続けられず、三十分の休憩をとった。

仕切り直して席に着いても、しばらくの間、四人は口を開かなかった。疲れもさることながら、猫田のもたらした新情報に戸惑い、圧倒されていた。どこから話をはじめるべきか、考えがまとまらない様子だ。

それでもようやく鷺谷は、

「日本国内に原子爆弾があるという、このあまりにも重大な情報をどう扱うべきか、考えるにあたり、まず、猫田の話が正しいかどうか、判断しなければなりません。この点について、意見を聞かせてください」

三人は押し黙ったが、最初に鷺谷と目が合った森田が促され、口を開いた。

「これまでわれわれが猫田経由以外で入手した情報、すなわち、原子爆弾のアメリカ人技術者の来日、その技術者たちの長野への出張などは、今回の猫田の情報とすべて符合《ふごう》して矛盾がありません。以前、私は日本に原子爆弾が持ち込まれようとしているとの説を唱えましたが、あれはまだ不充分な情報の上に構築した仮説でした。今は前言を撤回し、原爆の不発弾が長野の山中に隠されているという猫田の情報を支持したいと思います」

鷺谷はベズウーホフに顔を向けた。ベズウーホフは迷いを振り切るように首を動かし、

「私も同志森田の意見に同意します。これまで知り得た情報を一つひとつ意味付けすると、どうあっ

ても、日本に原子爆弾が存在しないという結論にはならないようです」

鷺谷は最後に青柳に、

「あなたはどうですか」

と問うと、青柳はしばらく沈黙を続けたあと、

「私は猫田の管理者として、これまで猫田のもたらす情報を全面的に支持してまいりました。今回も猫田が入手した個々の情報については、その信憑性を疑っていません。しかしながら、原子爆弾が長野の山中に隠されているという結論については、われわれはもう少し慎重にその真贋《しんがん》を見きわめる必要があるかと思います」

「というと、同志青柳には何か気になる点がありましたか」

鷺谷が質すと、青柳は、

「一つひとつの情報に怪しいとまで言える点はありません。ただ、それらを重ね合わせて原子爆弾という図柄が浮かび上がってきたことに、一抹の不安を覚えます。アメリカが世界で唯一所持している超絶的新型爆弾が、われわれの組織を釣るためにぶら下げられた餌ではないかと危惧するのです」

これに対して森田が反論した。

「しかし、同志青柳は以前、同じように偽ドル紙幣印刷機の存在が疑われた際には、そのような懸念は示さなかったではありませんか。むしろ積極的に強攻策を唱えたかと記憶しています。それが今回、原子爆弾という、われわれの手に余る巨大な存在が明らかになろうとしている時にかぎって、腰が引けるのは敗北主義ではないでしょうか」

「そうではありません」青柳は鋭く反論した。「あまりにも駒がきれいに揃いすぎているので、罠と

いう可能性も排除せず、慎重にことを運ぶべきだと言っているのです」

にらみ合う青柳と森田に、ベズウーホフが横から、

「同志青柳が恐れる、アメリカの罠という可能性は低いのではないでしょうか。そもそも不発の原子爆弾の回収を行ったのは旧日本陸軍ですから、その時点でアメリカが介入する可能性はゼロです。もし、罠とすれば、終戦直後から現在までの間に、ひそかにアメリカ軍は日本で原子爆弾の回収を終えているはずですが、そのような情報はまったく聞いた覚えがありません」

「極秘裏に行われたのかもしれない」

青柳が言ったが、ベズウーホフは、

「そうであっても何らかの情報は漏れてくるはずです。例えば、今回のように」

「たしかにそうですね」ベズウーホフの意見に鷺谷が同意を示した。「アメリカがあえて日本で偽ドル騒ぎを起こしたのも、不発の原子爆弾の回収という大義があったとすれば、理解ができます。もちろん、同志青柳の懸念にも一理ありますから、慎重にことを運ばなければなりません。過去にGHQが大型の不発弾を回収した事実がないか、またはそれに類する兆候がなかったか、もう一度、資料を洗い直してみましょう。

しかし、同時に、長野の山奥に原子爆弾が保管されている前提の作戦も立案しておく必要がありま す。もし、万が一、原子爆弾を手に入れ、モスクワへ送ることに成功すれば、われわれは英雄としてその名を永遠に歴史に刻むことになるでしょう」

いつもは冷たくこわばって能面のような鷺谷の頬が紅潮している。重たい瞼《まぶた》にふさがれた瞳も輝いている。

世界の軍事バランスが、大きくその傾きを変えるかもしれない。その最大の功労者となるチャンスが目の前にある。そのことがようやく鷺谷の胸の中に染みてきた。

しかし、すでにGHQと蛭川の組織は動きはじめている。ことは一刻を争う。

鷺谷はおかっぱの頭に手をやり、気持ちを落ち着かせた。このような時にこそ、冷静にならねば。

「作戦実行の許可は書記からいただかねばなりませんが、その前にわれわれの手で具体案を練り上げておく必要があります。同志たちに何か案はありますか。いちばんよい案を書記へ報告します」

鷺谷は三人を競わせるように言った。

最初に口を開いたのは青柳だった。

「もし長野に原子爆弾が隠されているとしても、すでに米軍が厳重に管理下に置いているはずです。そこに軍隊組織を持たないわれわれが仕掛けるのは、現実的ではありません」

「では、何もせずに手をこまねいていろと言うのですか」

眠たげな鷺谷の目が底光りすると、

「そうではありません」青柳は早口に続けた。「まず、われわれが不発の原子爆弾の存在をつかんだことを、書記を通じて大々的に本国へ喧伝《けんでん》していただきます。そして国内においては、新聞、雑誌、ラジオなど報道機関内部のわれわれのシンパサイザーに、原子爆弾の存在を報じさせるのです。この事実が世間に暴露されれば、GHQ、日本政府ともに面目を失うばかりでなく、大混乱に陥るでしょう。また、国民の間に、GHQと政府へ対する不信感が高まるはずです。そうすれば、われわれの革命は実現へ向かって、一歩も二歩も前進するに間違いありません」

青柳の発言を受けて、ベズウーホフも、

「報道機関を利用するのは、よい考えだと思います。原爆騒動が起きてGHQの権威が失墜すれば、社会不安が広がり、われわれの運動にも追い風になるはずです」

青柳とベズウーホフの意見は手堅く現実的だった。成功の果実も小さくはないし、何より失敗の恐れがないのが強みだ。これに決めてもいい。

しかし、鷺谷の内部には、おのれを英雄として歴史に名を刻む炎が点っていた。その希望の光を求めて森田に、

「同志森田の意見はどうです」

と尋ねた。森田は黒縁の眼鏡の奥からうかがうように鷺谷を見やり、

「ただ報道機関を扇動するだけでは不充分でしょう。うわさだけで原爆の影も形も示せないのでは、まともな報道機関が取り合うはずもありません。ですので、もう少し積極的にわれわれは原子爆弾に関わりを持つべきです」

「というと」

のめり込むような鷺谷の問いに、森田は意を強くして、

「われわれには軍隊こそありませんが、人員三十名を数える高度な武装部隊があります。これを使って現地の長野山中へ偵察を行うべきだと思います。じっさいの原子爆弾の保管状況などを正しく知れば、報道機関へ流す情報もより具体的となります。さらに、もし米軍の管理が杜撰《ずさん》だったら、われわれの部隊がそれを奪う機会をつかめるかもしれません」

これに青柳が直ちに反論した。

「あまり、空想的な希望は持たないことです。不発の原子爆弾が長野山中に隠されているのなら、米

軍の警備はきわめて厳重なものに違いありません。現に猫田の情報によれば、地域の住民たちが移住をさせられているのです。わずか三十人の武装部隊につけ入る隙はないでしょう」

「たしかに原子爆弾をわれわれが奪うのは難しいかもしれない」森田は認めて、「しかし、米軍にゆだんがあれば、武装部隊をその保管庫へ忍び込ませ、またあるいは輸送の途中に、写真撮影をするのは決して不可能ではないはずです。もし日本に隠されている原子爆弾の実物の写真が公開されれば、世界的な大ニュースですし、当局へ与える打撃も、単なる風聞の報道にくらべて計り知れないほど大きなものとなりましょう」

これも原子爆弾強奪に比べると小ぢんまりとした計画だ。しかし、その分、実現性は高い。

現在、ソビエト連邦ではＮＫＶＤ（内務人民委員部）議長のラヴレンチー・ベリヤの監督下で、秘密都市に物理学者を集め、原子爆弾の開発を進めているという。しかし、まだ、核実験成功の報道はない。鷺谷たちの写真撮影が核開発にどれほど寄与《きよ》するかは分からないが、大きな話題になることだけは間違いない。

「武装部隊はどのくらいで集められますか」

鷺谷の問いに、森田は、

「現在、全国数カ所に分散していますが、三日以内で東京に集められます。人数分の三八式小銃と銃弾は小分けにして直接現地の協力者のもとへ送ります。現地に人員と武器が揃うのは最短で四日後です」

「それでは遅いですね」鷺谷は不満げに言った。「猫田たちは二、三日の内に現地へ入ると言っていました。われわれも遅くとも三日後には人員と武器を送り込まねばなりません」

「分かりました」森田は言った。「部隊は東京には寄らず、全員直接現地へ急行させましょう。三日後にはかならず人員と武器が揃うよう檄《げき》を飛ばします。また、権力組織内にいるわれわれの協力者を使って、先に現地の偵察も行わせます。これで猫田たちに多少の後《おく》れを取っても、巻き返すことが可能となります」

「では、その手配をすみやかにお願いします。おふたりも異存はありませんね」

鷺谷は、青柳とベズウーホフへ顔を向けた。ふたりとも何やらひと言、言いたげな顔をしていたが、結局、口を閉ざしたまま、鷺谷へ恭順のうなずきを返した。

「それでは、同志森田は今から部隊への連絡と支援をしてください。同志青柳と同志ベズウーホフには、過去のGHQの調査と、現地の状況の調査をお願いします。私はこれから急いで書記に情報を伝え、作戦開始の許可を取ります。書記のお考えはまだ分かりませんが、ゆっくり待っている猶予はありません。各々の役割をすぐにはじめてください」

九

河口代三郎は、佐々木武志の報告の途中から目を爛々《らんらん》と輝かせ、話をすべて聞き終えると、葉巻を持つ手を振り回しながら、

「おい、君はとんでもない物を探り当ててきたぞ。こりゃあ、えらいこっちゃ、えらいこっちゃ」

と唾を吐き散らした。

「米軍があの山奥に何を隠しているのか、心当たりがあるんですか」

佐々木は煙草に火をつけながら尋ねた。河口は興奮に鼻の穴を膨らませ、

「ああ、分かった。間違いない。君には想像がつかんかね」

「皆目つきませんね。で、何なんです」

「金塊だよ」

「金塊？」

「そう、終戦前、日本政府と軍部は戦争継続の資金として、国内外の金塊を帝都東京に集めた。しかし、無条件降伏が決まると金塊は、その用途を失った。そのままにしておけば、占領軍に没収されてしまうだろう。わが国民の血と汗の結晶が。そこで、政府か軍部の中枢部にいた何者かが、その金塊を国内のどこかへ移送し隠匿したのだ。

わしも終戦後しばらくしてそのうわさを聞きつけ、八方手を尽くして金塊の行方を捜したが発見できなかった。とっくに誰かがせしめていると思っていたが。……なるほどな。松代大本営からさほど遠くない山奥に隠してあったとは、理にかなっているし、とんだ盲点だったよ」

かつて終戦のどさくさに海軍の秘密資産の一部を懐に入れた河口は、二匹目のどじょうどころではない大魚の影をみとめて、目の色を変えた。

「その金塊の量はどれほどなんです」

「そりゃ途方もないほどさ。おそらく円に換算して、現在の国家予算規模くらいはあるだろう」

これにはさすがの佐々木も度肝を抜かれて、

「本当にそんな金塊が存在するんですか」

「大日本帝国の戦争資金なんだから、それくらいあって当然だろ。金塊だけでなく、ダイヤモンドも

あるかもしれん」

「たしかにそれなら、ＧＨＱが偽ドル騒動の弾幕を張り、小細工に躍起になったのも理解できますね」

　煙草を持つ手が思わず震えた。偽ドル印刷機を超えるお宝だとは思っていたが、これほどだとは。佐々木の立場では国家規模の財宝など想像もつかない。

　河口はしばらく黙って葉巻をくゆらせていたが、次第に顔の赤みが退いて、逆に蒼ざめてきた。何やら思い詰めている様子だ。やがて、河口は葉巻の先を灰皿で押しつぶすと、

「佐々木君、決断したぞ。わしは天下を取る。これは天がわしに与え給うた試練でもあり、僥倖《ぎょうこう》でもある」

「まさか、金塊を奪うつもりですか」

「何がまさかだ。奪って当然じゃないか。国家予算規模の金塊だぞ。黙って指を咥えてみているやつがあるか。この金塊があれば、わしは日本の陰の支配者になれる。総理大臣の指名も、組閣も、与党も野党もわしの思いのままだ。君だって望めば、国会議員や警視総監くらいには取り立ててやる」

「そりゃ大変結構な話ですが、どうやって金塊を手に入れるんです。お話しした通り、村の入口は米軍に封鎖されています。村の中や金塊の隠し場所には、さらに多くの警備が配置されているに違いありませんよ」

「たしかにそこは問題だが」河口は腕を組み、頬を膨らませ、「解決策はある。そもそも、金塊の存在は日本政府もＧＨＱも認めていないからな。大々的な警備は難しいはずだ。偽ドル騒動など起こして、かく乱しようとしているのがその証拠だ。とすると、警戒はしているだろうが、それほど大人数

の重武装ではない可能性も高い。

今、わしの元には二百人を超える手勢がいる。ただ、大半はごろつきのチンピラだ。こんなもんに大事な仕事は任せられん。まあ、使えるのは三十人がいいところだろう。しかし、この三十人は選《よ》りすぐりの兵隊たちだ。この三十人に武器を与えて、村へ潜入させ、金塊を強奪させようと思う。公にできない財宝だから、盗み出してしまえば、表だって大がかりな捜索はむずかしい。犯人探しは難航するだろう。その間にわしはその金塊を使い、政府を牛耳《ぎゅうじ》り、ＧＨＱにも太いパイプを築く。金塊強奪の黒幕が薄々分かるころには、わしはもう誰の手も届かない高みにのぼりつめているという寸法だ」

河口には誇大妄想《こだいもうそう》の気があるようだ。しかし、佐々木も河口の話を聞くうちに、不思議と気持ちが高揚してきた。

どうせ敗戦で一度お釈迦《しゃか》になった人生。一か八かの賭けに乗ってみるのも悪くない。

「たしかに面白そうですね。私も協力しますよ」

「そうか、やってくれるか」河口は相好をくずし、「だったら、とんぼ返りで悪いが、今からすぐ現地に戻って、斥候《せっこう》の役を果たしてくれんか。わしの方は兵隊を仕立てて三日後に合流する」

「分かりました。先生の協力者の甥っ子が現地の地理に詳しかったので、また案内をさせて今度は米軍の目が届かない裏道から、村へ潜入してみましょう」

十

榊原俊之の異変に最初に気づいたのは妻の光代であった。はじめのころは疲れのために、神経が過敏になっているのかと思った。それがだんだん度を超えてきた。

室内外のちょっとした物音や来訪者の気配などに、小動物のような身の動きで反応する。朝、牛乳配達の音で布団から飛び起きたりもする。始終、目と耳をそばだてて、何かに怯《おび》えている様子が尋常でない。

「どうなさったの」

光代が尋ねても、

「何でもない」

と言葉少なに答え、書斎に籠ってしまう。

今日も大学から帰ってくると榊原は玄関に立ったまま、迎えに出た光代に、

「ちょっと、表の通りを見てきてくれないか」

と血走った目を向けた。

「まあ、またですか」

このところ、外出から戻る度に、誰かにつけられているとか、家の周りに怪しい人影を見たなどと言って、光代に確認を求めるのだった。光代はサンダルをつっかけて玄関の戸を開け、表門まで見に行った。

家の前の通りには街灯が点り、日が落ちたあとも比較的明るく、人が隠れるような暗がりもない。今日も何も異変はないと、家へ戻りかけた時、三軒向こうの生垣の角に、身体半分ほどはみ出している黒影が目にとまった。振り返って見直すと、影はさっと生垣の陰に引っ込んだ。

光代が生垣の角に走り寄ると、遠ざかる足音が響いた。確認はできなかったが、誰かがいたのは間違いない。あながち榊原の心配も、妄想で片付けてしまうわけにはいかないようだ。

「どうだった」

家に戻ると、榊原が鞄を胸にかかえたまま尋ねてきた。

「水越さんの生垣の角に誰かいたみたいでしたけど、行ってみたら逃げられてしまいましたわ。警察に知らせましょうか」

榊原は狼狽《ろうばい》ぎみに顔を激しく振って、

「いや、警察に知らせたところで、ただ家の周りに人がいたってだけじゃ、取り合ってくれんだろう。しっかり、戸締りをしておきなさい」

と言うと逃げるように書斎に籠ってしまった。

無言で卓に着いた夕食のおり、榊原はふと箸を置いて、

「もしかすると、近いうちに何か大変なことが起こるかもしれない。もし、私の身に何かあった時は、垣内の兄を頼りなさい」

と、とつぜん言い出すと、顔を曇らせ深いため息をもらした。

「何かあるって、なんです。さっきの人影と関係ありますの」

光代が質すと、榊原は憂慮に堪えないといった表情で、

「世間を震撼《しんかん》させる大変なことが起こるかもしれない。私に何があっても、おまえには迷惑がかからないようにする」

「まあ、そんな深刻な顔をなさって、本当になんですの。はっきりとおっしゃってくださいな。私も心配ですわ」

「まだ言えない」榊原は茶をひと口飲んで、「いずれにせよ、そう長いことではあるまい。ここ数日のうちに動きがあるだろう」

「嫌ですわ、そんな思わせぶりなことおっしゃって。私のことは心配なさらずに。翻訳でも何でもして食べていけます」

光代は語学に堪能で、榊原の研究室で助手をしていたこともある。社会学や経済学にも通じた才媛であった。

「そうだな」榊原は力なく笑って、「もし、私が死んだら、また大学に戻るのもいいかもしれんな」

第八章　戦闘

一

鬱蒼《うつそう》たる密林も険しい山道も、台湾で経験しているが、この道なき道を進む苦行は、はるかにそれを超えている。胸の辺りまで覆う笹の茂みを漕ぎながら、急斜面を登って行くと、途中、木の根や岩や窪《くぼ》みに足を取られ、とつぜん転倒する。笹が緩衝になり地面に叩きつけられることこそないが、繰り返していたら顔中切傷だらけになった。滴《したた》る汗と血が目に染みて視界を曇らせる。まだ、午後三時にもなっていないのだが、雑木が空を覆って辺りは薄暗い。方向感覚も完全に失っている。

「まだ、これ、続くのか」

古池幸之助は息をあえがせて尋ねた。もう二時間も休みなく藪《やぶ》を漕ぎ続け、山中をさまよっている。さすがに休憩をとらなければ、四十半ばの明治男には辛い。

「あと、五十メートルほどで山頂です。藪も抜けるはずですから、そこで休みましょう」

木村民雄が地図を確認しながら言う。

その五十メートルがきついのだ。古池は歯を食いしばりながら、木村の背中を追いかける。

結局、最後の五十メートルの踏破に一時間近く費やした。古池は山頂の少し開けた地面に倒れ込むように腰を下ろすと、水筒の水をむさぼり飲んで、飲み尽くしてしまった。この先、小川か湧水《わきみず》でも見つけないと、まずいことになるかもしれないが、目の前の渇きには勝てなかった。軍靴を脱いで、足を揉んでいると、ようやく人心地がついた。

　山頂からあらためて辺りを見渡すと、遠く人家のかすむ平地はずいぶん先だ。低い山をまだひとつふたつ越えなければならない。

「しかし、こんな山の中に、本当に隼たちがやって来るのか」

　古池がうんざりとした声をあげると、

「ええ、きっと来ますよ」

　広げた地図に見入っていた木村は、やけに断定口調で言った。

　課長と係長に睨まれ、古池が動きの取れない間、木村が隼たちのアジトに張り付いて行動を監視した。隼やその仲間たちは、長距離列車に乗ってずいぶんと遠方へも足を運んでいる様子だったが、行き先までは突き止められなかった。

　突破口を開いたのは、偶然にも古池の同僚が暴行の現行犯で捕まえた、河口代三郎の事務所に出入りしているチンピラの証言だった。

　肩が触れたと因縁をつけて通行人を半殺しにしたチンピラは、事務所に缶詰になり、慣れない作業を長時間させられて、むしゃくしゃしていたという。

「何をしていたんだ」

「地図あわせですよ、旦那」

「地図あわせ？　何だそりゃ」

チンピラの証言から、河口が、ある地形の場所を地図の中から探していることが分かった。

「で、河口が探している場所はどこなんだ」

「いや、おれはそこまでは分からない。おれの見た地図には、その場所はなかった」

とりあえず、チンピラはあてがわれた分を調べ終わるとお役御免となったようで、河口の事務所ではまだ場所探しが続いているらしい。チンピラの証言から、その調査を取り仕切っているのが佐々木武志という元特高警察の刑事であることも分かった。

チンピラは逮捕されたその日のうちに送検され、暴行致傷事件として警察では、それ以上の追及はしなかった。敗戦後の混乱はまだ続いており、凶悪事件が毎日襲いかかるように頻発していて、警察も事件化していない謎を追う余裕などなかったのである。

しかし、古池は同僚から情報を得ると、すぐに木村に報せ、佐々木武志を尾行して、狙いを確認するよう指示した。

木村は佐々木に張り付き、佐々木が長野の山奥に行ったこと、また、その土地が現在、米軍によって封鎖されていることをたちまち探り出した。

東京に戻った木村は、長野のあの一帯に隼や河口たちが目的とする何かがあると報告し、もう一度現地で詳しく調査したいと申し出た。そこで古池も日曜の休みを利用して、木村とともにこの長野の山奥深く分け入ったのだった。

「そろそろ、行きますか」

木村が立ち上がって促す。

この分だととても今日中に東京へ戻るのは不可能だ。明日は無断欠勤だなと、ぼんやり考えながら古池は軍靴を履いて立ち上がり、尻に付いた枯葉を払った。

まだ、先は長い。これからは北西向きの斜面に変わり深い藪が途切れ、下りが続くのがせめてもの救いだ。

ここまで米軍の兵隊とは出くわしていない。軍が閉鎖している個所を避けて、草深い山中を辿っているので不思議ではないが、木村はよく道を調べている。歩きながら、そう古池がほめると、

「地元の人間の協力で、獣道《けものみち》を地図にしてもらったんですよ。地元民はみんなここから追い出されていますので、これを辿って行くかぎり、まず、人に出くわすことはないですよ」

「そうか」古池は拾った太めの長い枝を杖《つえ》にして、斜面に足を這わせ、慎重に降りながら、「しかし、おまえ、いつ、そんなものを手に入れた。佐々木を追って東京へ帰り、おれといっしょにこっちへ戻ったんだろう。地元のやつらからそんな地図を手に入れる暇がよくあったな」

木村は靴の紐《ひも》がほどけたようで、屈み込んで直している。古池はそれを横から追いぬいて先に進む。

「それとも何か。たまたま駅とかで――」

とつぜん、背後からの強い衝撃を受け、古池は斜面に突き落とされた。下草の少なさがあだとなり、古池の身体は勢いよく転がった。天地がめまぐるしく反転し、頭、肩、腰をしたたか打つ。太い樹木に背中から激突し、ようやく転落は止まったが、息も止まった。

落ち葉を踏みしめる足音が急速に近づいてくる。

四つん這いの姿勢になって、何とか息を吸い、

「木村、気をつけろ。誰か――」

警告を発したところで、ふたたび背中に強い衝撃。今度は固い棒で叩かれたようだ。ふたたび息が

止まる。古池は地べたに転がり、両腕をあげて頭をかばった。するとがら空きになった腹を蹴りあげられる。

しばらく悶絶《もんぜつ》し、おそるおそる腕をずらして視界を得ると、目の前に黒い影が立ちはだかっていた。見上げると、たちまち棒が振り下ろされた。肩に激痛を覚えながら、凶器は先ほどまで自分が杖にしていた木の枝だと悟った。古池は歯を食いしばりながら、

「……木村、おまえ、何で」

「池さんの役割はここまでです。あとはおれたちがやりますんで」

「おまえ、何を言っているんだ。おまえの面倒をさんざん――」

また、腹に蹴りが一発、二発。古池は陸に打ち上げられた魚のように痙攣《けいれん》する。

「すみません。池さんには感謝してます。でも、革命による世界平和のためには、個人のちっぽけな恩義や貸し借りにこだわってちゃいけないんです。おれ、革命の力でこの日本を変えてみせますよ。池さん、どうか安心してあの世で見守っててください」

腹を押さえてうめき声をあげる古池の脳天に、木村のふるう凶器が直撃した。さらに二度、三度――、

「すみません、本当に、すみません、池さん、ごめんなさい」

腰の引けた声とは裏腹な、情け容赦ない木村の攻撃にみまわれ、古池の意識は遠ざかる。

「おい何やっている」

横合いから新たに声が飛び、争う気配が伝わってきたが、その時にはもう、古池はそれを感知する能力を失っていた。

二

異変に気づいた山原が駆け寄り、若い男から凶器の木の枝を取り上げて、うつぶせにして地面に押さえ込んだ。それでもしばらく、男は激しく抵抗していたが、唱子に肩の上に乗られて身動きができない間に、山原が後ろ手に縛りあげると、ようやく観念したのか、おとなしくなった。

「こんな山奥で、何をしていたんだ」

山原は糾《ただ》し、若い男の返答がないので、地面に横たわるもうひとりの方へ近づいた。

「こりゃ、ひどいな、血だらけだよ。あれ、これ、カビひげのおやじじゃないか。——おまえ、こいつが誰だか知ってて襲ったのか、刑事だぞ」

若い男はふてくされたように横を向いて返事をしない。

唱子は古池の顔をのぞき込み、

「やだ、この人、死んでいるの」

「まだ息はあるな。しぶといやつだ」

山原は若い男の前にしゃがみ込み、衣服をあさって警察手帳を発見した。

「何だ、おまえも警官か。木村民雄、おれたちを追ってここまで来て、仲間割れでもしたのか」

質問を浴びても、いぜん木村は口を堅く結び、答えない。

山原と唱子は立ち上がった。

「どうする、この人たち」

「しばらくこのままにしておくしかないな。まあ、今の陽気ならひと晩ふた晩、ほっておいても凍え死にゃしないだろう」

「逃げられて通報されてもまずいわ」

「こいつらが公務でこんな所まで来たとは思えん。何か企んでるに違いない。訴え出る心配はないさ」

とは言いながらも山原は、木村をさらに厳重に縛り上げた。

「さあ、急いで山を降りるぞ。明るいうちに森を抜けないと」

山原は唱子をうながし、古池と木村が横たわる山の斜面をあとにした。


山原と唱子が山を降り、森のはずれまでたどり着いたのは午後四時半、日はすでに山々の向こうに沈みかけていた。森から望む村の風景にとくに変わった点はないが、当然ながら村人の姿はない。米兵も村の中には入り込んでいないようだ。

それでも用心をして日が暮れるまでは、森の中にひそんでいた。

「そろそろ行くぞ」

山原がうながすと、唱子は、

「誰もいないでしょうね。戦中だってこんな格好したことないのに、見られたら恥ずかしいわ」

接《つ》ぎのあたったモンペに地下足袋《じかたび》という装束を気にしながら、森から足を踏み出す。

「観点がずれているんだよ。どこに米兵がひそんでいるか分からんから、気をつけろよ。もし見つかったら、山菜採りに来て道に迷ったって言えよ」

山原と唱子は村の中心には向かわず、森沿いに大きく迂回しながら、村の反対側の山の方角へ進む。ちょうど漢字の山の字のように、大小三つの山がそびえる真ん中の山腹に、陸軍が掘った武器庫があるはずだ。

武器庫周辺の様子を確認したあと、村への入口の手前で待機している隼たちに合流することになっていた。山原と唱子は先行の偵察隊だ。

日暮れ後に、米兵が厳重に警戒しているはずの区域へ、不用意に近づくのは危険だ。今夜は村はずれにある農具小屋に身をひそめて、明日、早朝ここを発つ。

握り飯の食事をとったあと、農具小屋の中の地べたに背嚢《はいのう》を枕に並んで横たわった。

「ふたりきりだからって、おかしな真似するなよな」

「それは、こっちの科白でしょ」

唱子は山原に背を向ける。

しばらく沈黙が続いたあと、

「隼さんから、言うなって言われているんだけど」唱子は切り出した。「中村中尉は南方で戦死していたのよ。戦没者の書類の中に名前があった」

「……ふーん」

「あれ、隼さんから聞いてた？」

「いや、聞いていない」

「でも、ぜんぜん驚かないのね。じゃ、同じ上官の宇田川少佐も戦死していたって話はどう」

「隊長から言うなって言われたんだろ。おしゃべりな女だな」

「あ、やっぱり、これも知っていたんだ。あたしだけが何も知らされてない」

「前にも言っただろ。おれも、全部知らされているわけじゃない」

「でも、あたしは何ひとつ知らない。中村中尉が戦死していたって、どういうこと？　この事件のそもそもの発端になった人じゃない。それが最初から存在していなかったら、いったい、あたしたち、何を追っかけていたのよ」

「幽霊、って言いたいのか。もう寝ろよ。今日は半日、山の中を歩き回って、明日は夜明け前にここを発つんだ。余計なことを考えないで、身体を休めろ」

「ええ、寝ますよ、もう聞きません。どうせ、何も教えてくれないんだから」

と唱子が言ったあと、気詰まりな沈黙が闇を包み、やがて、山原がぽつりと、

「もうすぐだ。もうすぐ、すべてが終わる。そうすりゃ、おれの知っていることは全部話してやるさ」

つぶやくようにささやいた。唱子は背を向けたまま、何の反応も返さなかった。


山原と唱子は夜明け前の暗がりの中、乾パンの朝食をとったあと、農具小屋を発った。すぐに森の中に身を隠し、薄明がさしはじめるまでそこで待った。武器庫周辺には罠が仕掛けられているかもしれない。真っ暗な中で接近するのは危険だった。

山原が先頭に立ち、山道沿いの茂みを進む。村から山裾の緩やかな登り道が続く先に、監視小屋があり、その前に三台のジープが停まっていた。

道はきれいにならされ、米軍によって拡張もされたようだ。監視小屋前には踏切にあるような遮断

機が下り、さらに一台のジープを横付けして、その先への進行を阻《はば》んでいた。早朝のためか、今は監視の兵がふたり見えるだけだが、小屋の規模とジープの台数からして、十人以上の兵で警固していることは間違いない。

山原と唱子は監視体制を確認すると、道からさらに遠ざかり、森の中を迂回し、途中、米軍が仕掛けたとおぼしい鳴子の縄をかいくぐり、山へ近づいた。地元の人間が熊の森と呼ぶ深い森が山裾に広がっている。

ところが、その深い森がとつぜん途切れ、ひらけた土地と、山肌が露出した向かいの山の斜面があらわれた。

切り拓《ひら》かれたばかりの赤土の広場には、中型のトラックが三台、ジープが十台、それとブルドーザーが四台、おもちゃをぶちまけたように、不規則に散らばっていた。広場の北側の隅には伐採された樹木が乱雑に寄せ集められている。その反対の南側の山の麓《ふもと》近くに、プレハブの兵舎と見張り台の鉄塔が建っている。

山の斜面にはトンネルの入口のようにコンクリートで固められた部分があって、その中心の少し奥まったところが、黒鉄色の厳《いか》つい扉になっている。近くに停まったジープとの比で、かなり巨大な扉だと分かる。

「あれが武器庫ね」

森の中の茂みから、必要な視界分だけ葉をどかし、唱子が言った。

「警固の兵隊は八十人ってところだな」

兵舎の規模と乗り物の数から、山原が割り出す。

「戦車がないわ」

「村までの道が貧弱だから、入ってこられないんだ。だが、アメ公のことだから、あと数日もすりゃ道を補強して、M4中戦車を運び込んでくるだろう」

見張り台の視界と進入路の位置、武器庫の造りを見取り、今後、造られるであろう塀や障害物などの予測も立てる。頭の中に全体図を描きあげると、

「よし、引きあげよう」

山原は言った。

ふたりは来た道をたどり、村の反対側の山地を目指した。すでに日がのぼっているので、村を通過するのは危険だ。遠回りになったが、大きく迂回路を取った。歩きなれてきたためか、さほど時間のロスにはならない。途中、湧水を見つけ、手ですくって飲み、水筒にも詰めた。

正午ごろに、昨日、古池と木村を置き去りにした山の斜面に近づいた。

「ふたりとも死んでたら、寝覚めが悪いわね」

「それは大丈夫だろ。むしろ、木村が拘束を解いているかもしれないから、用心して近づこう」

なるべく音をたてないように気をつけながら、斜面を登った。しかし、見当の地点に着いても古池と木村の姿がない。

「おかしいな」

山原が首をかしげながら辺りを見回した。

「本当にここなの。場所、間違ったんじゃない」

「いや、間違いない」山原は腰をかがめ、地面を観察し、「足跡が残っているし、ほら、ここの落ち

葉には血痕がある。カビひげがここに倒れていたんだ」

「じゃあ、息を吹き返して逃げたのかしら」

「それなら自分を殺そうとした木村をどうしたんだ。まさか拘束を解いて一緒に逃げることはないだろう」

「古池が逃げたあと、木村が自力で拘束を解いて、あとを追いかけたんじゃないかしら」

「なるほど、それはあるかもな」

乾パンの昼食をとったあと、しばらくその場で休み、山原と唱子は出発した。

山を越えると深い茂みに入った。昨日よりはずっと歩きやすくなっている。昨日とは方角が逆で下りになったこともあるが、踏み分けられて道ができている。昨日の跡ではない。所々折れた木の枝がまだみずみずしい。つい先ほど人が通ったばかりのようだ。

「気をつけろ。近くにカビひげか木村がいるかもしれない」

山原が警告を発したが、樹木と茂みにさえぎられ視界はきかないうえ、笹の葉がはびこっているため、移動の音は隠しようもない。ゆっくり数歩進んで止まり、また進むという動きを繰り返した。それからしばらくじっと動かず立ち止まったあと、ふたたび歩を進めようとすると、

（まて）

山原が身振りで唱子を制した。

前方から茂みをかき分ける音が近づく。山原は唱子の手を取り、そっと後ずさる。すると後方からも笹の葉を揺らす音が迫ってくる。思わず足を止めると、さらには右手となる南西側の山の斜面からも草木を踏み分ける足音が響いた。囲まれようとしている。

（こっちだ）

山原が唱子の手を引いて左手側の茂みに分け入った。笹の葉が地面を覆い、見通しのきかない急斜面になるが、今はともかく包囲網から逃れることが先決だ。

ふたりが走り出すと、周囲も気配を消す努力をかなぐり捨て、いっせいに荒々しい音を蹴立てて迫ってくる。

駆り立てられる獣のように、山原と唱子は斜面を斜めに降った。苔《こけ》むした岩の露頭に足を滑らせ、クヌギの枝に頰を張られながらも、ひるまず走った。手負いの獣のように、ただひたすら走った。思えば後方から追いたててくる者たちが、大げさなほどの音を響かせていたのも、狩りの手法そのものだった。

先を行く山原の姿がとつぜん消えた。そのすぐあと、唱子の踏んだ地面がたよりなく底へ沈んだ。唱子は草に覆われた穴に転落した。

穴はそれほど深くなかったが、衝撃で一瞬身動きができなくなった。

「どいてくれ」

先に落ちた山原が唱子の下になっている。唱子は身体をずらし、ふたりは互いに支え合いながら立ち上がる。立つと頭が穴から出た。

追手の気配が近づく。もう走ってはいない。獲物が罠にかかったと知っているのだ。

穴の周りに三人の人影が立った。ひとりが穴を見下ろし、

「ありゃ、今度は女までいやがる。やっぱり、これは何かあるに違いないぞ」

「ともかく、こいつらを穴から出さなければ。基地まで連れて戻りましょう」

「分かった、手を貸せ」

口々に言葉を交わす男たちを見上げ、山原と唱子は声を失っていた。

何か異次元に迷い込んだような気さえした。男たちはみな、鉄帽に軍服、ゲートルに軍靴という出《い》で立《た》ちで、手には銃剣を装着した三八式歩兵銃を携えている。日本陸軍の兵隊たちだ。

「何なんだ、これは」

山原がつぶやいた。

三

山原と唱子は、三人の日本兵に引き立てられ、山のさらに奥深くへ向かった。ふたりとも拘束はされていないが、前後に三八式歩兵銃の筒先が黒光りしているので、刃向かうことはもとより、逃亡の気力もわかない。

兵たちは三人とも山原よりも若い二十代で厳しい訓練もされているらしく、険しい道なき道を軽々と進んでいく。むやみに威圧的ではないが、しっかり山原たちの動きもとらえていて隙がない。階級章を見るとふたりが上等兵で、ひとりが二等兵であった。

兵たちが進む方角は、山原が頭に入れている周辺地図のもっとも山深い地域にあたる。

草むらを抜け、いっそう樹木の枝葉が茂る個所に近づいた。間近に見るとそれは生えているというより、押し込まれているように密生していた。事実、兵たちは樹木の幹を手に取り、どかしはじめた。すると、奥にぽっかりと黒い闇がのぞいていた。そこは草木をかぶせて偽装したトンネルの入口だった。

山原と唱子は兵たちに促され、トンネルを進んだ。中央に山原がまっすぐ立って頭が当たらないくらいの高さで、人がすれちがえるくらいの幅があるから、縦横一・八メートル、一・〇メートルほどだろう。入口に入ると出口が先に白く光って見える。全長三十メートルといったところか。

トンネルを抜けると、周囲を山に囲まれたごく小さな盆地が開けていた。二百メートル四方くらいだろう。小中学校がすっぽり入るくらいの広さだ。周囲はコンクリートの塀で囲まれている。

門を入ると真ん中に兵舎らしき木造の大きな小屋があり、その背後にやはり木造の倉庫、門の脇にはおそらく馬小屋と思われる、屋根と柵の囲いのある建物があった。ただし、そこに馬はおらず、仕切られた区画に、それぞれ、古池幸之助、木村民雄、それと見知らぬ男が入れられていた。三人は片足を鎖でつながれ、そのうち古池は頭に包帯を巻いて横たわっていた。木村は地べたに座り込み、見知らぬ男は柵に寄りかかって木村たちの方をうかがっていた。柵の前には見張りの兵がひとり、三八式歩兵銃を掲げて立っている。

山原と唱子はその捕虜収容所のような小屋の前を通り、中央の兵舎へ入り、中の一室に通された。そこは窓もない小部屋で、天井の中央に電球が点り、その真下にあるテーブルを黄色く照らしている。山原と唱子は部屋の奥側に二脚並んだ椅子に座るよう命じられた。

三人の兵のうち、ふたりはそこで退室し、それから十五分ほどして、新たにひとり三十代とおぼしき男が入室し、テーブルを挟んで山原たちの正面の椅子に腰を下ろした。軍服の階級章は軍曹である。

「おまえたちは何の目的で山に入った」

「山菜を採りに来たんですよ」

山原が答えた。

「では、なぜ、逃げようとした」

「何か分からないけど、追っかけて来たからです。熊でも出たかと思って」

「山菜採りのわりには、採った山菜がまったくない。それにあんなに山奥へ入るのもおかしい」

「逃げる時、落としちまったんです。あそこにいたのは、道に迷ったからです」

「信じられんな。このところ、米軍が近くまで進出してきて、さらにおかしな連中も入り込んできた。おまえたちはそのうちの、どの仲間だ」

「ですから、あたしらは梶中村のもんで、道に迷っただけですって」

「あくまで白を切るなら、あまりやりたくはないが、拷問という手段もわれわれは排除しない。さっきここへ来るときに見ただろう。あの男たちは、あっさりと吐いたよ。だから、おまえたちも痛い目を見る前に、素直に話しなさい」

軍曹は凄みをきかせて言った。

本当に古池と木村がすべてを吐いていたら、山原と唱子の正体も露見しているはずだ。軍曹は知った上で素知らぬふりで、確認のため、山原たちを追及しているのか。それとも、古池たちが吐いたというのは嘘《うそ》で、鎌をかけているのか。

唱子が横で心配そうな視線を山原に送る。

山原は慎重に考えをめぐらす。この日本兵たちを味方にできれば、心強い戦力になる。しかし、どうやって。山原たちの目的を打ち明けるか。いや、それを山原単独でするわけにはいかない。隼の判断が必要だ。

「どうした。悩んでいるくらいなら、吐いた方が楽になるぞ」

軍曹は促す。山原は応えない。すると、軍曹は入口に立っていた兵に、

「村崎二等兵、少尉をお呼びしろ」

と命じた。兵は敬礼をして出て行った。

「私と違い、黒部《くろべ》少尉はきびしいぞ。覚悟して尋問を受けるんだな」

軍曹は言った。

ほどなくして、ドアが開き、黒部少尉が入ってきた。年齢は四十代後半。この年齢で少尉なら、下士官から少尉候補試験を受けて昇進したのだろうか。いかにも叩き上げらしい、褐色の肌で精悍《せいかん》な顔つきの男だ。

「またスパイが捕まったらしいな」

黒部少尉は軍曹からの敬礼を返しながら、そう言うと、先ほどまで軍曹が座っていた椅子に腰を下ろした。そして山原から唱子へと視線を動かすと、とつぜん、目を見開き、身体をのけぞらせて、

「あ、あんたは、桜井志津江じゃないか」

と叫んだ。

四

東端にある食堂は、兵舎の中でいちばん広い場所で、講堂や作戦室に変わることもあるという。今はそこに並べられたテーブルに、現在見張りについている四人と、山原の道案内について行ったひと

りを除く、この基地の総勢十五人が顔をそろえている。

隼と猫田と山原が、案内役とともに食堂へ入ると、全員が起立して敬礼した。そして、黒部少尉が一歩前へ進み、

「よくお越しくださいました。では、こちらの席へ」

と、すでに唱子が歓待を受けていた上座の将校席へ、隼たちをいざなった。

「隼大尉殿、詳しい話はまだ存じませんが、不肖、黒部重蔵《じゆうぞう》以下、二十名は、みな、大尉殿の指揮の下、大日本帝国のために粉骨砕身《ふんこつさいしん》することを誓いますぞ」

黒部は身を乗り出すようにして言った。

隼は、十五名の兵の顔をひとりずつ確認したあと、全員に着席を命じ、黒部へ大内宗介からの命令書を手渡した。

「では、まず、君たちの部隊について説明してくれ。あわせて、現在の状況も手短に」

「はっ、われわれは昭和二十年八月十五日、所属していた松本の連隊を脱し、栗本《くりもと》少佐の指揮の下、総勢二十名がこの基地内へ身を隠しました」

日本の降伏に納得しない小部隊がこもったのは、軍部がひそかに設営しかけて、そのまま放置されたゲリラ戦用の演習所跡だった。兵舎や倉庫はほぼ完成しており、武器、弾薬、燃料などは元からある物に加え、栗本たちが脱走する際、連隊から略奪した物資を持ち込んだ。

おそらく日本各地で同様の部隊が数多く存在するはずだ、との予測のもと、いつか起こるに違いない日本軍の大反攻の日を夢見て、苦しい山奥の生活に耐え、演習を続けてきた。昭和二十一年の冬、栗本少佐が肺炎をこじらせて死去すると、黒部少尉が部隊を率いることになった。

自前の農園を開墾し、馬や鶏を飼い、時々、近隣の村に出没し、必要な物資を徴発した。また、うわさを聞きつけ、志願してきた人間をきびしい審査の上でひとり兵士として採用した。地元右翼の大物、村崎龍治の甥で、村崎浩一という二十歳の若者であった。この村崎が外界との連絡係となり、以来、物資の供給や外界の情報などが比較的容易になった。

しかし、外界の事情が明らかになるにつれ、日本の占領下政策が大規模な抵抗もなく進んでいることも分かり、各地で同様の武装抵抗組織が多数存在するものと信じていた黒部たちの鉄の意志も揺らいできた。

そして、最近になって米軍が村へ侵攻、占拠した。当初は自分たちの存在が露見し、掃討に来たのかと思ったが、どうも様子が違う。かつて武器庫として造られた施設の辺りを厳重に固めているようだ。

さらに村崎龍治の師匠格の河口代三郎が調査員を送り込んできた。佐々木武志という元特高警察の刑事は、武器庫に何か途方もない価値ある物が隠されているらしいことを探り出して、いったん、東京へ戻った。

村崎の甥の浩一は、金に汚く腐敗した伯父を軽蔑し、志願して黒部たちの組織へ身を投じた青年である。ふたたび舞い戻ってきた佐々木武志の案内をするふりをして道に迷わせ、基地の兵に拘束させ、ここへ連れてきて監禁した。黒部たちの尋問により、武器庫には大量の金塊が眠っていると期待されていることが分かった。また、その金塊を強奪するため、河口が精鋭三十名を率いてこの地へ乗り込んでくることとも。

警戒を強化し、周辺の偵察を行っていた黒部の兵たちは、昨日、山中で倒れていた古池と木村も拘引し、取り調べを行った。古池と木村がともに警視庁の刑事であり、隼たちの行動を探っているうちに、この地へたどり着いたこと、また、木村が刑事でありながら、共産組織の構成員であることも分かった。さらには、あの武器庫には原子爆弾が隠されていて、その存在を世間に知らしめるため、共産組織の精鋭三十名が村の外で身を隠して待機していることも。

黒部少尉は慷慨《こうがい》の口調で、

「右翼の大物や特高警察の元刑事が欲に目をくらませ、金塊欲しさに私兵を動かし、片や警察官がアカに染まって国家転覆を目論《もくろ》んでいる。どうもこの日本は大変なことになっているようですな。そんな危機感を募《つの》らせていた折もおり、山原少尉とこちらの桜井殿から、隼大尉殿が日本国政府の依頼を受け、かの武器庫の調査に当たっていると聞きおよび、ぜひ、われわれもお力になりたいと思った次第であります」

と言うと背筋を伸ばした。

黒部が山原の話を信じ道案内をつけて、隼の元へ送り返したのは、唱子の存在が大きい。黒部は女優時代の唱子、つまり桜井志津江の大ファンだったのだ。その憧れの女優の勧めに、一も二もなく応じて、隼の迎え入れを決めた。見かけは硬派で物堅い印象の黒部だが、かなりミーハーな一面もあるようだ。

ここまで来る途中、山原から話を聞いていた隼は、

「では、われわれの狙いが武器庫に隠された原子爆弾だと知った上で、協力を申し出るのだな」

と念を押した。

「はい、そのような物がわれらの基地近くにあったとは、うかつにも気づきませんでしたが、ご命令

とあらば、原子爆弾奪還にも総力をあげて臨みます」

「それはずいぶんと頼もしいが、まずは、君たちの部隊の装備を知りたい。作戦はそれを見た上で決めよう」

「では、さっそく、武器倉庫へご案内します」

と黒部は立ち上がった。

武器倉庫は兵舎の裏にあり、かなり大きな建物だ。この建物いっぱいに武器が保管されているなら、相当なものだが、じっさいに目にしてみなければ判断できない。

黒部は厳重に施錠された武器倉庫のドアを開けて明かりを点し、隼たちを中に招き入れた。

まず目に飛び込んできたのが、三両の戦車だった。いずれも日本陸軍の九五式軽戦車である。草色、土色、枯草色の三色で迷彩が施されている。各車の号数が分かるように、砲塔部分にそれぞれ一から三までの数が白字で記されていた。古い型ではあるが、錆《さび》などは浮いておらず、外見を見る限り、手入れはされているようだ。

もっとも、九五式軽戦車は終戦時にはすでに旧式になっていた戦車で、米軍の主力のM４中戦車などには全く歯が立たない。

「九五式か……。せめて九七式か、できれば三式中戦車が欲しかったな」

山原がフェンダーのハッチを叩きながらもらすと、

「われわれもそれを望んだのですが、この基地までの道路状態を考えると、これが精いっぱいだったのです」

と軍曹が言った。九五式は重量六・七トン、九七式は十四・八トン、三式は十八・八トンである。

通る道も橋も当然重い方が制約は大きい。

隼は一台一台、近づいてみながら、

「山原の偵察では、まだ、米軍もM4を運んで来られないようだから、とりあえずはこれで充分な戦力だろう。三台ともちゃんと動けばだが」

「ええ……、それが」黒部は言いにくそうに「一台は問題なく動きますが、一台はエンジンの調子が思わしくなく、登坂など高負荷の走行に不安があります。もう一台はエンジンがやられていて、はかの二台の整備のためにストックしています」

「てことはだ」山原が言った。「一台は部品取り用、一台は基地の防衛用、出撃可能は一台だけってことか」

主砲の三十七ミリ砲の砲弾の在庫は三十発だという。

車輛は他に一台、くろがね四起があったが、助手席側のドアがなく、四つの車輪の三つまでがパンクしているのを見れば、使用不能なのは聞かずとも知れた。

一方の壁側の床には多くの三八式歩兵銃が乱雑に重ね置かれていた。これも部品取り用であるのは明らかだ。

隼の問うような視線を受けて、黒部は、

「使用可能な三八式は現在二十七丁あり、銃弾は各三百発ずつあります」

「ほかの火器は」

「はっ、九九式軽機関銃が三丁、いえ、使用可能なものが二丁あります」

「銃弾は」

隼は尋ねた。九九式軽機関銃は七・七ミリ弾を使用し、三八式歩兵銃の六・五ミリ弾とは共用できないのだ。

「各二千発ずつであります」

連射すれば、ものの数分で撃ちつくしてしまう。九五式軽戦車にも装備されている七・七ミリ機銃との共用だから、じっさいはもっと少ないことになる。

「あと、手榴弾《てりゅうだん》が百ほどあります」

黒部が言った。

だいたい以上がこの基地の兵器のすべてのようだ。

次に隼は、敷地内を案内させ、基地全体の地形と防御体制を確認した。

この基地は山間の小さな盆地のほぼ全域を占めている。すり鉢の底状の基地と外部を結ぶ通路はふたつあり、ひとつは山原と唱子が連れてこられた小さなトンネル、もうひとつはそれとは反対側に付けられた九五式軽戦車が通行可能な大きなトンネルである。幅二・五メートル、高さ五・二メートルのその通路は全長約四十メートルで、村へと注ぐ小川の上流にその入口が岩と樹木で隠覆《おんぷく》されている。

「山中を降ってこの基地へ侵攻するのは可能か」

隼の問いに、黒部は、

「東南西向きの三方は斜面が急なうえにこの時期は下草が深くはびこり、罠もそこら中に張り巡らせているので、そこから攻め入ってもらえるならむしろ好都合です。できれば攻めてもらいたくないのが、北向きの斜面ですね。こちらは傾斜も緩やかで、草も少なく、罠は多数仕掛けてありますが、見破られる可能性が高いです」

敵は当然相手の弱みに付け入ってくるので、その防御は重要だ。黒部は正面側と呼んでいる基地の北向きの山の斜面に有刺鉄線を張り、基地の外周部を高い木の柵で囲い、塹壕《ざんごう》も掘って万が一の襲撃に備えていると言った。基地を砦に戦う場合、この正面側の攻防が勝敗を決するだろう。

ひと通り、黒部の説明を聞きながら基地を見て回った隼たちは、兵舎の食堂へ戻った。

五

食堂のテーブルを中央に集めて、その上に基地の地図を広げた。

「まず、私の作戦を述べる。その上で意見があったら忌憚《きたん》なく言ってくれ」

隼がテーブルを取り囲んだ黒部、猫田、山原、唱子、軍曹に言った。五人は無言でうなずく。

「現在、村の外にふたつの武装勢力が、存在する。ひとつは河口代三郎が率いる右翼兵士三十名。もうひとつが共産勢力の兵士三十名だ。また、村の中には米兵百名前後が展開していると思われる。対するわれわれは二十四名、もっとも少人数だが、山に囲まれ攻められにくい基地を拠点にしていることと、戦車を有するのが強みといえる。

われわれの最終目標は、米軍占領下にある武器庫の中を検《あらた》めることだが、その前に、まず村外のふたつの武装勢力への対処を考えなければならない。われわれが米軍と対峙《たいじ》する時に、よけいなちょっかいを出されては迷惑だからだ。

そこで手段として、ふたつの武装勢力のいずれか、または両方と手を結び、共同で米軍に当たることが考えられる。その手段のもっとも、というか唯一の長所は、われわれの兵力不足を補えることにある。しかし、右翼と左翼両方の協力を取りつけ、息を合わせた作戦行動を行うのは不可能だろう。また、右翼か左翼、どちらかを選び共同作戦を行うのも、練度のちがい、指揮系統の乱れなどを考えると望ましくない。したがって、共同作戦は不可とし、われわれは単独で米軍に当たることとする。

では、ふたつの武力勢力をどうするか。われわれが一手にこれを引き受けるのは難しく、その騒ぎの間に、米軍に勘づかれる恐れもある。そこで一方を米軍に当たらせ、一方をわれわれが受け持って、殲滅《せんめつ》させる方法を取ろうと思う。

そのやり方だが、現在、身柄を確保している木村民雄と佐々木武志を逃亡させる。すると彼らは村外に待機するそれぞれの味方の元へ帰るだろう。そして各武装勢力は、偵察の持ち帰った情報をもとに行動を開始するに違いない。

そこで木村と佐々木を逃がす前にもう一度尋問し、それと悟られぬよう、こちらの情報を流す。木村には米軍が近く武器庫の中のものを移送しようとしていると伝えるのがいいだろう。さらに米軍の数は少なめに見積もっておく。そうすれば、共産武装部隊は米軍へ接近する可能性が高くなる。

一方、佐々木にはこちらの兵力が少ないことを知らせる。総勢十人程度と誤解させるのが理想だ。戦車や武器弾薬は比較的豊富だが、それを動かせる人員がいないため、宝の持ち腐れになっていると思わせる。そうすれば、河口はきっとこの基地を襲い、武器を入手したうえで、武器庫を襲撃しようとするだろう」

隼が作戦の趣旨を伝えると、黒部が、

「これがうまくいくか否かは、木村と佐々木をいかにこちらの思い通り誘導するかにかかっていますな」

「その通りだ」隼は言った。「尋問のやり方は任せるが、なるべく自然にやってくれ。木村も佐々木も観察力の鋭い男だろうから、見え透いた手を使わず、それとなくほのめかすくらいが効果的だろう」

「しかし、それだけで、こちらの注文通りに攻め込んでくれますかな」

黒部が疑問を呈すると、軍曹が、

「村崎二等兵をうまく使えば、右翼たちを誘導できるのではないでしょうか」

と言った。自然な形で山中でまかれた佐々木は、村崎浩一の裏切りには気づいていない。佐々木の行方を捜していると思っている。その村崎の助けで基地を脱出させ、あわせて偽りの基地情報も伝えれば、佐々木も河口もそれを鵜呑みにして、行動を起こすにちがいない。

「なるほど」黒部は膝を打ち、「右翼はそれでいいとして、あとはアカどもをどうやって米軍に当たらせるかだな」

「こういうのはどうだ」

山原が言った。木村を脱走させる際、兵士が持っている地図も奪わせる。そこには山原と唱了が偵察した武器庫周辺の詳細図と米軍の配置が描かれている。これを共産武装部隊が入手すれば、必ずや武器庫への接近を試みるだろう。またそれは、黒部たちの先手を打つ行動となるはずである。

「どうだね」

黒部が軍曹に質した。

「ここの兵士たちに出撃が近いと会話させ、それを盗み聞きさせれば、より信憑性が増すと思います。あと、地図を奪わせるのは行き過ぎかと。かえって罠を疑われます。自然な形で盗み見をさせれば充分でしょう」

「山原どうだ」

隼が質した。

「異存ありません」

山原が答えると、黒部が立ち上がり、

「では、さっそく、木村と佐々木の取り調べを行おう。私が木村を、軍曹が佐々木を受け持つ。時間は一時間、最初の三十分は通常の取り調べをして、少し空気が緩んだところで世間話のついでに情報をもらすことにしよう」

木村と佐々木の収容所は、離すことにする。佐々木は今まで通りの場所へ、古池は医務室へ移送し、木村は西側の倉庫横の納屋を改良した牢《ろう》に閉じ込める。しかし、納屋の壁は強い衝撃で外れるようにしておく。

「木村と佐々木、両者の脱走後、四十八時間以内に動きがあるはずだ。もし、四十八時間たって何もなかったら、失敗したと判断し、作戦を練り直す」

と隼は言った。


木村と佐々木は、一時間の取り調べを受けたあと、それぞれの収容所に戻された。それから四十五分後、基地への潜入を装った村崎二等兵の先導で佐々木が脱出し、それに遅れること三十分、木村の脱出が確認された。

これから四十八時間以内に、襲撃してくるであろう河口の兵隊を迎え撃つ準備を整えねばならない。

まず、小さいトンネルの入口を、スクラップのくろがね四起を置いて塞《ふさ》ぎ、さらに車内と車外に隙間なく土嚢《どのう》を積んだ。これで簡単にはトンネルから侵入されることはないだろう。

自然の要害となっている東、南、西向きの三方は作戦上、裏手と称し、猫田と軍曹の指揮のもと六名の兵を配した。武器は各自の三八式歩兵銃に銃弾百二十発と手榴弾各三つを配布した。

敵の進入路として最も有力な正面側の守りは、黒部、山原が分担して指揮をとり、全体を隼が目配りすることとした。

正面側の端にある大きなトンネルの入口は、丸太と岩を組んで塞いだ。それでもトンネルを強行突破された時の備えとして、真向いの基地側に浅く塹壕を掘り、周りに土嚢を積み、塹壕の中にはエンジン不調の九五式軽戦車を入れ、トンネル入口に三十七ミリ砲を照準させた。火器は他に九九式軽機関銃を一丁、土嚢の上に設置した。この方面の指揮は黒部少尉がとり、配下に六名の兵士をつけた。

正面側の山の斜面には障害と罠を追加し、塀の内側には九五式軽戦車と九九式軽機関銃を置いた。こちらの指揮者は山原で、配下の兵は七名である。ただし、そのうちの村崎二等兵は佐々木武志を誘導する役目を果たしたあと合流することとなっている。黒部と山原配下の兵にも全員、銃弾百二十発と手榴弾各三つが配布された。

配備を終えて指揮官たちはいったん食堂兼作戦室へ戻った。

「さあ、ここからはドンドンパチパチ、男の世界だ。お嬢さんには奥へ引っ込んでいただこう」

山原が言うと、唱子は、

「あら、あたしも員数のうちよ。第一、あたしのおかげでいち早く黒部さんの誤解が解けて、とんとん拍子にことが運んだんじゃない。少しは感謝していただきたいわ。ねえ、黒部さん」

「はあ、そうですなあ」黒部は柄にもなく顔を赤くして、「しかし、流れ弾がどこから飛んでくるか分かりませんからな。できれば地下の食糧庫にでも隠れていていただければ、ありがたいのですが」

「嫌ですよ。あたしもみんなと一緒に戦います」

唱子は鉄帽をかぶり、三八式歩兵銃を掻き抱いた。

「君には戦車で戦ってもらう」

隼はそう言って、唱子から三八式歩兵銃を取り上げた。唱子は目を輝かせ、

「戦車に乗っていいんですか」

「ああ、ただし、勝手にそこら辺の物を触るな。そこでおとなしくじっとしているんだ」

隼の言葉に、唱子は素直にうなずいたが、山原は心配そうに、

「大丈夫ですかねえ」

と隼にささやいた。

「まさか河口も大砲は運んで来ないだろう。それなら戦車の中が安全だ。おまえがいっしょに乗って、うっかり顔なんか出さないように気をつけておけ」

と隼は言った。

六

榊原俊之は追い詰められていた。人生最大の危機を迎えたといっても過言ではない。

学内でも、研究室でも、通勤の道や駅のホームでも、家の中にいても、始終、何者かの視線を感じ

る。

（気がふれたのか）

自分でも心配になる。しかし、何者かにつけられているのはたしかなのだ。決して気のせいなどではない。現に、妻や助手、学生などから、怪しい人間がうろついている、という話を何度も聞いているのだ。

（もしかして）

妻や学生たちが口裏を合わせて……。

榊原は首をふった。本当におかしくなりかけている。

もう自分をごまかすのはやめよう。

なぜ、つけられているのか、理由は分かっているのだ。これまで細心なまでの偽装をこらし、決して人に悟られぬよう、慎重にことを進めてきた。なぜ、発覚したのだろう。

完璧なものなどこの世には存在しない。どんなことにも終わりは来る。

そのあたり前の法則が、今ここに作動したに過ぎない。

だが、その代償はあまりにも大きい。

大学にも妻にも大変な迷惑がおよぶのは間違いない。これまで榊原が築き上げてきた学問的業績や、学内外に及ぼしてきた政治的な地位も失ってしまうだろう。生活の基盤も瓦解《がかい》する。賞賛は嘲笑《ちょうしょう》に、尊敬は軽蔑に、敬愛は憎悪に変わる。

警察に引き立てられ、何時間も何日も厳しい取り調べを受けることになる。その間、無学な刑事から、恫喝《どうかつ》や嘲笑を繰り返し浴びせられるのだろう。まさか、今どき拷問はないと思うが、場合によってはそれに近いことならあっておかしくない。

（とても耐えきれまい）

絶望を胸に抱き、榊原は自宅へ帰った。家の門をくぐる前、ふいに振り返って周囲を見わたした。今日に限って、怪しい人の姿は見えなかった。

かといって少しも安堵《あんど》の心を取り戻さず、榊原は玄関で靴を脱ぐ。

「ただいま」

と呼びかけるが、妻の光代は出てこない。そういえば、今日は銀座で女学校時代の友人と買い物をして帰るはずだったな。出がけに聞いた妻の言葉を思い出す。

かえって都合がいい。やっかいな証拠を始末するまたとない機会だ。

榊原は早足で書斎へ駆け込み、着替えもせずに、金庫を開けて中のものを取り出す。

（ない――）

榊原は血相を変え、封筒の中の写真を確認した。ほかのものはあるが、肝心のものだけがきれいに抜き取られている。

（なぜだ。なぜここにあると分かった）

榊原は首をふった。もう、何を問うても虚《むな》しいことだ。

（終わった）

すべて終わったのだ。

あとは潔く、身を処すしか、残された道はない。

遺書を残す時間はあるだろうか。いや、写真が持っていかれた以上、すぐに追って榊原の身柄も拘束しにくるだろう。もう、一刻もぐずぐずしていられない。

榊原は決心を固めた。


一時間後、妻の光代が外出から帰ると、書斎の梁《はり》から、着物の帯を首に巻きつけ、ぶら下がっている榊原を発見した。すぐに通報を受けて医者が到着したが、その時にはすでに榊原は、救命の処置を施すまでもなく、完全に息絶えていた。

七

木村と佐々木の脱走から、二十四時間が経過した。

隼は外部の様子を探るため、二名の偵察を送り出した。

さらにそれから数時間後、兵舎の廊下で小さな騒ぎがあった。

何やら争うような声に、隼たちが廊下へ出てみると、古池幸之助が兵士ともみ合っている。

「何をしている」

黒部が質すと、古池が振り向き、背筋を伸ばして敬礼し、

「少尉殿。自分にも任務を与えてください」

と真面目な顔で志願する。頭に包帯を巻いたまま、どこで見つけてきたのか、上等兵の軍服を身に着けている。

「頭をさんざん殴られて、おかしくなったんですかね」

山原が隼にささやく。

「かもしれんが、ひと芝居打っているのかもしれない」

古池からせがまれ、当惑した黒部は隼へ、

「大尉殿、いかがしましょう。拘束してどこかへ閉じ込めておきますかな」

「その必要はない」

隼は兵士に武器庫から三八式歩兵銃を持ってくるよう命じた。

すぐに兵士は壊れた歩兵銃を持って戻ってきた。

「古池上等兵、おれが誰だか分かるか」

隼が質すと、古池は隼の階級章を見て、

「大尉殿は、この基地の隊長でありますか」

「そうだ。古池上等兵には、おれの警護を命じる。これから敵の襲撃があるはずだが、貴様は常におれから離れずにいろ」

と壊れた銃を渡した。

「はっ、光栄であります」

古池は銃を受け取り、敬礼をした。

「大丈夫ですか、自由にさせて」

山原が言うと、隼は、

「目につくところに置いた方が安心だろう」

と答えた。

古池は歩兵銃を肩にかけ、廊下を行き来している。隼の周囲を警戒しているつもりらしい。やがて唱子の姿に気づき、

「おお、慰問団が来ていましたか。今夜の出し物が楽しみですな」

と顔をほころばせた。

「ストリップでもしてやれよ。カビひげ、びっくりして正気を取り戻すかもしれん」

山原がからかうと、唱子は鼻で笑って、

「バカね、あなたが見たいだけでしょ」


古池の騒動から一時間ほどして、ふたりの偵察が順番に帰ってきた。

最初の偵察は、木村が案内役をつとめる武力組織約三十名が、村のはずれの森の中で野営をしているのを発見した。おそらく夜明けを待って米軍へ接近を図るつもりだろう。全員が三八式歩兵銃を携え、弾薬のほか、爆発物の容器と思われる物を運んでいるらしい。

「アメ公の兵器庫でも派手にぶっとばしてくれれば、そのあとのおれたちの仕事が楽になるな」

などと山原が言うように、ここまでは比較的悠長に構えていたが、ふたりめの偵察がもたらした情報に、がぜん、緊張が走った。河口代三郎率いる武装勢力が五十人を超えることが分かったためだ。

深夜になって河口の部隊から抜け出てきた村崎浩一が基地へ戻り、詳細を報告した。

「河口と佐々木を含め総勢五十六名です。河口の手下のほかに、地元の軍人会の連中が加わったようです。全員が九九式小銃を持ち、弾丸は各百二十。手榴弾が各自三つ。加えて九九式軽機関銃五丁と、弾丸八千を荷車で運んでいます。大砲はありません」

九九式小銃は三八式歩兵銃の後継で、九九式軽機関銃と同じ七・七ミリ弾を使用する。威力は当然、六・五ミリ弾の三八式歩兵銃を上回る。この火力と兵力で、早朝、この基地への攻撃を開始するという。

「これは容易ならん敵ですな」黒部が腕を組み、唸り声をあげ、「機関銃を撃ちまくられ、五十名でいっせいに突撃されたら、こちらの防御が持たないかもしれません。裏手に置いた兵も全部正面へ配置し直した方がいいのではありませんか」

隼は少し考え、首をふった。

「もし、少人数でひよどり越《ごえ》をされたら、挟み撃ちになり、全滅する。背後の守備はなくせない」

ただし指揮官を猫田ひとりに減らし、軍曹と兵士三名を正面側へ回すことにした。また、河口たちに重機や爆発物がないことが分かり、トンネルを突破される可能性が少なくなったため、トンネル防衛の兵を減らし、黒部の戦車も移動させ、正面の防御に当てた。

正面側の守備はこれで二十名。機関銃の数と小銃の威力で劣るが、基地の防御力と二両の戦車が強みだ。

「狙撃銃はあるか」

隼は黒部に聞いた。

「狙撃銃でありますか」黒部は首をかしげ、軍曹に向かって、「たしか、九七式が一丁あったな」

「はい、ただ、排莢《はいきょう》がうまく作動せず、連射ができません」

軍曹が言った。

「一発必中ということだな。それでいい。持ってきてくれ」

隼は兵士が倉庫から運んできた九七式狙撃銃を受け取った。

食堂の柱時計が午前一時を告げた。

「あと数時間で敵がやって来る。午前三時半に、もう一度ここに全員集合する。見張りを除いてそれまではみんな、ゆっくり休め」

隼は解散を命じた。

八

午前三時半、食堂に集合した兵士たちは、隼の訓示を受けて全員配置についた。

山原と唱子は九五式軽戦車に乗り込んだ。山原が操縦席に座り、唱子が隣の機関銃席に座った。唱子は鼻をうごめかし、

「何だか臭いわ。燃料、漏れているんじゃない」

「燃料じゃない。機械油の匂いだろう。手入れはされているようだ」

山原はエンジンを起動させ、暖機《だんき》を終えると戦車を前後に動かし、半回転させ、また元の位置に戻した。

「へえ、ちゃんと動かせるんだ」

唱子が感心したように言った。

「だから前に言っただろう。戦車だって戦闘機だって操縦できるって」

「だったら、あたしにも教えてよ」

「だめだ。それより、大砲の撃ち方を教えてやる」

唱子をいったん外に出し、砲塔上部のハッチを開けたまま、山原は三十七ミリ砲弾を装塡《そうてん》してみせた。

「左のハンドルを回して砲塔を回転させ、この肩のパッドで仰角を調整、撃発レバーを引いて発射だ。分かったな」

「暗くて全然分からない」

「日が出たら、もう一度教えてやる」

ふたりはまた戦車内に戻った。

「本当に狭いわね」

唱子は身体を揺り動かした。

「贅沢《ぜいたく》言うな。この中がいちばん安全なんだから」

「絶対安全なの」

「ああ、敵の七・七ミリ弾なら、めったに装甲を撃ち抜かれはしない」

「めったにって、何よ」

「だから、条件にもよるんだよ。至近距離から装甲の薄いところをやられれば、まずいかもな」

「敵はすぐそこの山から撃ってくるんでしょ。至近距離じゃない」

「前に壁もあるし、周りに土嚢も積んであるし、心配するな」

「七・七ミリ弾って小銃の弾でしょ。それでやられることがあるって、どういう戦車よ」

「そういう戦車なんだよ。これは戦争だ。あんたも望んで前線に出て来たんだろ。覚悟しておけ。あと、鉄帽はかぶったままでいろ」

しばらくすると山原の耳にあてた無線の受話器が、

《偵察の報せです。敵が山に入りました。もうすぐ、降りはじめて攻撃に移るはずです》

《了解、全員、戦闘準備に入れ》

山原は応答した。

砲塔のハッチを開けて見上げると、星は瞬《またた》いているものの、空は紫より明るい水色に変わりつつある。

山原はハッチを開けたまま、双眼鏡で向かいの山をうかがった。すでに十数の人影が山頂からゆっくり斜面を降りはじめている。途中の罠を用心して、周囲を警戒しながら進んでいる。

九九式軽機関銃を担いでいる兵士が見えた。後ろにふたりが弾丸箱を持ってついてきている。

山原は砲塔を回し、照準を合わせた。片足で唱子の背中を軽く蹴り、

「撃つぞ、耳ふさいでおけ」

と予告し、発射した。

砲弾は狙いどおり着弾し、山腹の樹木とともに敵兵三名を吹き飛ばした。

敵はいっせいに散開し、地べたに這いつくばり、ただちに反撃に転じた。山頂近くの岩陰や、大木の裏に身を隠しながら、七・七ミリ弾を撃ち浴びせてくる。

基地側も三八式歩兵銃の六・五ミリ弾で応戦する。山に囲まれた基地周辺は、耳をつんざくような激しい銃声に包まれた。

山原は新たに砲弾を装塡し、九九式軽機関銃が激しく火を噴く、山頂に狙いを定めた。発射したが、

砲弾は上に逸《そ》れたのか、何の変化もない。

ふたたび装塡し、照準を調整し直し、発射する。今度は間違いなく着弾した、はずだ。ところが目標地点には何の変化も起きない。敵の機関銃は、ひるむことなく快調に銃弾を撃ち浴びせてくる。どうやら、不発だったらしい。

ちなみに、山原の九五式軽戦車に装備されている砲弾はすべて対戦車用の徹甲弾で、装甲への貫通力はあるが、ふつうの榴弾にくらべて殺傷半径は狭い。

さらに続けて山原は砲撃を繰り返したが、三十七ミリ徹甲弾は二発に一発の割合で不良品が混じっていた。思うような戦果が上がらない。

もう一台の九五式軽戦車の方を見ると、砲塔を後ろ向きにして、機関銃を撃っている。どうやら向こうは三十七ミリ砲自体が不調で砲撃をあきらめたらしい。

砲撃の脅威がさほどでもないことで、敵はじりじりと山を降って前進をはじめた。事前に仕掛けた罠は破壊され、有刺鉄線は切り除かれ、落とし穴は塹壕がわりの橋頭堡《きょうとうほ》として利用された。

コンクリート製の壁も七・七ミリ弾を浴び続け、上部が吹き飛びはじめた。

山原の九五式軽戦車は恰好の目標のようで、四方八方から銃弾を食らう。さすがの山原もいったん砲塔のハッチを閉めた。

戦車内は、まるで無数の石飛礫《いしつぶて》を浴びるトタン板のような音を響かせていた。装甲が受けている衝撃は相当なものらしく、車体全体が小さく振動し、内部の装備がぎしぎしと音をたてている。

「これ、まずいんじゃないの、山原さん」

唱子は操縦席で心細げに身をすくませている。

「大丈夫だ、心配するな」

山原は覘視孔《てんしこう》から外をのぞき、砲撃をする。

「くそ、また不発だ」

砲撃をするとその報復とばかりに、さらに集中的に攻撃を浴びる。

山原は無線で配下の兵に指示を与えようとするが、故障をしたのか、通じない。

「くそ、どれもこれも」

山原は無線機を叩く。そこへまた激しい銃弾の嵐——。

「貫通よ！　山原さん、銃弾が貫通したわ」

唱子が叫んだ。

「気のせいだ」

「そんなわけないでしょ。今、弾が肩をかすめたんだから」

「衝撃で部品かネジが飛んだんだろ。あわてるな、念のため、これを胸の前に当てておけ」山原は自分の鉄帽を唱子に渡して、「ここから出るんじゃないぞ」と言い置いて、銃撃が鎮まった一瞬の隙に、ハッチを開けて車外へ出た。

山原は配下の兵たちを塀の陰に集め、射撃を続けさせながら、敵が接近してきているので、手榴弾の攻撃に注意を与えた。対策として浅い塹壕が所々に掘ってある。万が一の時はそこへ身を伏せるよう言い、すばやく車内へ戻った。

その間にも敵はさらに前進を図り、基地との距離を縮めてきている。

背後で激しい攻防がはじまり、二十分近くたっても、基地の裏手側の猫田と三人の兵士たちは、人影のない山の木々を睨んだまま、身じろぎもしなかった。

「ここは見張りをひとりだけ残して、向こうの応援に行った方がいいのでは」

銃声の応酬がいっそう激烈になると、兵士のひとりが猫田へ進言した。

「もしそれが本当に必要となったら、隊長から伝令が来るはずだ」

と猫田は双眼鏡を覗いたまま答えた。

その横で東の山を観察していた兵士が声をあげた。

「敵です。四人……、いや、六人が山を降ってきます」

猫田もその方向へ双眼鏡を向けて、六名の敵の接近を確認した。九九式軽機関銃は見えず、全員九九式小銃と手榴弾を装備しているようだ。

「ここはじっくり引き付けて確実に倒そう。敵が塀を乗り越えるまで待って、一斉射撃する。合図はおれが出す」

猫田と兵士一名は馬小屋の中に入り、ふたりの兵士は井戸の陰に隠れた。ここからなら、塀のどこから入り込まれても、敵に十字砲火を浴びせることができる。

草深い山の斜面に阻まれてか、敵はなかなかあらわれなかった。

(まさか、裏をかかれたか)

猫田が焦りを覚えはじめたころ、ようやく、敵兵が塀の上に頭をのぞかせた。

兵士は素早く周囲を見渡して、安全を確認すると塀を乗り越え、地面に降りた。続いてもうひとり、ふたりと基地内に侵入すると、最初に降りた兵士が小銃を構えて兵舎へ向かって走り出した。

猫田はその兵に照準を合わせ、引き金を引いた。兵士は足をもつれさせ、上半身だけが前へ進み、つんのめり倒れた。

馬小屋と井戸からの一斉射撃で、あとのふたりも塀を背にして倒され、塀に身を乗り出していたひとりも銃弾を浴びて背後に転落した。

猫田と兵士たちは塀へ駆け寄り、這い上り、逃走する敵兵に背後から銃弾を浴びせた。深い森へ身を隠す前にひとりを撃ち倒した。

「ひとりは逃がしたか」

猫田は舌打ちしたが、基地の背後から奇襲をかけた敵の掃討には成功したと言っていいだろう。猫田は伝令を隼の元へ送り、戦果の報告をさせた。


猫田が敵を撃退している間に、山原と黒部が指揮する正面部隊は、さらに敵に肉薄されていた。もう山の麓《ふもと》近くまで降りてきた敵と、コンクリートの塀一枚を隔てて激しい銃撃戦となった。敵は七・七ミリ弾、こちらは六・五ミリ弾だが、これだけ距離が近づくと、かえって口径による差はでない。

問題は敵の機関銃だ。まだ二丁が生きていて、こちらが銃を撃つと、そこへ集中的に撃ち浴びせてきて、うかつに顔もあげられなくなる。こちらの七・七ミリ弾はすべて撃ちつくされ、機関銃はもう使えない。

山原は機関銃をめがけ、三十七ミリ砲を撃つが、敵は森の中を移動し、なかなか捕捉できないでいる。

森の中から二丁の機関銃を掃射し、こちらの火力を封じている間に、敵兵は大胆に身を乗り出し、手榴弾を投げ込んできた。九五式軽戦車の近くでも炸裂《さくれつ》した。機関銃と手榴弾の波状攻撃で、かなりの被害が出ている模様だ。

「もう、だめだわ」

手榴弾の衝撃で車体が揺れると、唱子は耳をふさぎながら言った。

「弱音を吐くな」

山原は声を張り上げた。

「敵だって相当被害が出ている。そうしないと聞こえないのだ。それほど敵の攻撃は激しい。——おっ、命中したぞ。機関銃はあと一丁だ」

山原は喚声を上げたが、唱子は耳をふさいだまま下を向いている。

猫田からの伝令を兵舎の食堂で受けた隼は、

「見張りをふたりだけ残し、猫田少尉と兵一名は正面の援護に回れ」

と伝えた。

伝令が食堂を出ると、隼は狙撃銃を手にして立ち上がった。

「大尉殿、出撃でありますか」

古池が壊れた小銃を掲げて尋ねた。

「ああ、上等兵、ついてこい」

隼は用具室から梯子《はしご》を持って、兵舎を出た。現在、激烈な戦闘が行われているのとは反対側だ。梯子を兵舎の外壁に立てかけた。

「屋根に登るのでありますか」

「そうだ」

隼は身軽に梯子を上がり、古池もぎこちなく続いた。屋根に上がると腹ばいになり、傾斜を登った。匍匐前進《ほふくぜんしん》し、屋根を登りつめると、正面に敵が散開する山の斜面が見えた。敵の大勢は、隼とほぼ同じ高さまで降りてきている。

隼は目を凝らした。大木の陰から盛んに激励を発している男がいる。河口代三郎だ。隼たちと同じく、旧日本陸軍の将校用軍服を着込み、

「天下分け目の戦いだ。もう一息だ。撃って、撃って、撃ちまくらんかい」

興奮のあまりか、年甲斐もなく身を乗り出し口から泡を吹いている。

隼は狙撃銃を構え、河口の姿をとらえようとする。太《ふと》り肉《じし》の身体が二・五倍の照準眼鏡いっぱいに収まる。引き金に指をかけると、河口は樹木の陰に引っ込んだ。近くに銃撃があったらしい。

隼は銃を構えたまま待ち続ける。チャンスは一度だ。

森から激しく機関銃の掃射が続き、基地の内側で手榴弾が炸裂した。

河口はふたたび樹木の陰から半身を乗り出した。照準器は調達されていない。弾は多少それるだろう。隼は河口の身体の中心に照準をあわせた。

「ここだ。全員、塀を乗り越え、突っ込め、殺せ、ぶち殺したれ――」

隼の銃弾が河口の喉笛をつらぬいた。河口はそのまま仰向けに倒れた。

九

近代戦では指揮官が倒されても、生き残りの最上位者が指揮を引き継ぎ、戦闘を継続する。しかし、河口代三郎の私兵たちはあたかも戦国時代の軍勢のように、大将の河口が死亡すると、その瞬間に瓦解した。

散り散りになって逃亡する兵たちを隼は追わせず、敵味方の死体と負傷兵の収容にあたらせた。

基地側の犠牲者は四名、負傷者は六名にのぼった。犠牲者の中には軍曹も含まれていた。河口側の犠牲者は十名、負傷者は五名だった。

犠牲者は倉庫に収容し、負傷者は食堂に運び、手当てを受けさせた。基地に軍医はいなかったが、医薬品が保管されていて、衛生兵の経験者もおり、大きな混乱はなかった。

全員の応急処置が終わると、隼は黒部を呼んで、

「すでに米軍も木村たちの武装部隊を片付けているだろう。今から出撃できるか」

と質した。もし黒部が断ってきたら、自分たちだけで行くつもりだ。

黒部は返答をためらっている。片腕とたのむ軍曹を失った上に、兵力は半減した。武器弾薬については鹵獲《ろかくひん》品もあり、かえって増えたものもあるかもしれないが、故障品も多く、調べてみないとよく分からないのが現状だ。

「無理はしなくていいぞ。戦車を貸してもらえれば、おれたちだけでやる」

隼の言葉で、黒部はかえって踏ん切りがついたようで、

「われわれも行かせてください。ここで出撃しなかったら、終戦から三年間の苦労の甲斐が無くなります」

と言い、負傷兵の世話に三人を残して、七人が隼たち四人と行動をともにすることになった。

食堂で出撃前の装備の点検をしていると、廊下から唱子の悲鳴が響いた。

隼たちが廊下に飛び出ると、軍服姿の男が、唱子を背後から左手で抱きかかえて、ナイフを右手に構えていた。隼たちがにじり寄ると、男はナイフを唱子の首に押し当て、

「それ以上近づくな」

と威嚇《いかく》した。

「あいつは佐々木武志です」

村崎浩一が言った。

佐々木も村崎に気づくと唇をゆがめ、「小僧が」と吐き捨て、さらに隼を睨んで、「全部、あんたの策略だったようだな。河口のおやじものこのこ、こんな山奥にまでやってきて、撃ち殺されるとは、ざまあねえな」

「言えた義理か。おまえの助言で、河口も欲をかいたんだろう」

隼が言った。

「たしかにな」佐々木は自嘲気味に笑って、「だからっていうのもおかしいが、おれも金塊の分け前にあずかりたい」

「残念ながら、武器庫に金塊が眠っているというのは河口の妄想だ」

隼は佐々木の目を見すえて言った。

「へえ、そうかね、じゃあ、何であんたたちは目の色を変えて武器庫を狙う」

「あそこには原子爆弾が隠されているからだ」

「原子爆弾？」佐々木はあきれたように、「いったい何を言い出すかと思えば。おまえたちこそ、頭がどうかしたんじゃないか」

「どう思おうと勝手だが、事実だから仕方がない。ともかく、その物騒なものは置け」

「そうはいかん。何が狙いか正直に言わんと、この女の命はないぞ」

「その女に手をかけたら、その瞬間、おまえも射殺される。損得をよく考えるんだな」

数十秒間続いた、隼たちと佐々木の無言の睨み合いは、とつぜん、終わった。

背後の便所から音もなく出てきた古池が、小銃の銃床で佐々木の後頭部を一撃したのだ。佐々木は声もあげず、その場に崩れ落ちた。唱子は隼に駆け寄った。

「死んじまったか」

山原は倒れた佐々木の手からナイフを取り上げた。

「大丈夫だ、ちゃんと加減している」

古池が言った。山原は目を見開き、

「あれ、おっさん、正気に戻ったのか」

「ああ、便所で力んで、デカいの出した拍子にな」

「で、どうするんだい。おれたちを捕まえるつもりか」

「いや」古池は力なく肩をすぼめた。「捕まえるって言ったって、こんな状況じゃ捕まえようもないし、第一、木村には裏切られて、おそらく、おれも首だろうしな。もう、どうでもいいよ」

意識を取り戻した佐々木が立ち上がりかけると、猫田が後ろ手に縛り上げ、

「さっき、裏手から攻めてきた六人のひとりだな。逃げたとみせて、うまく忍び込んだな」

佐々木と古池も負傷兵たちといっしょに食堂に集められた。佐々木は椅子に座らせ、縄で拘束し、河口側の軽傷者も念のため、足を鎖でつないだ。

「これで後方は心配ありません」

黒部が言った。

「よし、それでは出撃する」

隼が言った。

「おっさん、おとなしく留守番していろよ」

山原が声をかけると、

「うるさい。おまえらなんか、みんなアメ公どもに殺されちまえ」

古池は横を向いて悪態をついた。


先行の斥候二名に続き、隼と山原と唱子が乗り込む九五式軽戦車が基地を離れ、障害を取り除いたトンネルの中を進む。もう一両のエンジンに不安のある九五式軽戦車も行けるところまで行こうと出撃する。こちらには黒部と猫田、ほか兵一名が乗車した。三名の歩兵は小銃を担いで、二両の戦車の後ろにつけたドラム缶の上に跨乗《こじよう》した。

九五式軽戦車はトンネルを抜けて快調に山道を登って行く。先ほどの河口たちの機関銃と手榴弾による攻撃も、駆動系には影響なかった。車長の隼が砲塔ハッチを開け、進路を確認し、操縦室の山原

に指示を出す。

「さっきから元気がないな」

山原が機関銃席の唱子へ声をかけた。

「そんなことないわよ」

「強がるなよ。ひどい目にあったからな。これが戦争だ。思い知っただろ」

「だから、平気だって。あたしだって、二回も空襲経験しているんだから、こんなの慣れっこよ」

「へえ、そうですか」

戦車は山道を越え、なだらかな森の中を進み、やがて村の近くにまで達した。

「止まれ」

隼が命じ、山原は戦車を停止させた。後方に遅れながら何とかついてきた黒部の戦車も追いつき、すぐ後ろに停まった。

斥候のふたりが戻って来て、戦車を降りた隼と黒部に状況を報告する。

「米軍は共産武装勢力を全員捕縛し、トラックに積み、全軍撤収をはじめたようです」

「何だと」黒部が斥候に質す。「武器庫の中のものを運び出した様子はあったか」

「確認できませんでした」

「どういうことでしょう」

黒部は困惑の表情を隼へ向ける。原子爆弾の移送がそう簡単に完了したとは思われない。

「行って確かめてみよう」

隼は戦車をその場に待機させ、黒部と歩兵を連れて村へ向かった。

しばらくして無線機を通じ、山原の耳にあてた受話器が隼の声を伝えた。

《戦車、前進し、われわれに合流せよ》

《了解》

山原が応答した。

「さあ、出発するぞ」山原が唱子に声をかける。「今はあんたが車長だ。砲塔ハッチを開けて周囲を警戒しろ」

戦車が動きはじめ、村が近づいてくると、唱子は双眼鏡で周囲をうかがった。前方をふさいでいた木々が次々後方へ過ぎ去って視界が広がっていく。森のはずれでいったん戦車を停めた。

見ると隼たちはすでに村へ入り込み、枯れた田んぼの畦道《あぜみち》の陰に身をひそめている。

その隼たちには気づきもせず、村の中央の道を米軍の車輛が数珠《じゅず》つなぎになって走り去っていく。土ぼこりをあげながら遠ざかるジープやトラックを双眼鏡で追っていた唱子が驚きの声をあげた。

「あっ、蛭川さんよ。ちょっと、山原さん、見て、蛭川さんがジープに乗ってる」

ジープの助手席で煙草をふかしているのは蛭川の横顔だ。興奮した唱子は山原の背中を蹴った。

「いてえなあ。他人の空似だろう。暴れるな」

「ちがう、間違いなく蛭川さんよ。何で米軍なんかといっしょにいるの」

「知るかよ。双眼鏡貸してみろ」

と山原が言ったが、そのころには蛭川を乗せたジープは村道を走り過ぎ、向かいの山の中にその姿を消し去っていた。

《山原、米軍は去った。武器庫まで戦車を進ませろ》

無線機が隼の声を伝えた。

《了解》

山原は戦車を前進させる。

「本当に蛭川さんだったんだって」

操縦席へ向かって、しつこく唱子は言いつのるが、山原はもう相手にせず、戦車の操縦に専念する。

戦車はゆっくり村はずれの緩やかな道を登った。

先日、米軍が警戒していた最初の検問所に近づく。遮断機は下りたままだが、ジープも米兵ももういない。山原は速度を落とさず、遮断機をへし折り、戦車を前進させた。

遅れたもう一台の戦車を山の麓で待つため、山原は戦車を停め、唱子をいったん戦車から降ろし、砲塔で作業をした。やがて後続の戦車が追いつくと、山原はふたたび前進を開始し、ついに武器庫の前の広い平地に出た。

ここも検問所同様、米軍の車輌も兵士も跡形もなく消えていた。

遮《さえぎ》るもののない平地を戦車は進み、向かいの山の斜面に接近する。山原は戦車の向きを微調整し、黒鉄色の武器庫の扉の真正面につけた。距離は六十メートルといったところだろう。

《武器庫前に着きました》

山原が無線機で報告すると、

《武器庫を砲撃しろ》

隼が命じてきた。

「砲撃だ。すでに砲弾は装塡してある。撃発レバーを引け」

山原が命令を伝えると、唱子は仰天して、

「えっ、中にピカドンがあるかもしれないのに」

「いいから。てーぃ」

山原が手を伸ばして、躊躇《ちゅうちょ》する唱子の太ももを思い切り叩いた。

「ぎゃあ」

悲鳴をあげたはずみでレバーが引かれた。砲弾は武器庫の扉に命中したが、炸裂はせず、大きな音をたてて、弾き返された。

「よし、もう一発だ。早くしろ」

「いやよ。あたしはまだ死にたくないの」

「じゃあ、どけ」

山原は唱子を押しのけ、砲台に立って砲弾を装塡すると、撃発レバーを引いた。

今度は見事炸裂し、鉄の大きな扉を吹き飛ばした。

「よし、前進だ」

山原は前照灯を点《つ》け、九五式軽戦車を進めた。扉が外れた武器庫の中へ入って行く。コンクリートで固められた真っ暗で大きな横穴はひんやりとしている。

灰色で平らな床を前照灯の明かりが真っ直ぐ伸びて奥を照らす。

「これは、どういうこと」

唱子は暗い洞の中で思わず声をあげた。

第九章　真相

一

新宿から省線《しょうせん》に乗って三時間余り、隼はK駅で降りると、そこからさらにバスで一時間ほど揺られ、山中の停留所で下車した。土ぼこりの立つ道は、バスが通っているのが不思議なくらい草深い山中にまで分け入っている。四方を見わたしても、目に入るのは深緑で覆われた山陵ばかりだ。

隼はバスが黒煙をまき散らして走り去った道をたどった。

わずか数年前のことだ。この十年一日のごとき風景が何ほど変わるものでもなかろう。しかし、あの時は深夜だった。トラックの前照灯のわずかな明かりを頼りに走ったのだ。

燦々《さんさん》と太陽が照らす今ならば、かえって見つけやすいはずなのだが。

十五分ほど道を行き、隼はその分岐点を見つけた。道標《みちしるべ》は撤去され、砂利が撒かれていた道には草がはびこっている。ただ、よく見れば、その草の下の地面には小石がのぞき、かつての道のなごりをとどめていた。草が覆う道を進んだ。最近誰かが通ったらしく、所どころ草が踏み分けられている。

記憶では車で二、三分だった気がするが、じっさいはもっとあったのだろう。隼が洞窟の入口に着いたのは、分岐点から三十分近く歩いたあとだった。

入口をふさいだ丸太をどけて、隼は中へ足を踏み入れた。洞窟の壁はじっとりと湿り苔《こけ》むしていた。入口からやや降り勾配になった奥は、すぐ行き止まりなのか、延々と続くのか、真っ暗な闇に目を凝らしただけでは見きわめがつかない。

隼は懐中電灯を点し、中を照らした。所どころ水たまりのできた洞窟を隼はゆっくりと奥へ進む。空気がよどんでいる。何か薄いガスが溜まっているのか、若干の息苦しさを感じる。あるいは、天井が低いためかもしれない。

さらに奥へ進むと、黒くうずくまる塊が、懐中電灯の光に浮かび上がった。光を往復させ、姿を確認する。予想していたより変化は少ない。全体を覆った機械油のせいか錆もなく、終戦時のまま時間が止まったようだ。対照的に地面に打ち捨てられた切断済みの原版と数種類のインクの缶は、真っ赤に錆びついている。この場で開けて、流したインクはすっかり地面にしみ込んでしまったのか、懐中電灯の明かりでは確認できなかった。

背後で足音が響き、懐中電灯の明かりが小さく上下しながら近づいてきた。隼は振り返って、光を向けた。

「姿が消えたんで、そろそろここへ来られると思っていましたよ」

顔への光を手でさえぎりながら、蛭川は言った。

「この場所を知っていたのか」

光を少し下へ向けて隼が質すと、蛭川は、

「ええ、終戦からほどなく、探り出しました。ただ、長らく本当に中村健吾がここに印刷機を隠して姿を消したものと思っていました。しかし、あなただったのですね、隼さん。中村を騙《かた》って印刷機を隠したのは」

「すべては陸軍情報部の決定だ。おれはその実行者にすぎない」

「情報部が製造した印刷機の存在を隠すために、情報将校のあなたがその命令を受けた。そして記録上はすでに戦死していた中村健吾が行ったように見せかけた、というわけですね」

「終戦間際のあの日、おれが山原たちとここへ印刷機を運んだのは確かだ」

「しかし、印刷機は破壊されていませんな」

「印刷機そのものはたいした問題じゃない。偽造紙幣の決め手となるのは、原版とインクと紙だからな。特殊な用紙はすでに大半を空襲で焼失し、わずかな焼け残りも東京で焼却した。造りかけの原版は八つに砕き、インクも土に戻した。こうしておれの任務は終了した」

隼は印刷機とそのそばの空き缶と原版の残骸に光を向けた。しばらくの沈黙ののち、

「そのあと、すぐ、あんたたちは、おれたちの仕事を引き継いだ。何やらおかしな形で」

隼の言葉に、蛭川はうなずき、

「私たちが日本へ進駐して、最初に命じられたのが、コードXという作戦の実行に向けての準備でした。すぐに記録を調べて、この偽ドル印刷機の隠蔽工作は利用できると分かりました。そこで今度は私が中村健吾に成りすまして、新潟へ行き、その足跡を残したのです。あとで調べられても中村の存在が疑われないよう、やはり既《すで》に戦死していた上官の宇田川少佐も、空襲で行方不明になった妻とともども、偽者を用意してひっそりと暮らさせました。あの偽の宇田川は死刑判決を受けたB級戦犯を、特赦と引き換えに身代わりに立てたものです。行方不明の妻には、身寄りのない戦争未亡人をあてがいました」

「あんた、いったい何者なんだ」

「もう、薄々ご存じだとは思いますが、正式に自己紹介いたしましょうか。私は日系アメリカ人のヒロシ・クワハラといいます。アメリカ陸軍の軍人で階級は准尉です。戦時中はミッチェル・エバーソン少尉の下で、主に分析関係の仕事をしました。日本の習慣や風俗を深く学んだのはそのころです。これは日本へ進駐したあと、たいへん役に立ちました。

日本進駐後、コードX作戦を実行に移したのは先ほど申し上げた通りですが、その指揮をとったのがミッチェル・エバーソン少尉の上官のジャック・キャノン少佐です。そのため、私もコードXに深く関わることになったのです。

コードXとは、占領下の日本において、反占領軍的行為を行う組織の壊滅を目的にした謀略作戦です。反社会組織を一網打尽にできるよう、なるべく大きな餌を作り上げる必要がありました。また、その餌が餌だと見破られないために、何重もの偽装をほどこす必要もありました。偽ドル紙幣印刷機もその偽装のひとつとして利用されたのです。

そのような偽装を凝らして、最終的にコードXが仕掛けた罠は、日本国内に隠されたという不発の原子爆弾でした。この疑似餌を本物らしくみせるために、アメリカ軍を大動員しました。すなわち、新潟市内のN会館にB29が夜間空襲で誤って落とした機雷を、原子爆弾の不発弾であるかのように、一帯を封鎖させたのです。

中村健吾中尉を装って新潟へ私がおもむいたのも、その偽装工作の一環にほかなりません。奇しくも、隼さんと私は、同一人物を演じることになったのです。

私の任務は中村が偽ドル紙幣印刷機を処分するとみせて、そのじつ、新潟市から原爆の不発弾を移動させたように装うことでした。もちろん、すでに終戦後のことですから、時期的には矛盾がありますが、いかにも不可思議な行動をとらせることで、事件をいっそう複雑で謎めいたものに演出する効果を狙いました。私は五人の部下と新潟へ行きましたが、そのうちのひとりの上等兵を、新潟の引き込み線の貨物倉庫で射殺しました。この上等兵は戦争中、利敵行為を取った疑いで、近く逮捕されることになっていました。キャノン少佐の許可のもと、私が引き金を引きましたが、この死体も不可解な事件を一層複雑化させるために凝らした偽装のひとつです。

コードXはこのように非合法な手段も交えて、きわめて大胆に、かつ広範囲にわたって行われましたが、いったん休止の時期がありました。それというのは、日本の占領政策が当初の予想よりスムーズに進み、反占領軍組織の殲滅《せんめつ》にそこまで力を注ぐことはない、という考え方が優勢になったためです。

より内輪の話をしますと、コードXを推進していたのは、キャノン少佐の上官のチャールズ・ウィロビー少将率いるGⅡ（参謀第二部）で、それに批判的だったのは、GS（民政局）のコートニー・ホイットニー准将でした。このふたりのマッカーサーの秘蔵っ子は、水と油のように相容《あいい》れぬ関係です。コードXがその時々のGHQ内の政治力学により、その本質が歪《ゆが》められたことは否めません。

コードXの最高責任者であるチャールズ・ウィロビー少将は、アメリカ軍人の中でもちょっと変わり種で、ドイツ生まれの元ドイツ人です。それもあってか、ドイツびいきで、日本に対しても好意的な一面があります。日本への原爆投下や、極東裁判《きょくとう》についても批判的でした。しかし、何よりウィロビー少将を特徴づけるのは、強烈な反共思想の持ち主であることです。

戦後、GHQでは日本の戦前の軍国主義を復活させぬよう、民主政策を進める一方、共産勢力の進出にはさほど注意を払っていませんでした。しかし、流れはこの一年ほどで急速に変わりつつあります。今後、ＧＨＱでは社会主義的な運動については、大いに弾圧を加える方向に舵《かじ》を切って行くはずです。

この風向きの変化を受けて、ウィロビー少将はコードXを復活させました。復活にあたり、ウィロビー少将は、作戦の標的を共産勢力と、みずからのライバルであるＧＳ（民政局）に定めました。日本の共産勢力は、今や上は政府の主要組織内に、下は場末の労働者にいたるまで、幅広く根を張りめぐらせています。そしてその組織を束ねる首脳部が、精力的に活動し、本国とも連携し、より勢力を伸ばしつつある実態も明らかになってきました。

私たちは占領直後の調査で、陸軍中野学校の将校が共産勢力の中枢部へスパイを送り込んでいた事実をつかんでいました。その将校はゆえない懲戒処分を受けて降格になった上で、組織へ接触し、信用を得たようです。何とも見上げたスパイ魂じゃありませんか。その人物とはもちろん隼さんもご存じの通り、猫田泰三です。

戦後、猫田は闇市で糊口《ここう》をしのぎながら、共産組織との関係も続いていました。もしかすると、猫田は本当に共産組織に取り込まれたのか、との危惧もありましたが、私たちは猫田に接触し、スパイとして働くことを約束させました。その際、徹底的に思想検査をしたことは言うまでもありません。私たちの忠実なスパイとなった猫田を介して、組織から情報を吸い上げると同時に、こちらからも情報を送り、組織を誘導する試みに着手することになりました。

組織の首脳部が鷺谷和子、ベズウーホフ、森田均、青柳雄一の四人で構成されていることは、猫田を取り込む前から分かっていました。しかし、鷺谷和子に指示を与え、本国との連絡も行っている書記と呼ばれる人物が、トップにいることが分かったのは、猫田の地道な観察の成果でした。書記は組織の精神的支柱であると同時に、強力な反政府主義者でもあるようでした。ところが、書記は首脳たちの前にも姿をあらわさず、鷺谷和子をただひとりの連絡係として、みずからは神秘のヴェールの奥にその姿を隠していました。猫田もそれ以上は探り出せません。

この書記の正体を暴き、鷺谷をはじめとする首脳部も叩き潰すことが、コードXの主目的となったのは、ウィロビー少将の思想信条からも当然の成り行きでしょう。

コードXの再開にあたり、それを実行する外部組織が必要となりました。そこで私はすでに戦死した元日本兵で特高警察の刑事だった蛭川宏なる人物に成りすまし、その外部組織の長に就きました。日本政府から暗黙の了解をもらっている秘密組織という建前ですが、実態はGHQの下請けです。もっとも、日本政府がGHQの下にあるわけですから、私たちの秘密組織が日本政府の了解を得ているというのも、あながちウソでもありません。じっさい、あの組織で働いていた事務系職員などには、官庁からの出向者もずいぶんまじっていたのです。

さて、組織は整いましたが、実行部隊をどうするか、という問題がありました。私たち米軍人がみずからその任に就くことには、エバーソン少尉が難色を示しました。

いろいろ心当たりをあたっていたところ、猫田が闇市の仲間で、同じ元陸軍中野学校出の隼武四郎、つまりあなたを推薦してきたのです。あなたをスカウトすれば、あなたは仲間として猫田も一員に加えるに違いない。自然な形で猫田を実行部隊に入れ、その情報を共産組織へ流せるという一石二鳥のアイディアに、私は一も二もなく飛びつきました。私たちが日本の警察に手を回し、隼さんを逮捕させ、そののち……などと、今さらくどくどしく手順を説明するまでもありませんね。隼さんのすでにご存じの通りです。

鋭い隼さんのことですから、猫田が私たちのスパイとして共産組織と通じていたこともお気づきだったと思います。気づきながら、猫田を自由に行動させてくれたことには感謝しています。

　また、みずからすでに葬った印刷機の行方を追い、すでに死亡ずみの中村健吾の足跡をたどっていただいたのは、申し訳なく思います」

「いや」隼は言った。「中村健吾とその部下たちは、遺族へ戦死の通知もされず、おれも気になっていた。調査できたのは、むしろありがたかった。宇田川少佐については、どういう人間が成り代わっているのか、興味があった。あの身代わりを殺させたのは、あんたか」

蛭川は平然とうなずき、

「いずれ口封じしなければならない人間でしたから。もちろん、私たち米軍兵がみずから手を下したのではありませんよ。ああいう汚れ仕事を専門にする者に依頼しました。

こうして始動したコードXですが、第一段階は偽ドル騒動を起こすことでした。いきなり原子爆弾は出さず、まずは小さい事件から糸をたぐらせ、より偽りの信憑性を高める狙いですが、もうひとつ、私たちのライバルであるGS（民政局）を蹴落とすという目的もありました。

GS所属のアルバート・ギブス中尉、ビル・ハードウィック中尉、ジェーク・オデール少尉という三人の将校が、興南ビルに拠点を置いて民主化政策を行うと称し、汚職に手を染めていることを私たちはつかんでいました。脛《すね》に傷を持つ三人に、偽ドル騒動を押し付けてやろうと画策したのです。

GSの三人の将校は、大熊組のような日本のヤクザ組織とも、繋《つな》がりを持っていました。そこで私たちは、大熊組を通じて、大量の偽ドルの購入をGSの三人に持ちかけさせました。三人はこれを了承しました。濡れ手で粟の儲け話が転がり込んだと思ったことでしょう。

しかし、大熊組へ偽ドルの購入を持ちかけたチャールズ・ゲラー、ジョン・ブライト、アーサー・フランクリンという軍人は実在しますが、大熊たちが接触したのは、私たちが用意した別人です。これはキャノン少佐から特別の許可を得て、陸軍の特殊部隊を使いました。この特殊部隊は大熊たちを江東区の倉庫で始末しました。取引のもつれから、突発的な殺人に見せたのは偽装です。一方、実在のチャールズ・ゲラー、ジョン・ブライト、アーサー・フランクリンたちは物資の横流しをしている不良軍人でしたので、これはMPに情報を流し、横浜の倉庫で逮捕させるつもりでしたが、抵抗をしたため射殺されました。以上の事件の一部は、隼さんたちも実際にご覧になったはずですが、裏側にはこのようなからくりがあったのです。

この事件で汚職が明るみに出た、GS所属のアルバート・ギブス中尉とビル・ハードウィック中尉とジェーク・オデール少尉の三人は、降格処分を受け、ホイットニー准将も面目を失いました。ウィロビー少将は大変喜ばれ、私たちもお褒めに与りましたが、同時に最後の詰めを誤らぬよう、釘《くぎ》もさされました。コードXはいよいよ最終局面に入ったのです。

猫田からは偽札印刷機の存在を否定させ、GHQ内の共産組織の細胞から、米軍の科学者の来日を知らせました。鷺谷たち首脳部が、原爆の存在を信じるようになるのは時間の問題でした。そして原爆の存在を信じれば、組織の長である書記とこれまでとは比較にならないほど頻繁に連絡を取るはずです。

私たちは鷺谷の動きを詳細に観察し、ある零細企業との関係に目をつけました。それは達磨企画というポルノ写真を通信販売する会社でした。共産組織の幹部の鷺谷が、なぜそんな会社と関係を持っているのか。観察するとその撮影現場などにも頻繁に出入りし、写真の発送にも関わっているようです。

私たちは達磨企画の郵便をすべて調べました。私信を勝手に開封して調べるなど、警察でも許されないでしょうが、GHQに不可能はありません。調査の結果、ひとつ怪しい宛先の郵便を発見しました。中を調べると、ほかと変わりのないポルノ写真が入っていました。しかし、さらに詳しく検査すると、一枚のポルノ写真の裏に炙《あぶ》り出《だ》しのインクで文字が記されていたのです。じっさいに炙り出してみると、原子爆弾の疑惑が報告されていました。私たちはその写真を精巧に写真に撮って急ぎ現像し、裏側に同じ炙り出しのインクで文字を記し、封をし直して元の宛先へ送付しました。ですから、受け取った先では、中身を見られ、写真をすり替えられたことに気づかなかったはずです。

鷺谷がポルノ写真という小道具を使い、連絡を取って指示を仰いでいたのは、F大学経済学部教授の榊原俊之でした。榊原は統計学の権威で、K内閣では政策ブレーンにもなった斯界《しかい》の第一人者です。ついにコードXはその目的を達しました。あとは餌にかかった獲物を釣り上げる作業を残すだけです。

その榊原が共産組織の黒幕だというのは、意外ではありますが、妙に納得のいく真相でもありました。餌には図らずも榊原以外の大物もかかってきました。かつて私が新潟で射殺した死体に、原爆の在り処の地図を仕込んでおいたのですが、これに河口代三郎が喰い付いてきたのです。共産勢力の排除が最重要課題ですが、河口のような反社会的な右翼勢力も同じく排除の対象であることは言うまでもありません。

原子爆弾が隠されているように偽装された村の近くに、旧日本兵が秘密基地を造って隠れ住んでいたのは偶然ですが、これを隼さんはじつに有効に活用しましたね。もしかして、隼さんは彼らの存在を前から知っていたんですか」

「いや、たまたま偶然だ」

言下に隼は否定した。蛭川は少し引っかかりを覚えたようだが、

「まあ、いいでしょう。おかげで日本全国に隠れていた共産武装組織の主要メンバーを一網打尽にし、河口代三郎とその組織も叩き潰すことができました。ことに共産武装組織の主要メンバーをひとり残らず逮捕できたのは大きかったです。あの者たちの交友関係を洗うことで、今まで判然としなかった、地下に潜った組織や人物までも芋づる式に明るみに出すことに成功しました。

一方で痛恨事もあります。組織の首領である榊原俊之が自殺を遂げてしまったことです。榊原の身辺を洗って、本国との連絡方法や、国内政治に与えた影響などを、色々と探り出そうとしていた矢先だけに、これはあまりに大きな痛手です。執拗《しつよう》に身辺を探ったため、榊原に気づかれたようでした。取り返しのつかない失敗です。さはさりながら、組織のトップを死へ追い込み、末端の活動員にいたるまで摘発し、その実態を明らかにできたのですからコードXはまず八割方、成功と言えるでしょう。

共産組織首脳部も崩壊状態で、鷺谷は平の事務員に降格となり、森田は武装組織と行動をともにしていたため逮捕され、青柳は高校教師を辞めて田舎へ引っ込みました。今はただベズウーホフひとりが残っていますが、活動は休止状態です。当分、復活はありえないでしょう。

これでコードXはすべて終了しました。私は組織を解散します。隼さんには大変お世話になりました。また、今後も何か縁があったら、ご一緒に仕事をしたいですね。それを言いたくて、今日はここへ来ました」

蛭川と隼は連れだって洞窟を出た。ふたりは暗闇から一転、樹木の枝葉を通して降り注ぐ日差しに、

目をすぼめた。

バス通りまでの道は、ふたりとも無言だった。バス通りにはGHQの公用車らしきセダンが停まっていた。

「一緒にいかがですか」

蛭川が誘ったが、隼は首をふり、

「もうすぐバスが来るので、それで帰る」

と断った。

「そうですか、では、これで」

と蛭川は言ってセダンに乗り込み、山道を降っていった。

二

ベズウーホフは三度電車を乗り換えた。混み合う時間帯ではないので、さりげなく周囲を観察するだけで、前の電車の乗客が紛れていないか確認できる。

どうやら大丈夫のようだ。つけられてはいない。二度目の乗り換えで確信したが、念のため、発車直前に下車して、もう一度ホームを見わたし、尾行者の有無を確認し、目的の電車に乗った。

大柄の白人であるベズウーホフは、遠くからでも見分けが容易で、その分、尾行者は身を隠しやすく、隠密行動には大きなハンディキャップを負う。いくら用心しても、しすぎということはない。

駅を出てもベズウーホフは街角で足を止めて振り返り、また、商店のガラスに映る背後の人影を確認し、最後に人通りのない裏道に入った。

背後に足音が聞こえた。

（どうしてだ）

ここまでは、誰にもつけられていない。それは確かだ。たまたま偶然、同じ道を行く人間がいるということか。こんな場末の路地を。

動揺したベズウーホフは入るべき店に入らず、通り過ぎた。足音はなお追ってくる。いったん、表通りへ戻る。立ち止まり、背後をそっとうかがう。電柱に誰かが隠れている。人影が確かに見える。歩きはじめると、また足跡があとを追ってきた。

ふたたび裏道に足を踏み入れる。足音はついてくる。どうやって振り切ろう。しかし、いったい、どこからつけられたのか。

途方に暮れてベズウーホフは足を止めた。足音は止まらず、迫ってくる。覚悟を決めてベズウーホフが振り返ると、

「何をしているの。尾行はいないわよ。すぐ中に入りなさい」

と榊原光代は言った。


開店前のバーのカウンターで、光代はベズウーホフの報告に耳を傾けていた。内容は組織立て直しのための人員の補充状況だ。やはりなかなか苦戦を強いられているようだ。無理もない。あれほど壊滅的な痛手を負ったのだ。

すべては原爆の不発弾が長野の山中に隠されているなどという、今考えればありえないホラ話に踊

らされてしまった自分の判断ミスだ。しかし、鷺谷和子から送られてきた報告書には説得力があった。あの時点で武装組織を動かすという判断を下したのはやむを得まい。

危うかったのは、身辺にまで捜査がおよんだことだ。達磨企画に目をつけられ、俊之までたどり着かれてしまった。

夫俊之の背徳の趣味を連絡手段に利用することを考えついたのは鷺谷和子だった。これにより、自分は表に出ずして、組織のすべてを把握することに成功した。存在がよりいっそう神秘性を増し、組織結束の強化にもつながったと思う。

だが、やはり、あの原爆の餌に喰らいついて連絡量を増やしたため、当局の目を引いたのだろう。俊之に尾行がつき、その行動が逐一監視の対象になった。

それに気づいた俊之は、背徳の趣味が警察の捜査の対象になったと錯覚し、恐慌をきたした。ポルノ業者ならともかく、その一購入者にいちいち警察が尾行をつけるはずなどないが、世間知らずの大学教授の夫は、そう信じ込み、世間に自分の秘密が暴露されると思い悩み、異常行動をとるようになった。自尊心と社会的地位の高さが、かえって夫から逃げ道を奪ったようだ。

夫が大学へ行っている間に、夫が収集した写真はすべて処分した。つねに金庫に厳重に保管されていたが、秘密で合鍵を作ってあるので、開閉は思いのままだった。そうやって鷺谷と連絡を取っていたのだ。しかし、夫はそのことを夢にも知らない。もし、家に誰もいない時、写真が無くなれば、警察が押収したと思うだろう。そしてそうなれば、夫がどういう行動をとるかは、容易に想像がついた。

「組織の立て直しには、少なくともあと一年はかかると思います」

ベズウーホフが言った。

「そうね。それくらいはかかるでしょうね。あせらず、じっくりやりましょう」

当局は夫の自殺により、組織のトップは不在になったと油断しているはずだ。組織を固め直すに、かえっていい機会を得たともいえる。これも理想の社会を実現するために、必要な試練と考えよう。

「今回のことは決してマイナスじゃない。より強く、したたかな組織作りの勉強と思えばいいのよ」

榊原光代は言った。

三

夕方六時半、新橋駅のホームのベンチに座って隼は新聞を広げた。

隼がベンチに座って十分ほどして、ひとりの男が隼の背後に腰を下ろし、やはり新聞を広げた。あわただしい帰宅の時間に、ふたりの姿は駅の風景に溶け込んでいる。

「蛭川、いえ、ヒロシ・クワハラに会いました。向こうは榊原俊之が組織のトップだったと考え、疑っていない様子でした」

新聞記事に目を落としながら、隼は言った。

「あいつは狸だ。騙された振りをしているだけかもしれんぞ」

大内宗介はそう言って煙草をふかした。

「たしかにそうかもしれません」

隼は短く答えた。大内は咳払いをして、

「ただ、いずれにせよ、われわれが榊原光代をひそかに監視していくことに変わりはない。今回の結果には室長もいたく満足されている。ＧＨＱを出し抜いてやったことは確かだからな」

「では、今回の手柄に免じて、ひとつ無理を聞いてください」

「何だ」

「中村健吾と五人の部下のことです。彼らはお国のために戦って名誉の戦死をしたにもかかわらず、不名誉な逃亡兵のあつかいを今なお受けています。彼らの名誉回復と、遺族への手当てを早急にお願いします」

「そうだったな」大内は低い声で言った。「あの者たちは、われわれの作戦の犠牲になったのだからな。もっと早く手を打っておくべきだった。室長にもお願いして、関係部署に働きかけてもらう。かならず彼らの名誉は回復される。約束しよう」

「それを聞いて、肩の荷が下りました」

「それだけの大仕事だったということだ。隼機関は期待通り、いや、それ以上の結果を出した。蛭川も喜んでいただろう」

「また、一緒に仕事をしたいと言われましたよ」

「そうか、だいぶ信用は得たようだな。今後、うまくすれば、ＧＨＱの上層部とも繋がりができるかもしれない。そうなれば、今回以上の成果も期待できる。次の任務については、また、今度話すとしよう」

と言うと、大内はホームに入ってきた電車に乗り込んで去った。

隼は大内の電車を見送ると、ベンチを立って階段を降り、改札口へ向かった。

隼がかつての上官、大内宗介から誘いを受けたのは、一年近く前のことだ。山原とともに闇市ですさんだ暮らしをしていた隼に、大内はふたたび国家のために働くよう誘った。

「ＧＨＱが猫田に目をつけて接触してきた。猫田のことは知っているな。われわれが共産組織へ送り込んだエスだ」

大内は、二年ぶりに会った隼にいきなりそう言ったのだ。

「でもそれは戦時中の話でしょう。今はあいつも闇市で盗品をひさいでその日暮らしをしているはずです」

「おい、おい、たった二年ちょっとでお頭《つむ》までなまったか。あれはやつの擬態《ぎたい》だよ。いいか、おまえはやつの闇市仲間になれ。そうすれば、いずれＧＨＱから仕事の依頼が来る。ＧＨＱの権力を利用して日本国政府のために働くんだ」

すべては大内の言う通りだった。隼と猫田は蛭川の依頼を受け、蛭川の筋書きに沿って調査をするように装い、みずからの任務を全うしたのだ。

ＧＨＱ側の偽紙幣印刷機や原子爆弾の仕掛けを見破ったのも、楠木正成《くすのきまさしげ》の千早城《ちはやじょう》よろしく立て籠《こも》っている旧日本陸軍の生き残りの存在を探り出したのも大内だった。隼はその情報をもとに、蛭川を出し抜き、コードＸの裏をかいた。すでに戦死したと分かっている中村中尉の地元を訪ねたのは、贖罪《しょくざい》の意味もあるが、隼の行動をひそかに監視していた蛭川たちを欺《あざむ》く目的もあった。

だが、それももう終わった。終戦時からずっと心に引っかかっていた宿題も、ようやく終えた。もういい。これでいい、これで終わりだ。

隼の背中は夕闇が迫る街の中に溶け込んで消えた。

四

作戦室だった旧病院の一室から、すべての荷物が運び出されると、いっぺんに寒々しい廃墟《はいきょ》のようになった。何もなくなると、傷だらけの床や、汚れと染みに覆われた壁や、ペンキの剝《は》げたドアなど、それまで気にもとめなかったあらばかりが目につくようになる。あらためてここが廃院跡だったことを思い知らされた。

「隼さん、来ないわね」

私物を持ってドアの前に立った唱子が、後ろ髪を引かれるように、部屋の中を振り返った。万年筆や文鎮《ぶんちん》、辞書など、隼の私物だけが、部屋の片隅にまとめられている。

「あとで誰もいなくなってから来るのかもな」

山原が言うと、猫田が、

「いや、たぶん来ない。ここへはもう来ないだろう」

と言った。山原と唱子は何とも答えなかったが、猫田の言葉が正しいことを直感していた。

「それにしても騙されたわ」唱子は明るい声を出した。「結局、武器庫の中は空っぽ。原子爆弾なんてなかった。ふたりとも知っていたんでしょ。もう、全部話してくれてもいいんじゃない」

「おれたちも隊長から聞かされていないことがいっぱいあった。とくに蛭川の狙いが最初は分からず、ずいぶんふりまわされた」

猫田がぼやいた。偽札製造は嘘だと分かっていたが、その偽装をＧＨＱがどこまでしているかは予想ができず、印刷機探しも真剣に行わざるを得なかったという。

「おれだって」山原も頭を掻きながら、「あんな山奥に黒部たちが籠って抵抗を続けていることなんて知らなかった。隊長は最初から知っていて、利用するつもりで作戦を立てていたらしいけどな」

「でも、あたしよりはましだわ。さあ、ほかにも知っていることあるでしょう。全部ぶちまけなさいな」

「いやしくも帝国軍人だからな。軍機をペラペラ話したりしない」

山原はそう言って、そっぽを向いた。

「あとで教えてやるって、言ってたのに」

唱子は不服そうな顔をしたが、山原は知らぬふりをしている。

「さあ、出よう」

猫田が荷物を持ってうながす。

「いつかまた、四人でコンビを組みたいわね」

「次もオミソあつかいでいいのかい」

「いいわよ。猫田さんは」

「ああ、いいよ、おれもオミソだったし」

作戦室のドアが閉まった。

本書は書き下ろしです。原稿枚数555枚（400字詰め）。

〈著者紹介〉
岡田秀文(おかだ ひでふみ) 1963年東京生まれ。明治大学卒業。1999年「見知らぬ侍」で第21回小説推理新人賞を受賞し、2001年『本能寺六夜物語』で単行本デビュー。2002年『太閤暗殺』で第5回日本ミステリー文学大賞新人賞を受賞。その後、時代ミステリーや歴史小説の秀作を次々と発表し注目を浴びる。著書に『賤ヶ嶽』『信長の影』『刺客 どくろ中納言 天下盗り、最後の密謀』『伊藤博文邸の怪事件』『黒龍荘の惨劇』などがある。

偽造同盟
2015年7月25日 第1刷発行

著 者 岡田秀文
発行者 見城 徹

発行所 株式会社 幻冬舎
〒151-0051 東京都渋谷区千駄ヶ谷4-9-7

電話:03(5411)6211(編集)
03(5411)6222(営業)
振替:00120-8-767643
印刷・製本所:中央精版印刷株式会社

検印廃止

Printed in Japan
ISBN978-4-344-02791-6 C0093
幻冬舎ホームページアドレス http://www.gentosha.co.jp/

この本に関するご意見・ご感想をメールでお寄せいただく場合は、
comment@gentosha.co.jpまで。